천국 쿠데타

2

천국 쿠데타 ❷

초판 1쇄 발행 2015년 6월 15일
2쇄 발행 2015년 9월 25일

지 은 이 민병문
발 행 인 권선복
편집주간 김정웅
디 자 인 김소영
전 자 책 신미경
마 케 팅 정희철
발 행 처 도서출판 행복에너지
출판등록 제315-2011-000035호
주 소 (157-010) 서울특별시 강서구 화곡로 232
전 화 0505-613-6133
팩 스 0303-0799-1560
홈페이지 www.happybook.or.kr
이 메 일 ksbdata@daum.net

값 15,000원

ISBN 979-11-5602-105-6 04810

979-11-5602-103-2 (세트)

도서출판 행복에너지는 독자 여러분의 아이디어와 원고 투고를 기다립니다. 책으로 만들기를 원하는 콘텐츠가 있으신 분은 이메일이나 홈페이지를 통해 간단한 기획서와 기획의도, 연락처 등을 보내주십시오. 행복에너지의 문은 언제나 활짝 열려 있습니다.

PARADIS COUP D'ÉTAT

한국 순교자 새 총리에 오르다

천국 쿠데타

②

민병문 지음

도서
출판 행복에너지

차례

27. 실버타운

수양 벚꽃나무가 동구 밖 길 양옆으로 길게 늘어져 있다. 멀리서 보면 벚꽃 동산인지, 수양버들 가로수 길인지 구분이 안 갈 정도다. 바오로 감사원장은 화사한 제철 벚꽃 속에 모처럼 나들이가 즐겁다. 눈이 부시다 못해 눈물을 흘릴까 겁이 난다.

그 길 저 끝에 벚꽃처럼 화사한 데클라 베네딕토 수녀원장이 나무 등걸 뒤에서 조용히 모습을 드러낸다. 아까 '에덴동산 노인 돕기 봉사대회'에서 야고보 총리와 베드로 원로원 의장이 설전을 벌이는 사이 데클라는 절묘하게 속삭일 기회를 잡아냈었다.

그러니까 천국의 두 고위직이 흥분, 어느덧 얼굴 붉히는 설전을 벌일 때 데클라는 살며시 바오로 귀에 대고 다짐을 받았다. 물론 누가 봐도 천연스런 대화 모습이었지만 그녀 가슴은 터질 듯 요동쳤다. 도무지 대화 기회를 주지 않는 바오로에게 이처럼 가까이서 비밀스럽게 말을 할 수 있다니 꿈만 같다.

"바오로 님, 오신 김에 실버타운 시찰까지 하고 가시죠?"

바오로는 빙긋 웃으며 대답했다.

"좋은 기회인데 가 봐야지요. 더구나 데클라 님이 특별 관심을 갖고 돌보는 곳이라고 들었습니다. 옛날 어른들께 오랜만에 인사도 올리고 겸사겸사 잘되었네요."

바오로가 수락하자 데클라는 곧장 만날 장소를 지정해 주었다.

"그럼 여기 일정이 끝나는 대로 실버타운 수양벚꽃 동구에서 기다릴게요. 노인들이 시끄러운 것을 좋아하지 않으니까 가급적 혼자 오세요. 누구에게 거기 간다는 말할 필요도 없겠지요. 하나밖에 없는 병든 영혼들의 요양소라 찾기 어렵지 않을 겁니다."

바오로는 고개를 끄덕이는 것으로 대답했다. 야고보와 베드로의 설전이 최고봉을 향해 질주하고 있을 때였다. 그냥 두면 어디까지 갈지 몰랐다. 마침내 바오로가 중재에 나서야만 했다. 천국의 양대 산맥인 그들의 관심을 돌리려면 특효약을 쓰는 수밖에 없었다.

"두 분 논쟁 중에 죄송한데 하느님 소재 파악은 되셨나요?"

바오로의 이 말이 끝나기 무섭게 요란하던 귀청이 조용해진다. 과연 야고보와 베드로는 벌겋게 상기되었던 얼굴 그대로인 채 바오로에게 황급히 되물었다.

"아니오. 백방 알아보고 있지만 아직 확실하지 않아요, 바오로 님, 혹시 소식 들으신 것 있습니까?"

바오로는 속으로 가만히 웃었다. 그리고 재빨리 말했다.

"두 분 열나게 토의하시는 동안 저에게 오늘 행사장에 오지 못한 바르나바 정보부장에게서 연락이 왔었네요. 두 분께 통화가 잘 안 된다면서 전해 달라는 말씀인데 하느님 계신 곳을 대강 파악한 것 같답니다. 때문에 총리실로 가서 긴급히 뵙고 싶다고요. 아직 행사 끝나지 않은 줄 안다면서 실례 무릅쓰고 전해 달라 했습니다."

여기서 이 날 행사인 '노인 돕기 봉사 대회'에 참석했던 고위직 모임은 곧 파장 났다. 야고보 총리는 사무실로, 베드로 의장은 약속된 바티칸 파견 수호천사와의 면담 장소로 각각 흩어져 갔다.
바오로도 이들과 헤어져 실버타운을 향해 천천히 걷기 시작했다. 행사장을 벗어난 지 10분도 채 되지 않았지만 주변은 고즈넉한 분위기 일색이다. 오솔길 따라 걷고 있자니 화사한 벚꽃이 바람에 날려 바오로 어깨와 머리 위에 계속 내려앉고 있었다.

"보내 주신 서책이 너무 예뻤어요. 진작 인사드렸어야 하는데 기회가 있어야지요. 오늘 오신 김에 그 인사도 할 겸 병든 노인들의 실상을 좀 보고 가시라고 번거롭게 해 드려 죄송합니다."

데클라가 휘영청 늘어진 수양 벚꽃나무 가지를 닮은 자신의 긴 머리카락을 휘날리며 아름드리나무 뒤에서 나타나 바오로를 맞이했다. 더 말이 필요 없었다. 백발성성한 두 천사는 느긋하게 실버타운 가로수 길을 걸어갔다. 벚꽃들이 질세라 뒤쫓으며 나비처럼 춤을 춘다. 하얀색과 노란색을 동글동글 교대로 뱉어 낸다.

인생을 다 살고 기력도 정신도 희미해진 노 연인들이 기를 쓰고 데이트를 즐긴다면 이런 모습일까? 아름다운 추억을 베개 삼아 오늘을 이불로 덮어 잠들고 싶은 마음, 혼자이기보다 함께하며 멀리 가고 싶은 마음, 상대가 말하기 전에 따뜻한 내 말을 먼저 주고 싶은 마음이 바로 노년 사랑 아닐까. 자식 걱정, 먹을 걱정, 생의 의무 다 마친 뒤 신앙으로 뭉쳐진 노년 사랑이여, 영원하라.

그러나 그런 환상적인 장면은 곧 현실 벽에 부딪혀 산산조각이 난다. 요양소 문을 열고 들어선 순간 분위기는 이상해졌다. 헐떡이는 신음 소리와 부패해가는 영혼 냄새가 스며든다. 육신이 썩는 악취야 당연하지만 영혼 부패 냄새까지 이처럼 야릇할 줄은 미처 몰랐다. 영혼도 비정상이면 냄새가 고약할 수 있구나, 살아 있는 모든 생물, 아니 '영생'이라는 단어 자체에 거부감이 솟는다.

"무슨 냄새인가요? 천국에서 이런 냄새는 상상키 어렵군요."

바오로의 말에 데클라가 방긋 웃었다.

"바오로 님답지 않게 그런 말씀 마세요. 영육이 늙으면 다 냄새나고 썩는 것은 진리 아닌가요. 다만 천국에서는 어떤 죽음도 없다는 것인데 그렇다면 관리 문제가 나옵니다. 여기 봉사자들은 하나같이 책임감이 투철해요. 하루 몇 차례씩 씻기고 청소하고 냄새 제거 방향제를 뿌려 대지요. 그럼에도 불구하고 외부 손님들에게 나쁜 냄새를 풍긴다면 결국 예산 문제로 돌아갑니다."

"그럼 예산 요청을 했는데도 실현이 안 된다는 겁니까? 혹시 야고보 총리가 이곳에 온 적은 있나요?"

이제 적당히 면역이 된 바오로가 정상을 되찾고 차분히 묻는다. 데클라가 터무니없다는 표정을 지으며 고개를 흔든다.

"아뇨, 실버타운 시설이 준공될 때 한 번 오시고 지금까지 감감 무소식입니다. 1,000년도 넘게 까마득한 얘기인가 봐요. 총리 등 지도층은 고사하고 관료들조차 오기 꺼려 합니다. 우리 수녀원이 주관하며 봉사자가 사방에 넘치니까 그것으로 충분하지 않느냐는 생각이지요. 하지만 봉사는 봉사고 대우 개선과 처방, 진료, 의료 기술, 환경 정화 같은 것은 다른 문제입니다.
다행히 얼마 전 루카 의료센터 원장님께서 정약종 원로원 의원님과 같이 오셔서 반가운 말씀을 해주셨어요. 영혼 손상 백신을 개발했고 경증 환자는 단시일 내 치료 가능한 신약을 개발했다고요. 일부 삐걱대지만 천국 시스템은 아직 건재하다고 믿고 싶습니다."

"아, 그 신약 개발은 나도 스테파노 사무총장에게 들어 알고 있습니다. 그게 총리에게도 보고되니까 아마 안심하고 안 찾아오는지 모르지요. 그런데 정약종 의원이 여기는 왜 자주 오나요? 최근 떠오르는 신진 지도층인데."

"그분은 정말 부지런하고 약자들에게 따듯하신 진정한 사도입니다. 1801년 4월 7일, 날짜도 분명히 기억해요, 순교 전날 하늘궁전에서 왜 저보고 그분 꿈에 나타나 하늘나라 약속을 예시해주라고 지시했는지 이제 알 것 같습니다. 정약종 님은 이런 곳까지 세심하게 신경쓰시는 분입니다. 솔직히 천국은 최소 행복을 보장하는 기본 시스템이 되어있으니까 총리님만 해도 별 신경을 쓰지 않잖아요. 하지만 복지 천국에도 자세히 들여다보면 불평등하고 열악한 그늘이 많습니다.

이런 점을 정 아우구스티노 의원님은 파악하고 틈만 나면 찾아와 위로하고 대책을 세우지요. 거기다 아드님 정하상 바오로가 이 요양원 책임자입니다. 여기 원장은 매일처럼 어른들 모시고 중증 환자에 시달려야 하는, 그야말로 더럽고, 위험하며, 어려운 3D 업종인데 늘 즐거운 얼굴인 것을 보면 '그 아버지에 그 아들' 말이 맞아요. 참, 오늘도 와 계실걸요. 봉사대회가 끝나자마자 이쪽으로 오시는 것을 먼발치로 보았거든요."

바오로는 깊이 한숨을 내쉰다. 자주 오지 못한 자기 역시 데클라 얘기의 대목에 찔리는 바가 없지 않기 때문이다. '너무 오래된 조직이구나, 고이면 썩는다는 게 어디서나 진리 아닌가.' 속으로 생각하며 바오로는 널찍한 주거와 진료 겸용 요양소 복도를 천천히 걸었다. 양쪽 가득히 방과 입원실이 늘어서 있는 가운데 그 사이로 헨델의 합창곡 〈메시아〉가 잔잔히 흘러 그나마 안정감을 주었다.

그때 갑자기 복도 끝에서 소동이 벌어졌다. 한 파파 할아버지가 옷을 벗어 던진 채 알몸으로 바오로 쪽을 향해 달려오고 그 뒤를 이곳 경호요원들이 쫓아오고 있었다. 마치 경주라도 하듯이.

"잡아 주세요. 천국에서 지옥 가겠다고 소동치는 영혼 손상 중증 환자입니다. 순간 발작이라 위험하니 놓치면 안 됩니다."

바오로가 가까이 다가온 그를 잡으려고 팔을 뻗는 순간 더 빠른 발길이 달리기 환자의 발목을 걸고 있었다. 필사적으로 도주하던 환자는 그 자리에 네 활개를 펴고 나가 떨어졌다. 발길질 주인공은 정약종 의원이었다. 바로 옆방에서 입주민과 얘기하던 중 소란을 듣고 나왔다고 했다. 정약종 뒤에 김성미 수녀 얼굴도 보였다.

"아니, 여기들 계셨네요. 정 의원님, 김 수녀님, 그러지 않아도 사람 찾는 방송을 하려던 참인데 정말 잘되었습니다. 제 사무실로 가서 차라도 한잔씩 마시지요. 아주 기가 막힌 홍삼차가 있어요. 한 모금만 마셔도 정신이 활짝 맑아진다고 소문이 자자합니다."

데클라 수녀원장이 반색하며 그들을 청한다. 경호 요원들에 의해 난동 환자가 자기 병실로 돌아간 뒤 실버타운 요양원은 다시 평상으로 돌아갔다. 간헐적 신음 소리, 야릇한 냄새 사이를 뚫고 도착한 복도 끝 데클라 원장의 실버타운 사무실은 의외로 산중 절간처럼 조용했다. 소음과 냄새 차단이 잘된 곳이었다. 이 날 노인 돕기 봉사대회 기간 내내 데클라도, 김성미도 각자 해야 할 말을 털어놓을 기회가 없었다. 이제부터 분위기 조성이 중요했다.

김성미 수녀는 사무실에 도착하자마자 홍삼차를 다리기 시작했다. 순식간에 인삼 특유의 사포닌 향취가 방안에 퍼진다. 더불어 김성미는 국악 가야금 산조 테이프를 틀어 방안 가득히 한국 정취가 흐르게 했다. 마음이 절로 가벼워지는 가락이다. 정약종은 물론 바오로까지 눈을 가늘게 뜨고 음미하는 눈치다. 분위기가 슬슬 무르익고 있다.

데클라는 오늘 바오로가 만들어 준 서책의 내용에 관해 물어 보고 싶다. 특히 한국의 무명 시인이 썼다는 「사랑의 묘약」이란 시에 관해 집중적으로 물어볼 것이다. 그게 별 의미 없이 인용되었다 할지라도 데클라에게 준 함축미는 깊고 달았다. 그녀의 삶이 탄력을 받을 것 같다. 피부 곳곳이 윤택해질 것 같다. 적어도 시를 암송하는 동안 바오로는 데클라의 생활 속에서 숨 쉴게 분명했다.

이는 김성미 수호천사 역시 마찬가지다. 봉사대회 내빈석에서 먼 빛으로 정약종을 알아본 김성미는 줄곧 그가 언제 자리를 떠 실버타운으로 이동할지 주목했다.

어제 데클라 수녀원장이 자기에게 정약종을 만나 보라고 한 의도는 남편 이훈락 체포 건과 무관하지 않을 터, 같은 한국인으로서 수녀원을 방문했던 그와 일차 면식도 없지 않은 처지라 은근한 기대를 할만 했다.

"차 맛이 어떠세요? 지난번 루카 의료센터 원장님이 왔을 때 선물 받은 건데 한국에서 재배한 진짜 6년 근 홍삼이라고 하던걸요. 곧 씨를 받아 여기서도 재배할 계획입니다."

김성미가 투박한 한국식 질그릇 찻잔에 담아 내온 차 맛은 정말 일품이다. 정약종은 과거에 마셔 보았지만 바오로는 처음이다. 한 모금 입에 담고 혀를 굴려 음미하더니 감탄사를 연발한다.

"아니, 이렇게 음전한 차는 처음인데요. 전에도 인삼차라고 시음한 적은 있지만 이처럼 깊은 맛을 담고 있는지는 몰랐습니다. 인삼 하면 역시 조선, 아니 한국인가 보죠. 피곤이 싹 풀리는 기분입니다."

"원래 조선 인삼은 개성에서 난 것을 최고로 치는데, 지금은 분단 국가가 되어 거기 것을 맛보기 어렵습니다. 대신 금산, 이천 등 산 깊고 물 맑은 남쪽 한국에서 많이 재배하고 맛도 개성 산을 크게 능가한답니다. 토양 개량 및 재배기술이 좋아진 까닭이죠."

바오로가 차 맛을 극찬하자 주인 데클라 대신 정약종이 나서 홍삼차 내력을 얘기한다.

"그렇지만 이상해요. 중국산, 베트남산, 요즘에는 미국산 인삼까지 많이 나도는데 한국산에 비해 가격 차이가 너무 큽니다. 재배 기술로 치면 미국 중국이 못 따를 리 없는데요."

데클라의 의문을 정약종이 또 풀어 준다.

"역시 지역 환경과 토질 차이입니다. 인삼하면 예로부터 고려 인삼을 친 까닭이기도 하지요. 과학적으로야 인삼 주성분인 사포닌의 함량 면에서 큰 차이가 없겠지만 역시 토양에 따른 질적 차이는 분명하니까요."

각자 차 맛을 음미하며 잠깐 뜸이 든 사이 데클라가 갑자기 생각난 듯 김성미 수녀에게 말할 기회를 터 준다.

"오늘 정 의원님께 김성미 수녀가 모처럼 간청드릴 말씀이 있답니다. 천국 입국 심사부의 남편 이훈락 장로가 불미한 사건에 연루되었다고 해서요. 노심초사하는 게 딱해 호소해 보라고 그랬으니 가볍게 들어 주세요. 무리한 청탁은 안 할 겁니다."

"저도 사건 내용은 들어 알고 있습니다. 지금 수사 중이니까 경과를 잘 지켜보지요. 엉뚱한 불이익은 안 가게 하겠습니다. 더욱이 저에게 각별하신 데클라 원장님 말씀이신데."

정약종이 안쓰러운 얼굴로 말하자 바오로도 한마디 한다.

"천국 최초로 드러난 입국 심사 부정 사건이라 관심들이 큽니다. 피의자가 모든 것을 솔직하게 털어놓아 수사에 어려움은 없답니다. 디몬 사법 경찰청 치안국장이나 디도 청장도 그래서 매우 협조적이고요, 크게 우려 안 해도 되지만 죗값은 받아야 합니다."

"부모 모두 테러로 죽자 유자녀들을 거두어 오늘날 한국 대형 교회의 담임 목사로 키워 준 은인에 대한 보은 차원 비리인데 어떻게 정상참작이 안 될까요? 거기다 지구 쪽 피의자가 한국 기독교 발전에 지대한 공을 세운 K목사라고 합니다."

"공과 사는 분명해야 합니다. 피의자의 정상참작 여지는 충분하나 그걸로 비리를 다 상쇄할 수는 없지요. 심하면 천국 추방을 각오해야 한답니다."

김성미는 말없이 흐느끼기 시작했다. 데클라와 정약종이 주고받는 말을 듣고 있던 바오로가 슬며시 웃으며 김성미를 위로한다.

"너무 염려 마세요. 천국법은 엄할 때 엄하나 정상참작 역시 폭이 매우 넓으니까요. 거기다 이훈락 요원은 최근 지구 곳곳 암흑 조직들이 벌이기 시작한 천국 입국 자료 위조 해킹꾼들을 일망타진했다고 합니다. 이훈락 씨 아니면 현대판 대규모 면죄부 판매 사기를 까맣게 모를 뻔한 거지요."

"변호인단의 능력이 크게 작용할 겁니다. 대배심법원 결심까지 갈 경우 이승훈 판사 입장이 어려워지겠지요. 같은 한민족 처지라 정실 문제가 나오면 곤란하거든요. 그 전 단계에서 불량 해커 일망타진 공적을 높이 평가한 상생 판결이 나오게 해야 합니다."

정약종의 말은 사건 전후 사정으로 미뤄 틀림없었다. 벽돌담처럼 차곡차곡 틈이 보이지 않는 현실이 암울했다. 김성미의 가슴이 더 미어지는 것은 K목사의 수호천사인 그녀가 중간에서 메신저 노릇을 했다는 사실 때문이다.

"너무 비관할 것 없습니다. 지금 막 생각났는데 사무실에서 나오기 직전 스테파노 원로원 사무총장 연락에 의하면 사건 주모자인 S교회 K목사가 서울의 대규모 부흥회 연단에서 급작스레 뇌일혈로 쓰러졌답니다. 영계인간 마이클 박 목사의 첫 번째 저승 답사 보고 대회 자리에서 그랬다는군요. 수만 명 군중이 보는 가운데 돌연 연단 내빈석에서 엎어졌다면 그 범죄에 대한 벌은 반 이상 받은 셈 아닙니까?"

바오로 감사원장이 뒤늦게 뜻밖의 정보를 전달한다. 마이클 박 목사를 영계인간 지정하는 데는 스테파노 못지않게 정약종도 큰 몫을 했었다. 왜 나에게는 그 소식이 없나, 명색이 원로원 정보위원장인 그가 황급히 휴대 전화를 열어 보니 비슷한 시간에 들어온 문자 메시지가 있다. 정약종은 씩 웃고 자리에서 선뜻 일어섰다.

"아무튼 좀 더 두고 보시지요. 이훈락 요원의 경우 상대 피의자가 이미 처벌받고 본인이 큰 공로까지 세웠다면, 거기다 자수한 정상이 참작된다면 최대한 관용이 가능할 겁니다. 김성미 자매님, 넉넉한 마음으로 기다려 보세요. 저는 물론 아마 바오로 님께서도 오늘 홍차 값은 하실 분이니까요.

그럼 말씀 중에 죄송한데, 저는 또 여기 중증 환자실에 노인 한 분과 뵙기로 선약이 있어 실례 좀 하겠습니다. 바오로 님, 조만간 다시 찾아뵙지요."

"어서 가세요. 저도 정하상 님한테 얘기는 들었어요. 노인 환자인데 자꾸 죽고 싶다고 한대요. 영혼은 죽을 수 없다고 해도 이렇게 기운 빠지고 희망 없는 세월을 보내느니 깨끗이 사라지고 싶다는 겁니다. 지상에서도 안락사 문제가 큰 이슈이지만 천국에서는 그마저 할수 없다니 환자 입장에선 답답한 일이지요."

데클라가 저간의 노인 사정을 부연 설명하자 바오로는 웃으며 어서 가라고 정약종에게 손짓해준다. 바쁘게 일을 찾아다니는 정약종의 태도가 더 마음에 든 모양이다. 그래서 역시 일벌레인 원로원 스테파노 사무총장과 통하는 모양이라고 바오로는 생각한다. 정약종이 나가자 김성미도 얼른 핑계를 대고 따라 일어선다.

갑자기 찾아든 둘만의 시간에 방안 공기가 더워지는 듯싶다. 바오로가 잔잔한 미소로 데클라를 바라본다. 헉, 숨이 막히는 기분을 느끼며 데클라도 마주 본다. 영혼에게도 육신이었던 시절 감정이 그대로 남아있다는 게 믿어지지 않는다. 데클라는 조용히 책상 서랍을 열고 서첩을 빼어 펼쳐 든다. 「사랑의 묘약」 시가 쓰인 페이지를 손가락으로 지적하며 혼잣말처럼 속삭인다.

"2천 년 전, 우리가 처음 만났던 그때 이런 시를 읽으셨더라면 좋았겠는데, 그때 이 시를 지은 시인은 우주의 허공을 헤매는 탄소, 질소, 수소, 헬륨 등 입자로 남아서 별이 되고 인간이 되려고 땀을 흘리고 있었겠지요. 다행히 인간이 된 그 시인은 지금도 이런 예쁜 시를 쓰고 있을까요? 인간 세계의 남녀 사랑은 이루지 못했을 때 더 아름답다 합니다. 천국에서는 더 높은 사랑만이 존재하니 아름다움의 척도 역시 다르겠지만 쓸쓸한 마음은 어쩔 수 없네요.

훗날 누구와 지구 동반 여행을 한다면 바오로 님과 함께 터키의 고향 마을, 불길 치솟던 화형대 자리를 찾아가 보고 싶군요. 고통스러운 과거도 추억은 아름다운가 봐요."

데클라 눈가에 이슬이 맺히고 바오로는 처연히 바라본다.

28. 예수회 동지

뜻밖의 손님을 맞아 세례 요한은 잠시 당황했다. 그것도 지구 사무실에서 천국에 막 돌아와 숨을 돌리려는 순간 비서실 인터폰이 울리더니 손님 내방을 알린 것이다. 그러지 않아도 세례 요한 지구촌 관리위원장직은 며칠 전부터 골머리가 아팠다. 지구 지하 지옥 두목 아마토가 경비원의 눈을 피해 지옥에서 빠져 나와 어디론가 사라졌기 때문이다.

지금 상황에서 그가 갈 곳은 뻔하다. 페르가몬 지옥별의 루시퍼를 십중팔구 만나고 있을 것이다. 이에 따른 대책을 야고보 총리와 논의하기 위해 급히 천국 사무실로 돌아왔는데 숨 돌릴 새 없이 손님이 찾아왔다는 것이다. 다소 귀찮은 형편이다.

"지금 막 나가려던 참이야. 누구라고 하시는가?"

"한 분은 이냐시오 로욜라, 또 한 분은 피에르 파브르 님이라고 하십니다."

세례 요한은 방문객 이름을 듣고서도 얼른 얼굴이 떠오르지 않았다. 전혀 감이 잡히지 않는 것이다. 퉁명스럽게 되물었다.

"누구라고?"

"예수회 창립자로 프란치스코 하비에르 원로원 의원님과 파리대학 동창생이랍니다. 두 분 다 지금은 천국 아카데미 대학교의 철학과 신학 교수로 재직 중이고요."

그때서야 세례 요한은 아차 싶었다. 언젠가 하비에르가 소개했던 기억이 살아난다. 그들이라면 안 만날 수 없다. 무슨 일일지 궁금했다. 예수회는 중세기 파리에서 발족하자마자 군대식 조직으로 복음화 사업 효율성을 한 단계 업그레이드 시킨 공로가 크다.

"허허허, 이거 실례가 많았습니다. 진작 모셨어야 하는데 결례를 범했군요. 하비에르 의원님과는 자주 만나시는지요? 저도 얼마 전 뵌 일이 있습니다만."

세례 요한은 로욜라와 파브르 교수를 응접실이 아닌 사무실로 모셨다. 처음 따돌리려 했던 마음을 간파당했을지 모른다는 예감을 만회라도 할 듯이 최대한 경의를 표한다. 그도 그럴 것이 로욜라와 파브르는 하비에르와 파리 대학 기숙사 룸메이트이다.

게다가 몽마르트 언덕에서 출범한 예수회 창립 7인회 멤버의 핵심이다. 로마 교황에 대한 절대 복종과 초대 조직 수장의 독단적 권한 행사를 출범과 더불어 강령에 명기했던 이냐시오 로욜라 총장에게 세례 요한은 평소 은근한 경외감을 가져왔던 것이다.

"어제 비서실에 연락했더니 오늘쯤 지구에서 오신다고 하기에 황급히 찾아뵈었습니다. 이쪽은 피에르 파브르라고 예수회 창립 동지로 신동 소리 많이 들었지요. 도움 말씀 들을까 함께 왔습니다."

로욜라가 약간 발을 절며 사무실로 들어서자 앉기도 전에 먼저 함께 온 동행을 소개한다. 로욜라보다 훨씬 젊은 얼굴로 재기가 넘쳐 보인다. 하긴 하비에르가 로욜라보다 15년이나 아래인데 파브르는 하비에르보다 6일 뒤 태어난 동갑내기라니까 그럴 수밖에 없다.

"아, 그 유명하신 철학 교수님이시군요. 파리 대학에서 늦게 수학하신 로욜라 님을 위해 프랑스어 개인 교수도 하셨다고 들었습니다. 학교에서는 제자이고 예수회에서는 총장님으로 모셔야 하니 많이 불편했겠네요."

세례 요한이 분위기를 부드럽게 하려는 듯 농담 비슷이 말을 건네자 파브르가 공손히 인사하고 대답한다.

"아뇨, 제가 졸업할 때 100명이 인문학 석사를 받았는데 저는 24 등, 하비에르는 22등으로 저보다 나았어요. 담당 교수님이 저를 총 애해서 자기 대신 철학 강의를 맡기긴 했지만 하비에르 의원이 모든 면에서 저보다 우수했지요. 로욜라 님의 경우 스페인 출신이라 프랑 스 말이 좀 약하고 만학이셔서 다소 도와 드린 것뿐입니다."

파브르까지 수인사를 끝낸 뒤 로욜라가 방문 용건을 꺼낸다.

"지구촌 복음 확대는 지상 인간과 천국 주민 모두의 책임이라고 생각합니다. 하느님이 인간을 창조, 우주에 생동하는 기운을 불어 넣은 목적이 '죽음'과 같은 정적이 아닌 '삶'의 활력에 있다면 그 '삶' 을 어떻게 꾸려 갈지 선택은 피조물인 인간의 일이겠지요. '악의 길' 이냐, '사랑의 길'이냐 선택해야 합니다. 하느님은 원래 사랑의 길을 생각하며 자유의지까지 주었는데 그게 탈이 되고 말았어요.
   인구 증가와 자유의지에 의한 문명 발전이 '악의 길'을 넓혀 '사랑 의 길'을 압도하기 시작한 겁니다. 우리는 복음 확대로 이를 역전시 키고자 지상에서 공격적인 예수회를 만들었지만 인구 70억 명을 돌 파했다는 요즘 지구촌 상황은 여전히 암울합니다."

로욜라가 잠시 숨을 고르는 순간 세례 요한이 민망한 얼굴로 자책 한다.

"제가 지구촌 관리위원장직을 너무 오래 하는 것 같습니다. 진작

조치했어야 하는데. 표면적인 신도 수만 보고 소홀히 판단했어요. 허구적 통계에 너무 안주한 게 탈입니다."

"세례 요한 님 책임보다 무관심했던 저희 모두의 잘못입니다. 문제가 있으면 하느님께 과감히 대책을 진언했어야 하는데 아무도 방울을 달지 못했어요. 예컨대 좀 폭력적이기는 해도 중세 십자군 전쟁은 그리스도를 세계에 심는 선교 방법으로 나쁘지 않았습니다. 그러나 지금 다시 그런 종교 전쟁이 일어난다면 지구는 너도나도 핵폭탄을 갖고 있는 처지에 공멸하고 말겁니다.

그렇다면 남은 방법은 그리스도의 기적을 깜짝쇼 식으로 많이 일으키는 게 첩경입니다. 예수님도 공생활 초기 많은 기적으로 이목을 끌었고 야고보 님, 베드로 님, 바오로 님 등 초대교회 사도들 역시 하느님을 대신한 갖가지 이적으로 사람들 눈길을 끌어 포교에 성공했었지요. 매너리즘에 빠진 그리스도교가 이제 다시 그런 기적을 보일 시기라고 판단, 의견을 듣고 싶어 찾아뵈었습니다."

"그렇습니다. 듣기에 일부 개혁주의자들이 이미 야고보 행정부와 상관없이 지상에 살아 있는 '영계인간'을 설정했답니다. 인간에게 하늘나라 실상을 샅샅이 보여준 뒤 돌아가 인간 세상에 그대로 증언케 하는 거죠. 원로원 사무총장 스테파노 님 등 7인 봉사자회 중심으로 바오로 님, 정약종 님 등이 지원해 결실을 맺었답니다. 그래서 저희 예수회 쪽은 이보다 더 강력한 방안을 제시하고 싶은 겁니다."

로욜라가 방문 목적을 거창하게 말하자 얌전히 앉아 있던 파브르도 잇달아 맞장구친다. 세례 요한이 고개를 끄덕였다.

"영계인간 얘기는 저도 들었습니다. '마이클 박' 목사라는 한국계 미국인 부흥사가 선정돼 하늘 여행을 한 뒤 서울에서 보고회까지 한 차례 가졌다고요. 초기 반응은 좋았다지만 이런 게 잦으면 식상하기 쉽고 일반에게 사후 세계에 대한 공포심 조장과 신성 경시 풍조를 일으킬 수 있습니다. 두 분이 생각하는 대안은 어떤 겁니까?"

세례 요한은 얼마 전 영계인간 설정의 필요성에 대해 자문받은 일을 생생히 기억한다. 스테파노 총장의 느닷없는 전화 설명을 듣고 취지를 이해하긴 했다. 또한 한국계 미국인 마이클 박 목사를 영계인간으로 천거하고 싶다는 데도 이의를 달지 않았다.

하지만 실제 구체적 전개 내용은 잘 몰랐다. 자신의 지구촌 관리위원장 직책 때문에 마지못해 뒤늦게 이해를 구한 것 같은 섭섭한 감도 없지 않았다. 결국 소외된 느낌인 것이다. 그런데 로욜라와 파브르는 직접 이보다 더 강력하다는 방안을 갖고 찾아와 의견을 물어본다. 당연히 솔깃해졌다.

세례 요한이 선뜻 반응을 보이자 로욜라가 동료 파브르의 얼굴을 슬쩍 살핀 뒤 천천히 입을 열었다. 둘 가운데 누구 발상일까. 순간 세례 요한에게 묘한 의문이 떠올랐다 사라진다.

"하비에르의 '썩지 않는 발', 이적을 이용하자는 겁니다. 아니, '썩지 않는 시신'이라고 해야겠네요. 인도 고아 시 소재 '봄 지저스' 대성당에 안치된 그의 시신 앞에서 이적을 스스로 경험한 사람이 많다고 들었습니다. 미라도 아닌데 4백 60여 년간 부패하지 않고 성자의 모습 그대로 현존하는 것은 정말 기적이지요. 그렇다면 그 기적을 현실화해 진짜 부활시켜 보면 어떨까 생각합니다. 시신의 부활, 초대 교회 시절 예수와 베드로 제자 등 일부 사도가 보였던 권능 이상을 21세기 현대에 행사한다면 실로 반향이 클 겁니다."

로욜라가 여기까지 열변을 토했을 때 갑자기 세례 요한이 그의 말을 제지했다.

"아, 그만, 실례지만 여기서 잠시 말을 멈춥시다. 이건 참 중대한 얘기입니다. 우리끼리 논의할 게 아니라 지금 바로 야고보 총리에게 가 봅시다. 저도 평소 이 문제를 생각한 일이 있지만 말을 꺼내지 못했었지요. 로욜라 님이 야고보 총리에게 의견을 제시, 공식 논의하는 게 좋겠습니다. 하비에르 님 시신 부활은 금단의 열매를 건드리는 것일지 모르니 우리끼리 간단히 결정할 일이 아닙니다."

세례 요한은 말을 마치자 비서실에 당장 야고보 총리와 면담 연락을 취하라고 지시한다. 또 지구 지하 지옥 감시부 책임자인 야고보 총리의 동생 요한 부장도 급히 천국 총리실로 호출했다. 세례 요한 비서실이 부산하게 움직이는 동안 로욜라와 파브르는 일단 근무처인 천국 아카데미 대학으로 돌아가 대기하기로 한다. 약속 시간 잡히는 대로 총리실에서 세례 요한과 재회키로 한 것이다.

그리고 세 시간쯤 뒤에 야고보 총리는 때마침 천국 사무실에 와 있던 친동생 요한 지옥 감시부장과 세례 요한 지구촌 관리위원장을 접견한다. 아마토 지구 지하 지옥 두목의 돌연 외출과 행방불명은 세 천국 고위직에게 심각한 골칫거리였다.

하느님 행방이 묘연하더니 아마토까지 사라져 신경 쓰게 만든다고 야고보의 심사가 매우 불편하다. 경력으로 치면 예수님께 세례식을 거행한 세례자 요한이 선임자이지만 2천 년 긴 세월 천국 총리를 지낸 야고보의 위엄은 몸에 배어있다. 두 사람 앞에서 거침없이 말한다.

"도대체 지옥 관리를 어떻게 했기에 거기 수괴 친구가 빠져나가는 것도 모르고 있었나? 단 하나의 출입구조차 통제하지 못한다면 지옥 감시부란 기구를 둘 필요가 없지. 얘기해봐. 어찌 된 일인지."

야고보 총리는 입으로는 동생 요한을 야단치지만 실제로는 세례자 요한을 겨냥하고 말을 꺼낸다. 지옥 감시부는 천국과 지옥의 긴 역사로 미루어 비교적 신생 기구다. 적어도 보통 악령 중 하나였던 아마토가 서서히 지옥에서 실력을 발휘, 마침내 자칭 지옥의 대왕으로 등극하기까지는 존재하지 않았다.

하지만 어느 날 아마토란 걸출한 악령이 지옥에서 투쟁을 거듭한 끝에 수괴로서 우뚝 서자 지옥을 효율적으로 관리하기 위해 일종의 교섭 창구 겸 감시 기구로 따로 발족시킨 것이다.

게다가 루시퍼 천사가 하느님께 감히 맞서다가 천국에서 퇴출된 뒤 페르가몬 지옥별에 유배되자 그는 그곳을 효과적으로 개조, 넘쳐나는 지하 지옥 악령 일부를 받아 관리하게 된다. 하느님은 지옥을 이중 체제로 관리, 상호 간 경쟁에 의해 그나마 개선의 정이 보이는 악령을 구제하려는 마지막 시도까지 아끼지 않은 것이다. 지옥 감시부는 이런 하느님의 끝없는 사랑을 역이용, 지구와 천국을 더럽히려는 아마토와 루시퍼의 배신 가능성에 대비하는 기구다.

"정말 엄청난 실수를 저질렀습니다. 죄송합니다. 한동안 조용해서 긴장이 풀어졌던 탓인지 지옥문 경비책임자가 그만 미인계와 변장술에 잘도 속았다는 겁니다. 미인계를 쓴 절대 가인은 아마토의 정부인 이제벨입니다. 지금 위치를 추적 중이니 조만간 밝혀지겠지요. 우선 고정하시고 추이를 지켜보십시다."

동생 요한이 벌게진 얼굴로 형인 야고보 총리의 야단을 고스란히 받고 있는 것을 씁쓰레하게 보던 세례 요한이 대신 사과하고 나섰다. 그제야 야고보 총리는 지나쳤다는 것을 느꼈는지 굳어진 얼굴을 펴며 말한다.

"요한 세례자께 말씀드린 게 아닌데 미안합니다. 제 동생이 간혹 덤벙대는 경우가 있어서 주의를 준 것뿐이니 마음 쓰지 마십시오. 아마토의 위치야 곧 밝혀지겠지요."

"제가 오늘 요한 부장과 함께 총리님을 뵙기로 한 것은 지구촌 복음 확대와 관련, 획기적 기획을 말씀드리고 의견을 구하고 싶어서입니다. 어찌 보면 하느님께 상당한 누가 될지도 모르는 일이라 조심스럽거든요."

"뭡니까? 하느님께 누가 되는 일이라면 안 하는 게 상수지요."

"하느님께선 사랑의 복음을 전파시킬 수만 있다면 어떤 위험도 감수할 것을 허락하셨습니다. 그래서 깜짝 발상의 전환을 해보았지요. 하지만 그 구체적 내용 설명은 저보다 그 방안을 제기한 당사자가 하는 게 낫다고 봅니다. 그 친구가 곧 올 테니 잠시만 기다려 주십시오."

야고보 총리와 세례 요한이 말을 주고받는 동안 이윽고 비서실에서 인터폰 연락이 왔다. 이냐시오 로욜라, 피에르 파블로 천국 아카데미 두 대학교수가 지금 막 도착했다는 것이다. 야고보 총리가 뜻밖이라는 눈길을 세례 요한에게 보낸다. 그가 웃으며 고개를 끄덕이자 방문자를 안내하라고 비서실에 말했다.

"야고보 총리님, 정말 오랜만에 뵙습니다. 잘 지내셨는지요?"

마침내 총리 집무실에 들어선 로욜라가 자신에 찬 얼굴로 인사말을 건넬 때 파블로는 한쪽 옆에 서서 그냥 90도 각도로 굽혀 깊은 절을 한다. 사실 파블로에게 야고보 총리는 처음 만나는 사적 자리인 것이다.

반면 로욜라는 하비에르의 원로원 국방위원장 취임식 등 공식적 자리에서 몇 차례 만난 일이 있다. 마지막이 언제인지 기억하지 못할 만큼 까마득하나 안면 튼 지는 꽤 된 셈이다. 그때마다 하비에르는 야고보 총리에게 로욜라를 마치 보물인양 가리키며 예수회 창립의 원조이자 자신 신앙의 멘토라고 극찬을 아끼지 않았다. 이제 그 효과가 얼마나 나타날지 로욜라는 궁금하다. 이 영감이 기억이나 하고 있을까 몰라.

"우리 멘토님 얼굴은 항상 우수에 찬 느낌입니다. 그런데 오늘은 꽤 밝으시네요. 지상의 예수회가 재 창립 선언을 하고 로욜라 님을 명예 총장으로라도 선임했다고 연락이 왔습니까? 아무튼 너무 오랜만이라 내가 새삼 미안해집니다. 또 한 분은 누구신지?"

두 사람이 자리 잡고 앉는 동안 야고보는 빈틈없는 접객 솜씨 대화를 과시한다. 역시 2천 년 총리 관록은 만만치 않은가 보다. 이에 로욜라는 안심하고 옆자리 세례 요한은 깜짝 놀란다. 요한 지옥 감시부장이 형에게 파브로를 소개한다.

"아, 여기 파브로 님도 예수회 창립 멤버로 하비에르 님과 파리 대학 동기 동창입니다. 신학과 철학 모두에 조예가 깊어 20대 초반 모교에서 강의를 맡았었고 천국에 와서도 아카데미 대학의 고리타분한 철학 강의를 한숨에 인기 강좌로 끌어올린 명강의 교수님입니다. 저 같은 둔재도 오래 전에 이분 강의를 듣고 철학에 취미를 갖기 시작했다면 알만 하지 않겠어요."

"아, 그렇군요. 예수회 창립 멤버라는 소리만 듣고도 등골이 서늘한 느낌인데요, 철학과 신학 양자 공히 명 강의 교수라면 저희 어부 출신들에게는 사뭇 외경감을 줍니다. 특히 제 동생 요한까지 돌보아 주셨다니 두 분 다 고맙고 반갑네요. 자, 차들 한잔씩 드시고 천천히 얘기하지요. 오늘은 저도 여유를 가질까 합니다."

야고보 형제가 저들끼리 파브로 소개를 주고받는 사이 세례 요한의 머리가 또 복잡해진다. 야고보가 평소와 달리 오늘처럼 파격을 보이는 까닭을 선뜻 알아내기 힘든 것이다. 그에게 권위와 함께 따라다니는 객쩍은 위엄, 나태, 냉기가 이날따라 싹 가시고 없다.

뭐, 특별히 좋은 일이 있는가 아니면 지금까지 종적이 묘연한 하느님을 혼자 찾아뵙고 뜻밖의 칭찬, 또는 장기 연임 다짐이라도 받았는가, 아니면 하비에르에게 개인적인 친분이 돈독해 그들과 인연 깊은 로욜라와 파브로를 진심으로 환영해서인가?

그때 로욜라가 먼저 세례 요한을 향해 입을 열었다.

"총리님께 저희 계획을 말씀드렸습니까?"

"아니, 아직 안 했어요. 다만 하느님께서도 놀라실 만한 사랑의 복음 전파 얘기라고 전제는 깔았습니다. 자세한 것은 제안자이신 로욜라님이 직접 하실 것이라고."

세례 요한의 대답이 끝나자마자 야고보 총리가 나선다.

"하느님께서도 놀라실 얘기라니 실상 겁이 좀 납니다. 원만한 내용이었으면 좋겠는데 일단 오셨으니 말씀은 하시지요."

"지상에 하느님 복음 확대를 위한 획기적인 조치, 즉 기적이 필요하다고 했습니다. 예수님 부활 같은 확실한 기적을 보여 천국 믿음을 더 공고히 하고 확산시키자는 취지지요. 총리님도 썩지 않는 하비에르 의원의 시신 얘기는 알고 계실 겁니다.
그 기적을 활용, 예수님처럼 하비에르를 부활시키고 또 한 번 선교 고행을 시켜보자는 취지지요. 아마 다른 종교들이 받는 충격, 아니 기독교 내부 충격도 엄청날 것입니다. 신화처럼 여겨 온 부활이 현실로 나타날 때 얼마나 놀라겠습니까. 그만큼 그리스도 복음은 활기찰 게 틀림없고요."

로욜라가 담담히 설명했다. 하느님도 놀랄 제안을 이처럼 태연히 말하다니 강심장인가, 좀 모자라는가. 얼떨떨해진 세례 요한이 야고보의 얼굴을 살핀다. 감히 예수 부활에 비유해가며 저렇게 천연스럽게 하비에르 부활을 얘기한다면 당연히 경악스런 표정이어야 할 것이다. 하지만 아니었다. 의외로 무심하다.

"가능한 발상이지만 지나친 파격이 역작용을 초래하지는 않을까. 이를테면 예수님 재림과 최후 심판 같은 성서적 내용들에 혼동을 일으킬 수도 있고."

야고보 총리가 혼자 말처럼 중얼거리자 파브르가 응수한다.

"여기 세례 요한님처럼 예수님 재림의 선지자 역할이라고 한다면 문제 될 게 없을 것 같은데요. 그때처럼 광야에서가 아니라 지금은 대도시 한복판에서 예수 재림을 외치고 다녀야 하겠지만."

"그래도 예수님 부활은 돌아가신 지 불과 사흘 만이었는데 하비에르의 경우 무려 500년 가까운 세월이 지난 뒤라 역 반향이 클지 모릅니다."

이번에는 세례 요한이 문제를 제기한다.

"그게 바로 우리가 바라는 효과입니다. 이른바 노이즈 효과, 다시 말해 소음 효과를 보게 되지요. 반향이 클수록 사람들 마음이 더 많이 움직일 겁니다. 복음 선교가 쉬워지게 되고요."

야고보 총리가 떠보듯 세례 요한의 의문을 대신 답변한다. 동생 요한이 침묵을 지킨 가운데 로욜라, 파브로, 야고보가 하비에르 부활 계획을 찬성하는 편이고 세례 요한이 의문을 제기하는 식으로 얘기가 진행되자 세례 요한은 마음속으로 쾌재를 부른다. 잘하면 야고보 총리라는 거대 장막을 뚫고 나갈 낌새다.

"무엇보다 본인인 하비에르 님은 이 계획을 알고 있습니까? 자신의 현재가 완전히 뒤바뀌고 부활 이후 삶이 어떨지 감도 잡을 수 없는데. 개인적으로는 끝없는 미로를 가는 것이나 다름없습니다."

동생 요한 지옥 감시부장이 침묵 끝에 질문을 던진다.

"일단 의사 타진은 했습니다. 본인은 우려와 달리 대찬성이었지요. 원래가 모험을 좋아하고 복음 선교라면 목숨도 초개같이 여긴 사람인데 이런 일이야 멍석 깔아 주기만 바라고 있었을 겁니다."

이냐시오 로욜라가 대답한 뒤 좌석에는 잠시 정적이 흘렀다. 대강 의견이 찬성 쪽으로 기울어 야고보 총리의 결단을 기대하는 분위기다. 서로들 차갑게 식은 찻잔을 입에 대고 있었다.

29. K목사 쇼크

의사는 가벼운 뇌진탕 정도라고 말했다. K목사가 영계인간 마이클 박 목사의 천국 여행 보고 대회 연단에서 의식을 잃고 쓰러졌을 때 한국의 119 소방대는 그야말로 제트기처럼 빨랐다.

사고가 나자마자 대원들이 연단에 뛰어올라 환자 인공호흡을 시키면서 인근 종합병원 응급실로 이송하는데 10분 남짓 걸렸다면 족히 기네스북에 올라야 할 것이다. 덕분에 K목사는 큰 후유증 없이 깨어났다. 다음 날 아침 부흥회를 다룬 기사와 자신의 돌발 사고를 신문이 어떻게 보도할지 궁금한 정도가 된 것이다.

"이재준 목사를 불러요. 예배 끝나는 대로 병원에 오라고. 그리고 조간 종합신문 모두 사 오세요. 언론사 끝발 있는 친구 두어 명도 함께 왔으면 좋겠다고 전하고요."

아침 식사를 병원 식으로 때운 K목사가 감사 기도를 드린 뒤 한 조간신문을 살펴보다 불현듯 시중하는 비서에게 말한다. 비서가 S교회 담임 이재준 목사와 연락을 취하는 동안 K목사는 계속해서 신문을 정독했다. 마이클 박 목사의 부흥회 기사는 예상대로 1면 톱을 장식하고 있었다. 하지만 K목사의 관심은 부흥회에만 있지 않았다. 자신의 사고 기사가 어느 위치에, 얼마나 크게 다뤄졌는지 지면 배정을 살폈다.

'생각보다 작구먼. 하긴 내가 지금 원로 목사 신분인데 크게 날 리 없지. 되레 작게 취급해서 모르고 지나는 게 나을지 몰라. YS 같은 정치인이 좋건 나쁘건 그저 자기 기사를 크게, 사진을 곁들여 매일 써 달라고 부탁했다는 설과는 다르단 말이야. 그 바람에 그 사람, 대통령까지 지냈지만.'

K목사가 부흥회에서 일어났던 자신의 연단 졸도 사고 기사를 읽고 혼자 중얼거린 말이다. 명함판 크기 얼굴과 119 소방대에 의해 들것에 실려 나가는 사진 두 컷이 2단 정도 크기로 실려 있었다.

작은 실망과 자기 위로를 교차시키며 다른 면으로 눈을 돌리던 그에게 색다른 기사 하나가 눈에 확 들어왔다. '아니, 이럴 수가' K목사 목소리가 얼마나 큰지 비서가 깜짝 놀라 돌아본다.

가로 16cm, 세로 24cm 박스 기사로 S교회를 압도하는 대형 X교회 부정 관련 기사가 대문짝만하게 실려 있었다. 교회 장로가 일부 목사들과 연합해 담임 목사 측 회계 부정을 낱낱이 고발하는 기자회견을 연 것이다. 성 추문, 회계 부정, 사치, 권력 유착 등 담임 목사 비리 기사는 큰 교회일수록 단골손님이지만 대개 증거 불충분이나 1단짜리 후속 기사 몇 줄 나오다 흐지부지되기 일쑤였다.

K목사는 차라리 이 교회 부정사건 보도를 오래 끌고 가게 할까 생각도 들었다. 대체로 대형 교회 비리 기사가 용두사미 되는 것은 속보 부재 때문이다. 언론사 광고, 인맥 등 여러 사정이 복합 작용한 결과다. 하지만 관련 자료를 언론사에 계속 흘리면 사정이 달라질지 모른다. K목사가 이런 생각까지 하게 된 이유는 마이클 박 목사가 부흥회 강연 도중 자신에게 날린 돌직구 때문이다. 당시 그는 갑자기 연단 뒤를 돌아보며 지나는 말처럼 아주 나지막이 말했었다.

'그분이 K목사님 안부를 물었습니다.'

불과 몇 초 동안이었지만 그 짧은 말은 그의 심장을 날카롭게 후비고 남았다. 깃털처럼 너무나 가볍게 흘린 말이라 남들은 심상하게 넘긴 것 같지만 K목사에게는 영락없는 불화살이었다. 도둑이 제 발 저린 격인가.

의문이 꼬리를 물고 망령은 계속 목을 조여 왔다. 누굴까. 누가 천국에서 자신 안부를 물었을까? 마이클 박 목사가 거론한 천국의 마중자 세 사람 가운데 자기 안부를 물을 만한 사람이 누굴까. 오네시모라는 '향상문' 수비 책임자는 애당초 대상이 아니다. 한국 출신 두 사람 가운데 누구일 텐데 도무지 감이 가지 않았다.

최인호 작가를 알기는 하지만 개신교 유명 목사인 그는 평소 천주교 쪽에 가까운 그와 데면데면했다. 최 작가 장례 때 문상한 기억도 없다. 그렇다면 정약종 그 사람인데 천국 고위직 신분으로 현재 일선 교회 담임 목사직까지 물러난 안면 없는 원로 목사에게 새삼스레 안부 전해 달라고 했을지 역시 의문이다.

그리고 보면 최근 수호천사 김성미도 좀처럼 나타나지 않았다. 언젠가 김성미가 K목사에게 정약종이란 존경받는 한국인 원로원 의원을 소개받은 적 있다고 자랑하는 말을 들은 기억이 있다. 이럴 때 나타나 물어보면 좋으련만 그녀는 소식이 없다. 남편 이훈락 장로가 K목사 관련 자료를 잘 보완했다는 소식만 꿈결인지, 환시인지 가운데 설핏 전해 받았을 뿐 그 이후 내막은 모른다.

그녀에게 무슨 변고라도 생겼을까? K목사의 조바심이 점점 커진다. 다시 비서에게 이재준 목사와의 통화 여부를 채근하려 할 때 그가 마침 통화 중이던 휴대폰을 K목사에게 넘겨주며 말했다.

"이 목사님이세요. 방금 설교 끝내고 나오셨다네요. 직접 통화하시겠어요?"

두말없이 K목사는 휴대폰을 받아 들었다.

"날세, 이 목사. 자네 지금 병원으로 바로 와 주겠나?"

"네, 설교 말미에 목사님 안부를 신도들에게 전하고 곧 퇴원하실 터이니 면회는 사절이라고 했습니다. 번거로우실 것 같아 그랬는데 괜찮지요?"

"응, 잘했네. 별일도 아닌데 몰려오면 서로 피곤하지. 그런데 자네 올 때 마이클 박 목사를 좀 데려올 수 없나? 나 때문에 부흥회가 엉망이 되었으니 사과를 해야지. 또 개인적으로 알아볼 일이 있어. 언론계 관련 얘기할 것도 있지만 그건 좀 더 생각해보고 나중에 보세."

이재준 목사는 다소 곤란한 듯 뜸을 들이더니 곧 알아보겠다고 전화를 끊는다. K목사도 순간 아차 싶었다. 마이클 박 목사는 지금 자신이 원한다고 바로 쫓아올 그런 인물이 아니다. 전국적, 아니 세계적 부흥사로 우뚝 서가는 유명 목사가 된 것이다. 그걸 이 목사에게 단숨에 데려오라니 무리치고는 맹랑했다. 허탈하게 웃는데 다시 비서 휴대폰 벨이 울리더니 곧장 K목사에게 전해진다. 이재준 목사였다.

"응, 선약이 있겠지? 너무 일방적이라 미안하다고 전하게. 우선 자네만이라도 오지."

K목사가 체념해서 미리 사과 말을 전하는데 이 목사는 의외로 밝게 대답한다.

"아닙니다. 목사님, 그와 한 시간쯤 뒤에 만나 같이 찾아뵙기로 했어요. 마이클 박도 자기 부흥회에서 사고를 당하신 까닭에 마음 부담이 컸던지 만사 제쳐 놓고 오겠답니다."

K목사는 모처럼 활짝 웃었다. 큰 소리로 이 목사를 칭찬한다.

"응, 자네 참 화통한 사나이야. 다 자네 성실한 능력에다 성령님의 임재 덕분이겠지. 그럼 그때 보세."

전화기를 내려놓는 순간부터 K목사는 시계를 보기 시작한다. 한 시간쯤 뒤에 그들이 만난다면 병원 도착은 그보다 또 30분은 더 걸리리라. 그때까지 일각이 여삼추일 것 같아 K목사는 비서에게 마이클 박 목사의 부흥회 녹화 테이프를 틀어 보라고 지시한다.

조금이라도 더 마이클 박 목사 강연 내용을 숙지하고 대화에 미숙함을 없애기 위해서다. 아울러 박 목사가 강연 도중 연단 뒤쪽으로 돌아서며 자신에게 중얼대듯 던진 말을 몇 번이고 돌려 가며 들었다. 결론은 분명 우연 아닌 의도적 발언이었다.

K목사의 조바심이 절정에 달할 무렵 마이클 박 목사와 이재준 목사가 나란히 병실 문을 열고 들어섰다. 마침 창가에 서서 밖을 내다보던 K목사가 황급히 돌아서며 이들을 반긴다.

"어서들 오시요. 요즘은 속도전이라더니 박 목사 문병도 초고속일세. 부흥회 때문에 피로할 텐데 오시게 해서 정말 미안합니다. 2, 3차 다음 부흥회는 지방에서 한다고요? 서울 강북 지역에서 한 번 더하고 지방으로 가도 될 것 같은데 너무 빠른 것 아닙니까?"

"어이쿠, 걱정한 제가 다 무색할 정도로 건강하신 모습입니다. 워낙 튼튼한 체질이시지만 이만하길 천만다행이지요. 부흥회 스케줄은 저 혼자 짤 수 없고 개신교, 천주교 합동 영계인간 관리위원회에서 정하기로 했습니다. 천국여행이 어느 개인, 교파에게 주어진 특권이 아닌 때문이지요. 이재준 목사, 최동혁, 이채구 신부 등 몇 분과 진작 위원회 구성을 마쳤습니다."

마이클 박 목사의 시원시원한 대답에 K목사는 답답했던 가슴이 좀 풀리는 것 같다. 제일 자기가 아끼는 이재준 목사가 그 위원회 멤버라는 게 반가웠다.

"마이클 박 목사 강연은 비단 국내에 그치는 게 아닙니다. 해외에서 더 흥분들 해서 초청장이 답지하고 있어요. 누가 대신 가서 자기가 본 것처럼 말할 수도 없고 박 목사 스케줄은 정말 분단위로 짜야 할 정도입니다."

이재준 목사가 옆에서 거들자 K목사가 조언을 한다.

"사람 몸이 하나인데 오라는 데는 많고 쪼갤 수도 없다면 방법은 한가지네. 녹화 테이프를 선명하게 잘 만들어 보내는 거야."

"아직 거기까지는 생각을 못했었는데 역시 원로 목사님은 아이디어 맨 입니다. 위원회에서 즉각 논의, 내일부터라도 제작에 들어가야겠는걸요. 실감은 덜해도 내용은 충분히 전달될 겁니다."

마이클 박 목사는 의기양양해진다. 산더미처럼 쌓인 짐을 덜어 낸 홀가분한 모습이다. 영광 뒤에는 이처럼 부담이 따르는 것을 사람들은 저마다 영광만을 쫓는다고 이재준 목사는 가만히 생각한다. 그때 흘깃 이 목사를 바라본 K목사가 눈짓을 한다. 오랜 세월 두 사람 사이는 눈짓 하나로 충분히 대화가 가능한 사이다.

이목사가 슬그머니 비서까지 데리고 병실 밖으로 나간다. 화장실을 가는지, 휴대폰을 받으러 가는지, 간호사실을 가는지 아무튼 사라지는 솜씨가 너무 자연스럽다.

"참 부흥회 도중 박 목사님이 돌아서서 제게 무슨 말인가 했지요? 잘못 들었는데 한 번 더 말해줄 수 없을까요?"

둘만이 남은 병실의 호젓한, 아니 조금은 어색한 분위기를 깨기라도 하듯이 K목사는 부드럽게 입을 열었다. 오늘 박 목사를 부른 키포인트지만 듣기에 따라 하찮은 말이 따로 없게 지나가는 말투다.

"아, 그래요. 그분이 목사님 안부를 물었었지요."

박 목사는 그날처럼 똑같이 말했다. K목사가 재빨리 다그친다.

"그러니까 그분이 최인호 작가? 아니면 정약종 의원입니까?"

"아뇨, 오네시모 '향상문' 수위장입니다. 천국에 들어가려면 반드시 거쳐야 하는 관문 책임자이지요. 여기서 사후 저승에 온 영혼들이 천국행, 연옥행, 지옥행인지를 가려냅니다. 대개 이승에서 갈 곳이 정해지지만 천국 입국자는 여기서 최종 심사를 또 받는다고 하네요. 성경에 나오는 오네시모 님은 목사님도 잘 아시지요?"

K목사의 가슴이 덜컥 내려앉았다. 같은 한국인인 정약종 의원이라면 무슨 다른 이유로 안부를 물을 수 있겠지만 알지도 못하는 오네시모는 경우가 다르다. 더욱이 천국 입국 심사부 책임자라니 불길하다. 자신과 김성미 수호천사, 그의 남편 이훈락 장로가 삽시간에 연결된다. 김성미는 분명히 심사 자료 보완을 잘 끝냈다고 말했었다.

잠재한 양심의 자책 트라우마일 거야, 생각하는 순간 K목사는 몸 속 깊은 곳에서부터 떨림을 감지한다. K목사가 갑자기 마이클 박에게 오한을 호소할 때 이재준 목사와 비서가 병실로 들어왔다. 하얗게 변한 K목사의 안색을 보자 그들은 황급히 의사를 불러 안정제를 놓는 등 한바탕 소동을 벌였다.

마이클 박 목사는 도무지 갈피를 잡을 수 없었다. 부흥회에서도, 오늘도, 자기 말끝에 K목사가 과민 반응을 보이는 이유를 알 수 없었다. '그분' 얘기를 꺼낼 때마다 K목사는 비상한 신체 반응을 보이는 것이다. 안부를 묻는다는데 왜 그렇게 놀라는가. 나중에 이재준 목사에게라도 물어봐야겠다고 생각하며 박 목사는 소란이 진정되자 병원을 떠났다.

30. 탈속 애기

"새야, 새야, 파랑새야, 녹두밭에 앉지 마라."

최동혁 신부가 사무실 창가에서 주문 외우듯 몇 번이고 옛 동요를 되뇌자 이번에는 금방 신호가 왔다. 아스라이 황금 색깔이 투영되어 성화처럼 빛나는 대성당 채광창을 통해 엘리사벳의 환히 웃는 얼굴과 날씬한 몸매가 나타난 것이다. 마치 기다렸다는 자세다.

"안녕, 최 도나도 님, 한동안 못 뵈어 궁금했는데 잘 계셨지요? 오늘 웬일로 호출까지 하시고 큰일이라도 터졌나 봐요. 모처럼 수녀원에서 쉬고 있던 참이라 더 반가와 한숨에 달려왔습니다."

엘리사벳은 아직 아무것도 모르고 있었다. 그야말로 쉬고 있었던 모양이다. 최동혁 도나도 신부는 일부러 퉁명스럽게 대답한다.

"직무에 충실하지 못한 것 같네요. 방금 S교회 K목사가 별세했다는 연락을 받았습니다만 감감한 표정이니. 엘리사벳님 요청으로 나는 정말 어렵게 그분 비위 사실을 조사시켜 보고서 만들었다는 점을 알아주기 바랍니다. 실망했어요."

최 신부의 말에 엘리사벳은 정말 몰랐었든지 깜짝 놀라 되묻는다.

"누가 돌아가셨다고요?"

"S교회 K목사님. 그의 천국 입국 자료 조작 비리를 조사해 달라고 저에게 청하지 않았던가요? 그러니까 한국 개신교 활성화의 거목 한 분이 지상 생활을 마감했다는 소식입니다. 이제 어떻게 되는 겁니까, 그분은? 최악의 경우라도 지옥에 가시는 것은 막아야 할 텐데."

이 순간 최 신부는 정말 K목사에게 죄스러운 기분이다. 그는 한국 개신교 발전에 혁혁한 공을 세운 인물이다. 성실한 목회와 카리스마적 교회 운영으로 S교회가 50여 년 전 창립 예배 후 서울 변두리 천막 교회에서 오늘 날 세계 유수의 대형 교회로 크는 데 결정적 역할을 한 것이다. 그의 괄목할 노력은 다른 교회들을 자극, 한국 개신교 전체를 경쟁적으로 발전시킨 동력이 되었다.

"가만히만 계셨다면 천국행이 어렵지 않았던 분인데 너무 확실히 하려다 죄를 저질렀죠. 최 신부님에게 어려운 부탁을 했던 저도 가슴 답답합니다. 신부님께 미안하고 K목사님에게 죄송스럽고. 아무튼 제가 천국에 돌아가 전후 사정을 알아보고 나중에 상세 말씀을 드리겠습니다. 뭐라 할 말이 없네요. 정말 유감입니다."

엘리사벳은 이 말을 남기고 곧 사라졌다. 그녀가 홀연 나타났다 사라지자 최동혁 신부는 더욱 허탈한 느낌이다. 모든 게 허망하다. K목사만큼 복음 사업을 성직자들이 열심히 한다면 이 땅은 하느님 사랑으로 가득 찬 지상 낙원이 될 것이다. 그의 실수를 침소봉대하여 천국 사법청에 고발시키지 않았나 하는 자책감이 든다.

가톨릭이란 단단한 제도 속에서 최동혁 도나도 신부는 비교적 안정적 지위를 보장받아 지금에 이르렀다. 하지만 K목사는 다르다. 그는 아무 것도 없는 '無'에서 땀과 열정으로 가시적 '有'를 이룩해낸 것이다. 창조적이기보다 있는 것을 갈고 닦는 데 불과한 자신이 과연 K목사 비리를 고발할 자격이 있었는지 괴롭다.

솔직히 흔해 빠진 힐링 책 몇 권 써내며 성경 말씀을 보다 멋지게 표현했다는 이유로 교단 주목을 끌어온 자신의 일상이 오히려 초라해 보인다. 시중에 나온 각종 윤리 도덕 지침서와 신앙 고백서 등을 수십 권씩 사다가 읽고 또 읽었다. 내용과 뜻을 카피하고 모방, 최동혁 식 재치로 정리하고 결론 내려 책을 내면 그냥 잘 팔려 나갔던 것이다. 하느님께서 주신 말과 글쓰기 솜씨에 덧붙여 제도적 가톨릭 울타리가 견고하게 그를 지켜 주었다.

반면 K목사는 아무도 도와주지 않는 광야에서 온갖 악마와 싸워 이긴 승자다. 아마 산전, 수전, 공중전 다 겪었을 것이다. 광야에서 악마의 꾐은 예수님도 피하기 어려울 만큼 난해하고 달콤했었다. 하물며 인간 K목사의 고심이야 짐작할 만하지 않은가. 그런 사람에 대한 하느님 판단은 또 다를지 모른다.

너무 얄팍한 세상 잣대로 그를 재량하지 말아야 했다. 감싸주지는 못해도 명탐정을 동원, 비리 고발서를 만들어서는 안 되었다. 그 숱한 베스트셀러, 여기저기서 한두 시간씩 해 주고 듣는 명 강연 칭송, 그게 다 뭐란 말인가. 그릇 큰 목사님을 작은 인간적 실수로 깎아내렸다는 자괴감이 최 신부를 괴롭혔다.

최 신부가 이런 고민 속에 망연히 방안을 서성거릴 때 휴대폰이 울렸다. 이채영 E대학 교수 전화였다. 예의 명랑한 음성이다.

"문상 가실 일이 생겼네요. 채강 작은 오빠한테서 얘기 들었어요. S교회 K목사님 별세하셨다고요. 자기는 문상 갈 처지가 아니니까 최 신부님과 상의해서 저보고 다녀오라네요."

최동혁 도나도 신부는 고소를 지었다. K목사의 과실을 날카롭게 수사한 이채강 전직 검사, 지금은 유능한 탐정 사무소 소장으로 수사 보고서까지 쓴 자신이 직접 문상 가기 곤란하니 사건 의뢰자에게 대신 부탁한다는 묘한 논법이다.

세상 관계로 보아서도 어차피 자신은 다녀와야 한다. 거기에다 부음과 문상 얘기를 전화 통화로 아무렇지 않게 밝게 굴리는 이채영 교수 말투가 신선하다.

"한 시간 뒤 서울 강남 성모병원 로비에서 만나 함께 장례식장으로 갑시다. 큰 오빠 이채구 신부는 어떻게 한대요?"

"그러실 것 같아 미리 알아봤는데 우리끼리 먼저 다녀오래요. 다른 일이 있어 나중 따로 간다고요. 잘되었지 뭐에요. 지순이는 어디 지방 수녀원에 출장 보내셨다면서요? 시원한 산바람, 강바람, 바닷바람이 환상적이라고 방금 연락 왔었으니 오늘은 천상 우리 둘뿐이네요. 좋아 죽겠네."

이채영 교수는 최 신부 보좌관인 심지순과 이미 통화를 끝낸 모양이다. 두 노처녀 사이에 어떤 이야기가 오고 가는지 모르지만 요즘 부쩍 이채영 교수가 자신에게 다가오는 반면 심지순이 멀어지는 감이 없지 않다. 이번 출장만 해도 며칠 전 꼭 심지순이 가지 않아도 되는데 굳이 다녀오겠다고 떠났다. 뭔가 알지 못하는 사이 자신이 섭섭한 짓을 했는지 모른다.

하지만 미녀 보좌관과의 관계는 남들이 가뜩이나 호기심 가득히 보는 처지라 최대한 조심하는 게 마땅하다. 그래서 벌어진 간격이라면 도리 없다.

여기까지 생각이 미치자 최 신부는 홀연 무릎을 꿇고 하느님께 간절히 기도드렸다. '왜 이런 망념을 갖게 하십니까? 제 몸에 어디 틈이라도 벌어진 겁니까. 젊은 날 정욕을 주체 못해 저질렀던 죄를 용

서해 달라고 탄원한 성 아우구스티노스 고백록을 다시 읽고 반성하란 뜻입니까?'

한 시간쯤 뒤 두 사람은 약속 장소인 병원 로비에서 만났다. 남의 눈에 너무 띌 필요는 없다는 생각에 최동혁 신부는 사제관을 나올 때 옷을 양복으로 말끔히 갈아입었다. 검은 예복도 피했다. 곤색 상의에 진한 회색 바지, 하얀 와이셔츠, 검정 넥타이가 잘 어울렸다.

거울을 보다 말고 '어, 내 모습도 꽤 괜찮네.' 소리가 절로 나올 정도다. 이런 차림에 제일 놀라고 즐거운 사람이 바로 이채영 교수였다. 넓은 병원 로비에서 한동안 최 신부를 찾아 두리번거리다가 눈이 마주치자 한달음에 달려와 안기듯 팔짱을 낀다.

"보세요. 정말 깨끗한 신사분이 탄생하지 않았나요? 제가 벌써부터 이따금 양복 차림 하라고 말하지 않았나요? 사제복이 보기에 경건해 좋긴 하지만 그 속의 인간은 보이지 않았어요. 성직자만 보였지. 이렇게 차려 입으시니 배우, 탤런트 못지않네."

"남들이 이상하게 봅니다. 자연스럽게 갑시다. 여기는 서울 성모 병원이에요. 속 모르는 신자분들이 보면 오해할지 모릅니다."

"누가 뭐라던 상관없고요. 오늘은 저하고 데이트한다 생각하세요. 장례식장 가면서 너무 엄숙하면 오히려 고인께 실례인 시대에요. 우리 기분보다 주위 분위기를 너무 슬프게 하고 때로는 지나치게 형식적으로 보이게 하거든요."

두 사람은 병원을 나와 옆 건물의 장례식장 입구까지 그런 자세로 걸어갔다. 아주 짧은 시간이었지만 팔짱 낀 자세가 싫지 않은 게 최동혁 신부에게 신기했다. 뭐에 씌운 듯했다. K목사의 죽음이 내뿜는 강력한 파장인지도 모른다고 생각했다. 그의 혼이 아직 병원 주변을 맴돌며 자신을 유혹의 강으로 밀어 넣으려는 수작일까.

장례식장 입구에 도착해서야 두 사람은 겨우 팔짱을 풀었다. 여전히 꼭 달라붙는 이채영에게 최 신부가 "자매님, 자매님." 교회 식 호칭으로 부르며 사정하듯 뒤로 빠진 뒤였다. K목사가 안치된 특호실 주변은 온통 화환으로 가득 차 꽃집을 차려도 손색없게 보였다.

K목사 친아들과 양자 이재준 목사는 영정 사진 앞에 나란히 서서 문상객들을 맞이했다. 그게 누구에게도 이상하게 보이지 않았다. 그만큼 K목사는 이재준 목사를 입양해서 친아들 이상으로 키운 것이다. 다른 대형 교회 창립 목사들이 저마다 친아들에게 담임 목사를 물려주고 비판받는 가운데 K목사는 싹이 보이는 입양아를 일찌감치 후계자로 키웠다.

그 사실 하나만으로 칭송받고 남을 사람인데 최후가 너무 불행하다고 거듭 생각하며 최 신부는 고인 영전에 정중히 국화를 바쳤다. 부디 천국으로 가시라, 다소 비리는 범했어도 큰 목회자였노라고 기도했다. 이채영도 옆에서 반절과 목례를 얌전히 따라했다.

문상을 마친 두 사람은 병원을 나와 중앙도서관 쪽으로 천천히 걷기 시작했다. 장례식장에서 갑갑했던 기분이 한결 가신다. 예술의 전당 방향 10차선 대로 위 까마득히 높게 걸린 누에다리 앞에서 두 사람은 잠시 발길을 멈췄다. 차량 소음이 시끄럽기도 했지만 이 근

처 지리를 잘 아는 이채영이 최신부와의 데이트 길로 '서리풀 공원'
과 '몽마르트 공원' 중 어디를 택할까 궁리했던 까닭이다.

"우리 오늘 모처럼 데이트해요. 이리 올라가면 몽마르트 공원으로
서리풀 공원과는 누에다리로 연결되어 있습니다. 몽마르트는 서래
마을 주변에 프랑스인들이 많이 살며 찾는다고 붙여진 이름이고 서
리풀 공원은 원래 이 지역 이름을 딴 것인데 두 곳 다 특성이 있어
요. 몽마르트는 탁 트인 하늘이 좋고, 토끼가 놀고, 서리풀 공원은
우거진 숲과 장끼가 끽끽대며 화려한 깃털을 자랑해 좋습니다."

이채영 교수 제안에 최동혁 신부는 다소 웅크린다. 산책길이 너무
호젓하면 곤란하다는 생각이 순식간에 든 것이다.

"큰길에서 올려다보아도 좋은데 꼭 올라가야 하나."

"답답하기는, 어떻게 걷기하고 보는 것이 같겠어요. 몽마르트 공
원에는 프랑스 시비 몇 개도 볼 수 있어요. 왜 '미라보 다리 아래 세
느 강은 흐르고/ 우리 사랑도 흐르네/ 마음 속 깊이 새겨 두리/ 기쁨
은 언제나 고통 뒤에 온다는 것을.'이란 「르퐁 미라보」 제목의 시는
평범하면서 가슴 촉촉이 적시는 매력이 있어요."

그래도 최 신부가 우물우물하자 이채영이 단박에 결정을 내고 만다.

"이것저것 생각하지 말고 올라가세요. 이대로 따라 쭉 걷다 보면 서초경찰서, 검찰청, 대법원 등 권위주의 물씬 풍기는 관청 건물을 거쳐야 해요. 게다가 서초 4거리 향나무 앞길에서 S교회 신축 건물과 만나는데 엄청난 비용의 유리 벽, 도로 지하 침식 시비 등 말썽 많았던 현장을 봐야 합니다. 이런 좋은 날에는 좋은 사람과 공원 가는 게 맞아요."

이채영 교수가 말 끝내기 무섭게 중앙 도서관 차량 출입구 쪽 돌계단을 먼저 오르기 시작하자 최동혁 신부도 속절없이 뒤를 따른다. 경사가 급해 숨이 가쁘다.

왕년에 울릉도에서 괴한을 퇴치하던 솜씨, 운동으로 다져진 몸인데 벌써 이렇게 사그라 들었나 생각하니 인생 참 빠르다는 느낌이 절로 든다. 당시 구해주었던 엘리사벳이 보아도 이상할 것이다. 이런 그를 앞서 올라가던 이채영이 뒤돌아보며 핀잔을 준다.

"최 신부님, 요새 너무 기도 많이 하신 것 아녜요? 아니면 또 다른 베스트셀러 쓰신다고 책상 앞에만 계셨던가, 아무튼 운동 좀 해야겠습니다. 저하고 라인 댄스라도 배우시겠어요?"

오기 난 최동혁이 몇 발자국 뛰어 올라가 이채영을 스치듯 앞서려 하자 이채영이 두 팔로 최 신부 허리를 껴안으며 제지한다. 반칙 선언을 하는 이채영의 의외로 강한 팔 힘에 최동혁이 계단에 주저앉는 동안 그녀의 무릎에 그의 몸이 자연스레 얹힌다. 동시에 두 사람은 크게 웃었다. 최동혁은 정말 오랜만에 여인의 육체를 느낀다. 그것도 뛰어나게 지적이고 아름다운 여인의 체취다.

잠시 정신이 혼미해지는 듯싶어 일어서려 하지만 이채영이 꼼짝도 않는다. 아, 최동혁 신부는 아예 포기하는 심정으로 이채영에 등을 기대고 두 팔 벌려 하늘 높이 쳐다본다. 한 점 조각구름이 파란 하늘을 유유히 흐르고 있었다. 이채영의 도톰한 입술과 함께.

"저기 여의도 '63빌딩' 보이죠? 왼쪽으로 좀 더 시선을 돌리세요. 한강 지하철 철교 따라 왼쪽에 황금빛으로 빛나는 63층 건물, 아직까지는 서울의 랜드마크 역할을 하네요. 높은 주상복합 빌딩들이 많이 들어서기는 했지만요."

몽마르트 공원 방배동 방향에 설치한 벤치는 이채영 교수가 이곳을 찾을 때마다 5분, 10분씩 앉았다 가는 단골 자리다. 공원지기 토끼 한 쌍이 벤치 아래서 입을 오물거리다 말고 그들 발소리에 놀라 불현듯 관목 속으로 피한다. 벤치에 나란히 앉자 이채영은 손을 들어 훤히 내려다보이는 한강 쪽 지형지물에 대한 설명을 시작했다.

계단을 올라 여기까지 오는 동안 10여 분 남짓에 두 사람은 마치 연인처럼 가까워진 느낌이다. 적어도 이채영에게는 그랬다. 스스럼없이, 때로 친오빠 이채구 신부에게 하지 못하던 어리광과 교태까지 부린다. 방금 문상 다녀온 기분은 간 곳 없다.

몽마르트 공원은 서초동 반포동을 끼고 있지만 접근성으로는 방배동이 가깝다. 원래 수돗물 정수장인데 여기에 지붕을 씌우고 흙을

깐 뒤 중앙에 잔디밭과 변두리로 작은 언덕을 굴곡지게 조성, 소나무, 참나무들을 심어 놓으니 훌륭한 지역 공원이 된 곳이다. 도서관 옆 계단을 다 올라가면 서초동 서리풀 공원에서 넘어오는 누에다리와 만나고 입구에 누에 모양의 조각 상징물을 설치했다.

그 옆 표지석을 기점으로 미국 워싱턴, 러시아 모스크바, 일본 동경, 중국 베이징, 프랑스 파리, 독일 베를린, 북한 평양 등의 거리를 km 단위로 표시한 것도 상식 공부에 도움을 준다. 서초동에서 평양이 200km밖에 안 되고 동경이 1,150km, 베이징이 959km로 베이징이 동경보다 200km나 더 가깝다는 사실은 여기 와서 처음 알았다.

"여의도 주변이 모두 마천루로 변해 가는데 굳이 '63빌딩'을 지적한 까닭이 있나요? 아직 다른 것보다 더 눈에 띄긴 합니다만."

성모병원 문을 나서면서부터 무엇엔가 홀렸다는 감정을 지우지 못한 최동혁 신부가 여전히 얼떨떨한 얼굴로 묻자 이채영은 곧장 대답한다. 그 질문을 기다렸던 것처럼 거침이 없다.

"63빌딩은 원래 대한생명이 기업 생사를 걸고 잘 지은 한국 최고층 랜드마크 건물이었지요. 그런데 세월 따라 기업 운세가 기울면서 지금 소유주는 한화그룹 김승연 회장으로 바뀌고 몇 년 지나자 마침내 이름까지 '한화빌딩'이 되었습니다. 생각해보세요. 우리나라 성공회 최대 후원자가 누구인가를. 바로 김승연 회장 일가입니다."

"그럼 김승연 회장이 성공회에 대한 보시를 잘해 63빌딩 같은 거대 빌딩을 인수할 만큼 기업이 성장했다는 말인가요? 원래 김 회장은 선친이 일찍 돌아가시는 바람에 29세 약관 나이에 그룹 총수가되어 지금까지 잘 버티긴 했지만 그게 성공회를 잘 믿어 그렇다고말하기에는 어폐가 있을 것 같습니다."

"잘 아시겠지만 영국 왕 헨리 8세가 자신의 이혼과 결혼을 인정하지 않는 로마 교황에 대항하기 위해 영국 국교에 대한 로마 감독권을 폐지하고 스스로 수장이 된 게 영국식 가톨릭교회, 곧 성공회의기원 아닌가요? 어찌 보면 칼뱅주의와 혼합한 가톨릭과 개신교의 복합적 종교라고나 할까.

하지만 영국 패권주의가 50년 내지 1백 년 가까이 계속되면서 성공회는 영연방을 포함, 국제적으로 놀랍게 파급, 오늘날 전 세계 신자가 1억 명이 넘습니다."

일사불란하게 설명하는 이채영 교수의 열변에 최동혁 신부는 속으로 놀란다. 언제 이렇게 성공회 공부를 했는지, 무슨 이유로 했는지궁금하다.

"오빠가 가톨릭 신부인데 설마 이 교수는 성공회 신자는 아니겠지요? 원래 반포 4성당 미사에 나가는 것으로 알고 있는데."

"맞아요. 전 배냇적 가톨릭 신자예요. 큰 오빠가 신부님 된 것 보면 집안 배경을 대강 알 수 있지요. 그만큼 대대로 가톨릭 집안이지만 저로서는 유감이 없지 않아요."

"가톨릭 집안에서 태어난 게 유감이라면 제가 유감인데요."

최동혁 신부가 짐짓 튕기자 예상했던 대로 이채영이 발끈한다.

"남의 집 일이라고 속 모르시는 말씀 마세요. 지금 대가 끊어질 참입니다. 요즘 세상에 대를 잇는다는 게 별 의미 없는 말인 줄 알지만 막상 당사자가 되면 꼭 그렇지 않습니다. 큰 오빠는 신부님이죠, 작은 오빠는 사설탐정 사무소 일에 빠져 40세 넘도록 미혼 상태이죠, 저라도 어떻게 좋은 남자 만나야 하는데 저 역시 팔자가 드센지 도무지 백마 탄 기사가 나타나지 않습니다. 내 아이, 아니 조카라도 빨리 안아 보고 싶은 욕심이 있다면 웃겠어요?"

"솔직히 가슴에 와 닿는 말은 아닙니다. 대가 끊기느니, 조카를 안아 보고 싶다느니 도무지 이 교수답지 않은 말 같은데요. 그런데 그것과 성공회 관심과 무슨 연관이 있습니까?"

최동혁 신부는 어렴풋이 짐작하면서도 일단 의문을 던져 본다.

"눈 감고 아웅 식이지, 그래도 모른다면 벽창호가 따로 없네요. 성공회 사제는 결혼하고 어엿한 가장으로 활동하잖습니까. 개신교 목사님이나 불교 태고종의 대처승들처럼 말이지요. 그게 저로서는 합리적으로 보입니다."

이채영 교수의 말은 여기서 더 계속될 수 없었다. 최동혁 신부가 황급히 말을 끊은 것이다.

"정말 교리에 어긋나는 말을 그렇게 함부로 하면 안 됩니다. 아주 모르시는 분도 아니고 더욱이 가톨릭 집안에서 태어난 분이 그런다면 더 비난받아요. 그 말은 안 들은 걸로 하겠습니다."

"답답하시긴. 누가 최 신부님 보고 그러랍니까? 지레 짐작하지 말아요. 사실 저는 큰 오빠한데 심지순이를 여자로서 어떻게 보느냐고 떠보고 있는 중입니다. 그 애도 언제까지 최 신부님 보좌 역할만 할 수 없고, 적당한 사람 만나 언젠가 결혼하고 살아야 할 거예요. 지순이도 우리 오빠가 싫은 눈치는 아니구요.
다만 큰 오빠가 가톨릭 신부님이라 안 된다면 성공회 사제로 변신하는 겁니다. 하느님 모시는 똑같은 사제로서 절대 불가라는 말은 이상해요. 지순이보고도 그렇게 오빠를 설득하라고 시켰어요."

이채영은 하고 싶은 말을 그예 다 쏟아 놓고 만다. 최동혁은 잠시 얼이 빠져 멍하니 이채영을 바라만 본다. 오빠의 일생 일대 중대사를 가차 없이 재단하는 용기가 가상하다. 최동혁이 단호히 말했다.

"가톨릭에서는 결혼하면 파문을 당할 텐데. 일단 신부복을 벗어야 한단 말입니다. 이채구 신부는 지금 또 아주 원하는 소망이 있어서 그렇게는 하지 못할 것이고."

"저도 눈치로 알았어요. 제2 영계인간이 되고 싶다는 거죠? 아마 한국인으로 두 사람째 영계인간이 나온다는 건 어려울 겁니다. 영계인간이 너무 흔해도 신뢰에 금이 가고, 혹시 추가한다 해도 이번에는 다른 민족 중에서 나와야 순리니까요. 결국 제 말은 하느님 입장에서 가톨릭과 성공회 신부 사이에 무슨 큰 차이가 있느냐는 겁니다."

결혼 때문에 신부가 가톨릭에서 성공회로 이적한다니 정말 기가 찰 일이다. 최 신부 상식으로는 도저히 불통인 발상을 이채영은 아무렇지 않게 말한다. 자신 오빠뿐 아니라 친구 심지순까지 선동하면서 말이다. 연말 판공성사 때 고해 꺼리를 미리 준비하려는가?

31. 노역 봉사

한국 굴지의 개신교 지도자 K목사가 급작스런 심장마비로 사망하자 디몬 사법 경찰청 치안국장은 즉시 임시 7인 봉사자회의를 소집했다. 등록 신자 10만 명을 훌쩍 넘는 대형 교회 설립자 K목사는 이미 천국 요인들의 주목 대상이었다. 봉사 회의를 주도하는 스테파노 원로원 사무총장이 이와 관련된 이훈락 천국 입국 심사부 요원의 비리 사건을 수사 중인 디몬 국장에게 소집령을 내린 것이다.

이에 따라 곧 봉사자 회의 모임 장소인 하늘 궁전 마티아 총괄실장 지하 방에 스테파노 총장, 디몬 국장, 니골라오 정보부 기획실장, 필립보 국방청 부장관등 발족 7인 멤버들이 모여들었다. 오늘은 처음부터 신입 회원 인준을 받은 하비에르, 정약종 의원이 참석했고 특별히 안중근 도마 천국군 참모총장까지 초대 손님으로 참석한 모습도 보인다.

결국 회의 참석자 10명 가운데 안보 관련자가 필립보 부장관, 안중근 총장, 하비에르 국방위원장, 니골라오 정보부 기획실장, 정약종 정보위원장까지 5명이나 되는 게 이채롭다. 수인사가 끝나자 스테파노 사무총장이 역시 이날 모임 취지를 설명했다.

"입국 심사부 이훈락 요원의 비리 사건을 조속히 결말짓기 위해 오늘 회의를 소집했습니다. 사건 핵심인 한국 S교회 K목사가 급사한 때문이지요. 그의 천국 입국 자료를 조작한 혐의의 이훈락 요원과 사주했던 K목사 처리에 관해 조언을 얻었으면 합니다. 한국은 21세기 동북아의 예루살렘 비슷한 곳입니다. 기독교가 발상지만큼 탄탄히 자리 잡은 대표 국가로서 K목사의 생전 활동이 큰 밑거름이 되었지요. 그래서 처리가 쉽지 않습니다.

특히 정약종, 안중근 님의 고견이 많이 필요하고 하비에르 님도 아시아 선교 개척자로서 하실 말씀이 많으리라 생각합니다. 우선 디몬 치안국장이 사건 개요를 설명해주기 바랍니다."

"이 사건은 천국 최초 입국 심사 부정이라는 상징성 때문에 여러분도 잘 아실 겁니다. 사건만 떼어놓고 보면 아주 괘씸하지요. 잘 나가는 한국 개신교 기둥 목사가 사후 천국 입주를 겨냥, 천국 심사부 직원에게 부탁해 자료 조작 비리를 저질렀습니다. 그러니까 최근 사망한 K목사가 주범이고 이를 수용한 심사부 이훈락 요원이 하수인 격이지요."

디몬 치안국장이 여기까지 말했을 때 필립보 국방청 부장관이 가볍게 끼어든다.

"그럼 둘 다 엄벌하면 되겠네요. 임시 긴급회의까지 소집할 문제는 아닌 것 같은데."

"천국의 법 집행이 그렇게 단순할 수는 없지요. 여러 상황을 종합 판단하는 게 그리스도 정신의 기본 아닌가요? 우선 피의자 이훈락은 생전에 독실한 모범적 장로로서 성지 순례단을 이끌고 중동 지방 여행 중 현지 괴한의 폭탄 테러로 부부가 함께 숨졌습니다.

이때 사건 당사자 K목사는 이 장로의 유자녀를 입양, 헌신적으로 양육하고 나중에는 S교회 담임 목사로 만들었지요. 그러니까 K목사와 이훈락은 복음 선교의 큰 공로자이자 철저한 보은관계라는 말입니다."

디몬 치안국장의 해명성 발언을 하비에르가 차갑게 중지시킨다.

"신입 회원인 제가 한 말씀 감히 드리겠습니다. 천국 입국 심사 자료를 바꿔친다는 것은 중대 범죄로 엄벌이 당연합니다. 저는 필립보 님 말씀처럼 논란 여지가 없다고 봅니다."

엄격한 계율을 근간으로 하는 예수회 출신답게 하비에르의 생각은 서슬이 퍼렇다. 디몬이 말을 계속한다.

"저도 처음에는 그렇게 생각했습니다. 전국에서 발생한 첫 불상사라 더 더욱 일벌백계로 모범을 보여야 한다고 믿었지요. 그런데 며칠 이훈락 요원을 조사하는 가운데 참고할 몇 가지 사항을 발견했습니다. 먼저 그는 자수했습니다. 게다가 그는 체포 직전까지 천국에 대한 지구 발 대규모 불량 해커단 범죄를 추적, 일망타진했습니다."

"뭡니까? 그게. 천국에 도움을 많이 준 겁니까?"

필립보 부장관이 다시 성급하게 물었다.

"면죄부를 판매, 천국 질서를 뿌리째 뽑으려 했던 거지요. 지구상 권력자, 부자들 청탁을 받고 하늘 나라 입국 자료를 대량 위조하려다 이훈락 요원에게 걸린 것입니다. 비리 수법이 이 요원과 비슷해 쉽게 잡아냈다니 천만다행입니다. 마땅히 이 요원의 반성과 재능, 공적은 평가해야 합니다."

디몬 치안국장이 이훈락을 옹호하는 쪽으로 말을 끌어가자 니골라오 정보부 기획실장이 책임 소재를 따지기 시작한다.

"이훈락 요원의 사정은 그렇다 치고 도대체 천국이 그처럼 간단하게 지구 불량 해커들에게 뚫리는 것은 누구 책임입니까? 차제에 근본적 수술을 하지 않고서는 언제든 재발 소지가 있는 겁니다. 출입국 관리를 책임진 '향상문'의 오네시모 님인가요, 또는 천국 치안을 총괄하는 디도 사법경찰청장님인가요?"

"네, 당연히 저희 경찰청 등 보안관계 부서 책임이 큽니다. 그동안 너무 사건 사고가 없어서 일부 기강이 해이해진 것을 인정합니다. 차후 '향상문' 오네시모 님과도 상의해 입국 심사 시스템 문제부터 철저히 보완하지요."

디몬 치안국장이 이 대목에서 일어나 좌중 모두에게 크게 허리 굽혀 절하자 작은 웃음이 퍼진다. 싹싹한 사과를 수용하는 표시이다. 하지만 여전히 냉정한 하비에르의 송곳이 다시 분위기를 굳힌다.

"책임자 문책에 앞서 먼저 피의자 이훈락 요원 처리부터 확실하게 논의하기 바랍니다. 결코 어물어물 넘길 사안이 아니지요. 디몬 국장님 말씀대로 정상 참작을 할지 말지, 한다면 어디까지 할지 분명히 해야 한다고 봅니다."

그때까지 관망하던 스테파노가 마침내 입을 열었다. 조정자 역할이다.

"일단 경찰청 조사결과를 봐야 하겠지요. 행정부 자체 처벌 대신 법원에 간다면 사건 성격으로 보아 유죄 가능성이 높지만 국민 참여 재판의 경우 배심원 판단에 따라 또 달라질 수 있습니다. 정상 참작 상황이 많기 때문에 집행 유예로 끝날 여지도 있지요.

만일 법원 심판 대신 행정 처벌로 갈 경우 공직 복무규정은 어떤지 궁금하고 군부는 또 이럴 때 어떻게 처리하는지 안중근 도마 참모총장님 의견도 듣고 싶습니다.”

“군율은 당연히 더 엄합니다. 재고의 여지가 없지요. 하지만 범죄의 이면도 정밀하게 조사합니다. 나아가 군에서는 귀순, 자수, 공격, 후방 교란 등 작전상 공훈 여부에 매우 민감합니다. 전군 사기에 미치는 영향이 크기 때문이지요.

가령 사소한 군율 위반자가 전시 결정적 공훈을 세워 아군 피해를 최소화했다면 처벌보다 훈장 수여를 우선합니다. 이번 사건은 보은으로 엮어진 배경과 자수 사실, 천국에 끼친 엄청난 공헌 등 참작 사유가 많아 골치가 좀 아프군요. 이 경우 저라면 기소하지 않고 행정 처벌로 노역 봉사를 택하겠습니다. 특히 그는 천국 최고 수준 컴퓨터 전문가로서 당장 군에서 필요한 인재니까요.”

좌중 무거운 분위기와 스테파노 사무총장의 돌출 질문에도 안중근은 4성 장군답게 답변에 거침이 없다. 1909년 10월 26일 만주 하얼빈 역에서 일본의 명치유신 영웅 이토 히로부미(伊藤博文)를 ‘대한국인 배달민족’ 이름으로 사살한 기개가 여전하다.

공교롭게 그의 거사 날은 70년 뒤 1979년 대한민국에서의 ‘10·26’ 시해 사건 날자와 일치한다. 반만년 역사 속 계급 차별과 가난, 외침 전란에 찌들었던 한국을 1961년 5·16 군사혁명 이후 불과 18년 만에 경제 강국으로 성장시킨 박정희 대통령이 역시 권총 몇 발에 이날 사라졌다.

다만 대상이 달랐다. 한쪽은 약소국 침략 수탈의 원흉이고 또 한쪽은 만년 빈국을 먹고살게 만든 긴 눈의 독재 지도자였다. 당시 안중근 의사가 이토 히로부미를 처단했을 때 가톨릭 신자라는 사실은 부각되지 않았었다. 대한의 독립투사, 동양 평화론을 부르짖은 의병장, 가산을 기울여 삼흥과 돈의 학교를 개설한 교육자, 서예가, 문필가 정도로만 알려졌다.

하지만 안중근은 17세 때 온 가족 모두 영세를 받은 가톨릭 집안의 장남이다. 천주에 대한 굳건한 믿음 아래 대한국 의병군단을 조직, 스스로 참모중장이 되어 일본 침략군과 투쟁했다. 사형 직전 그는 전지전능하신 천주에게 최후 기도를 담담히 바친 가톨릭 신자로서 더 강한 애국자였다.

"사실 기소해서 법원으로 넘겨도 문제는 계속 남습니다."

정약종이 안중근의 말을 응원하는 또 다른 화두를 전개시킨다.

"무슨 말씀이신지?"

스테파노가 곧 반응을 보인다.

"법은 공정해야 합니다. 하지만 재판관도 '상호 관계와 인연, 의리, 편견과 오심'을 온전히 끊기 어렵지요. 그래서 천국은 가능한 재판

회부를 삼가고 조정, 행정 징계 위주로 처리해온 겁니다. 범죄 발생 자체가 드물기 때문에 천국의 사법 기구 역시 최소로 운영되어 왔고요. 재판 결과도 최고형이 천국 추방 정도에 그쳤습니다.

그게 바로 예수님의 사랑과 용서 정신 아닐까요. 인간이 그런 틈을 이용해 죄를 지어도 하느님 성부, 예수님 성자, 마음의 성령은 끝까지 참으며 갱생을 원하십니다. 하물며 천국에서야 말할 나위없겠지요. 그런데다 대배심법원 수석 판사는 현재 한국 출신 이승훈 베드로님입니다."

"그러니까 현실이 재판 최소화 추세인데다 자칫 동족끼리 판관과 피의자로 만나 정실에 흐를 기회는 가급적 피하자는 말이군요."

"객관적 형편이 그렇다는 말씀입니다. 공정한 배심원, 또는 판관을 바꾸면 되겠지만 결국 이승훈 베드로 영향권 내에 있기 십상입니다. 의심 살 일은 애당초 제거가 마땅하지 않을까요?"

이처럼 정약종의 설명과 스테파노, 필립보의 대화가 오고 가는 것을 본 뒤 하비에르는 기소가 물 건너갔다고 판단했는지 행정 처분의 구체성을 다시 질문했다.

"행정처벌에 따른 문책 범위는 어떻게 됩니까? 근신, 감봉, 정직, 해임, 파면 등 여러 가지가 있을 텐데요. 아까 참, 재판의 넘겨질 경우 천국에서의 추방도 가능하다고 했지요. 추방 행선지는 어딜까요? 지구는 사람 사는 데라 안 되겠고 연옥인가? 아, 지옥에 갈 수도 있겠네. 지옥이라면 어떤 처벌보다 더 무거울 겁니다."

하비에르가 시종 중벌 쪽으로 결론을 몰아가자 디몬 치안국장은 짜증스런 표정이다. 자신이 직접 조사한 이훈락 요원의 비리는 범죄이긴 하되 처벌과 관련, 고려할 사항이 너무 많았다.

솔직히 비리 사실에 너무 집착하지 않는다면 천국 제1급 훈장 감이다. 불량 해커단을 적발하지 못한 반대 경우를 생각해보라. 거기다 관용 여지가 넘치는데 자꾸 중벌 쪽에 기우는 하비에르의 외고집이 디몬에게는 달갑지 않은 것이다.

"하비에르 님, 무려 500년 만에 부활을 꿈꾸시는 분이 주님 식 용서에는 좀 인색하신 것 같습니다. 천국 최고형인 추방 말씀은 행정 처분보다 역시 과하다는 관용의 의미로 이해하고 싶습니다만 현재 추진하시는 부활 작업은 잘되어 갑니까?"

디몬 치안국장이 불쑥 내뱉은 '부활' 얘기를 좌중은 당초 이해하지 못했다. 비리 처벌을 둘러싼 난상 토론장에 웬 '부활'하는 표정들이었다. 하지만 순간 실수를 깨달은 디몬이 갑자기 창백해진 얼굴로 "아, 죄송합니다. 실언했습니다."라고 발을 빼자 웅성거리기 시작했다. 맑은 연못에 미꾸라지 한 마리가 뛰어든 격이다.

특히 좌석 맨 끝자리에 앉아 회의 상황을 조용히 지켜보던 니골라오 정보부 기획실장 입이 크게 벌어졌다. 그는 야고보 총리와 세례 요한 지구촌 관리 위원장, 요한 지하 지옥 감시부장이 하비에르의 예수회 창립 동기 이냐시오 로욜라, 피에르 파브르 천국 아카데미 철학 교수 등과 회동하여 부활 문제를 논의한 사실을 인지, 바르나바 부장에게 이미 보고한 바 있다. 극비 사항인데 디몬 치안국장이 알고 있다니 사법청 실력도 제법인데, 속으로 감탄한다.

"오늘 토의는 천국 심사부 이훈락 요원 처리가 주제입니다. 그리고 시간이 되면 최근 불량하게 움직이는 루시퍼 페르가몬 지옥별 사령관, 아마토 지구 지하 지옥 두목의 동태를 들어보자는 것이었지요. 그래서 필립보 국방청 부장관 이외 하비에르 원로원 국방위원장, 안중근 참모총장 등을 모신 겁니다. 방금 전 하비에르 님에게 디몬 국장이 한 얘기는 못들은 걸로 합시다. 의제에서 벗어나는데다 주요 안건처럼 보이니까 나중 따로 토의하지요. 자, 그럼 원래 하던 얘기 계속 부탁합니다."

스테파노 원로원 사무총장이 재빨리 회의 분위기를 다잡자 필립보 국방청 부장관이 맞장구를 친다.

"좀 전에 안중근 님은 이훈락 요원 처벌에 관해 노역 봉사쯤이 어떨까 의견을 냈습니다. 또 하비에 르님은 천국 추방에 따른 구체적 절차를 물어 보셨고요. 또 다른 의견은 없는지 좌장인 스테파노 님이 수렴해서 가장 합당한 것을 채택토록 합시다. 오늘 우리가 지옥군 과의 대결에 관해서도 논의해야 하는데 시간이 많이 지났어요."

그 말을 기다렸다는 듯 니골라오 정보부 기획실장이 씩 웃으며 화답한다.

"아주 지당한 말씀입니다만, 그전에 필립보 부장관님은 이름 먼저 개명할 수 없을지요? 국방청 장관도 필립보, 국방청 부장관도 필립보, 도무지 헷갈려서 말입니다. 초대 교회 사도 필립보 님이 장관이면 7인 봉사회 필립보 님은 부장관 발령 날 때 사양하셨던가. 혹시 두 분 동명이인 때문에 실수한 일 없습니까?"

"한국에서는 정식 이름 이외 호, 아호, 자 등 몇 개씩 별칭을 갖고 있습니다. 두 분도 그런 걸 만들어 쓰면 덜 헷갈릴 텐데. 원하신다면 대가없이 두 분께 제가 멋진 한국식 호를 지어드리지요."

정약종 아우구스티노가 미처 필립보 부장관 대답 전에 웃으며 선수를 치자 니골라오 정보부 기획실장이 또 한발 앞서 연타를 날린다.

"필립보 부장관님, 아예 장관은 필립보 1, 부장관은 필립보 2로 부르면 어떨까요? 괜찮은 아이디어지요?"

여기서 회의장에 폭소가 터졌다. 잔뜩 긴장했던 회의장 분위기였던 까닭에 웃음은 실제보다 더 크게 들린다. 초대교회 12사도 중 1명인 유태계 필립보와 이들을 돕던 7인 봉사회 중 1명인 헬라계 필립보가 묘하게 천국 국방청 장, 차관으로 동시 근무하며 빚어 낸 어느긴 날의 천국다운 막간 소극이다.

스테파노는 이런 분위기가 싫지 않다. 안건 갖고 물고 뜯을 경우 천국이라고 감정 상하지 말란 법이 없는 것이다. 니꼴라오의 순발력 있는 국방청장관, 부장관의 동명이인 지적 때문에 회의장이 화기를 되찾은 게 반갑다. 객쩍은 얘기지만 효과는 충분했다.

"그럼 의견 개진은 이 정도로 끝내고 각자 결정을 말합시다. 오늘 난상 토론 시간이 길어져서 예정됐던 안보 문제는 조만간 다시 회의를 소집, 다루기로 양해하면 감사하겠습니다. 그럼 지금부터 이훈락 요원에 대한 행정 처분, 법원에의 기소 여부를 포함, 천국에서 노역 봉사냐, 아예 추방이냐, 추방한다면 어디로 할 것이냐 등을 각자 말씀해주기 바랍니다. 하비에르 님부터 먼저 부탁드리지요."

스테파노가 이날 모임을 종결짓기 위해 서둘렀다. 디몬이 실수로 터뜨린 하비에르 부활 건에 관해 상세 정보를 빨리 알고 싶은 것이다. 눈치로 봐선 정보부, 경찰청 정도가 벌써 파악하고 있는 모양인데 베드로 원로원 의장이 모르고 있어서는 낭패다. 회의가 끝나는 대로 하비에르와 디몬을 따로 불러 내용을 물어 보고해야 한다.

"제 의견은 역시 공(公)과 사(私)의 구별입니다. 이훈락 요원은 바로 이 점을 간과하고 천국 자료를 수정하는 범죄를 저질렀습니다. 당연히 추방감이라고 생각하는데 어디로 보낼지는 행정 당국 처분에 맡기도록 하지요."

하비에르가 똑소리 나게 말하자 니골라오 정보부 기획실장이 곧장 받는다.

"말이 나왔으니 아예 추방 장소까지 여기서 추천하지요. 저는 지옥은 심하고 연옥 정도가 좋다고 봅니다만."

이때 안중근이 벌떡 자리에서 일어나더니 부리부리한 눈을 빛내며 단호하게 말했다.

"여기서는 출신 국가, 민족을 따지지 않는다는 전제 아래 말씀 드리겠습니다. 천국은 그런 차별 없는 만인 평등의 이상향이니까요. 이훈락 요원은 분명히 죄를 저질렀고 죗값을 받아 마땅합니다. 문제는 죗값의 공정한 산정입니다. 범죄에 해당하는 법리적 사회적 일정 죗값이 있다면, 거기서 원상복구 노력, 자수 흔적, 천국의 일대 혼란 위험을 사전 방지한 공로, 범죄 동기 등을 빼야 공정하지요.
형식적 죗값과 실질적 죗값 차이가 크면 불공평합니다. 저는 이번 경우 추방보다 군 징발이나 에덴동산 실버타운 등에 노역 봉사가 합당하다고 판단합니다."

추방과 노역 봉사로 의견이 갈리자 회의장에 다시 긴장감이 돌았다. 그만큼 예민한 문제였다. 장차 큰 선례가 될 것이기 때문이다. 긴 침묵이 흘렀다. 그런 적막이 답답했던지 말실수로 멀쑥해 디몬 치안국장이 다시 나서 거수 결정을 제의했다.

"합의는 어차피 어려우니 솔직하게 거수투표로 매듭지읍시다."

스테파노는 이 말에 힘을 얻는다. 여기서 설득이 통할 것 같지 않았던 것이다.

"그렇게 합시다. 거수로 할까요? 비밀 투표로 할까요?"

스테파노는 이제 아주 사무적이 되었다. 빨리 끝내고 하비에르와 디몬 국장, 니골라오 기획실장을 만나는 게 급했다. 하비에르의 부활 건 논의가 얼마나 진척되었는지 알아야 했다. 사후 5백 년 가까이 된 시신의 부활 발상은 너무도 맹랑했다. 그것도 야고보 총리 형제 등 몇 사람이 비밀리 추진한다는 것은 바람직하지 않았다.

"남의 눈치 안 보고 민주적 투표를 하려면 역시 비밀 투표가 맞지요. 투표자가 많지 않아 복잡하지도 않으니 그렇게 합시다."

디몬 치안국장 제안을 스테파노가 곧 받아들였다. 투표용지가 배분되고 한 사람씩 기표한 뒤 사회석 탁자 위에 작은 바구니에 넣었다. 추방이냐, 노역 봉사냐를 놓고 투표하는 것이다.

결과는 의외였다. 의견이 팽팽할 줄 알았는데 전원 노역 봉사 표가 나온 것이다. 그렇다면 하비에르까지 추방 대신 노역 봉사에 찍었다는 얘기다. 회원들이 일제히 탄성을 지르며 하비에르 얼굴을 보자 그는 쑥스럽게 웃었다.

"제가 만일 한 표를 추방 쪽에 찍었다면 지금 무슨 꼴이 되었을까요? 하지만 저도 놀랐습니다. 두세 표 정도는 추방 의견이 나올 줄 알았거든요. 역시 천국의 실세 회원들은 뭔가 다릅니다. 여러분, 모두 존경합니다."

32. 사제 결혼

천국 원로원 정문 앞에 진작 정약종 아우구스티노 의원과 이승훈 베드로 대배심법원 수석 판사 겸 중앙법원장이 기다리고 있었다. 소나기 한줄기가 시원하게 지나간 뒤 상쾌한 바람이 마이클 박 목사의 코끝을 간지럽힌다. 향기와 오렌지 빛 대기, 재잘대는 새소리가 온몸의 기운을 새롭게 채워 주는 듯하다.

과연 천국이구나, 첫 번째 방문 때와 또 다른 감회가 일렁거린다. 천국 겉모습 아닌 내부 깊숙이, 그것도 중심부에 자리 잡은 원로원 의장실 방문이라니, 새삼 꿈꾸는 기분이다.

"잘 왔습니다. 마이클 박 목사님. 천국 인상이 갈수록 좋아져야 지구인들 앞에서 당당히 설교할 수 있겠지요. 아무쪼록 편하게 즐기고 살펴 천국 홍보를 잘 해주기 바랍니다. 이쪽은 이승훈 판사, 18세기 조선 한양에서 나와 동문수학한 사이인데 목사님 오신다는 바람에 함께 왔습니다. 박 목사님을 영계인간 선정할 때 많이 도왔지요."

"안녕하세요? 정말 감사합니다. 저를 선택해 주신 것, 영원한 은혜로 간직하며 살겠습니다. 이승훈 님 역시 정 의원님과 마찬가지로 한국 천주교 신자들이 지극 정성으로 모시는 분이지요. 한국인 첫 영세자이니 당연한 일입니다."

마이클 박이 깊게 허리 숙여 두 사람에게 인사하자 숨 돌릴 새 없이 정약종은 다시 고개를 돌려 '향상문' 수문장 오네시모를 향해서 말한다. 박 목사를 태우고 온 천국 승용차 '날쌘 틀'을 주차시킨 그가 뒤늦게 나타난 것이다.

"오네시모님 '향상문' 입국 심사 일이 몹시 바쁘신 데도 불구, 박 목사님을 원로원까지 직접 모셔 와서 감사합니다. 참으로 VIP 대접인데 저도 그런 영광을 전에 입었었던가요? 이왕 어렵게 오셨으니 스테파노 사무총장, 베드로 의장님께 인사라도 하고 가시지요."

"아니면 그냥 보내려 하셨던가요. 정약종 님은 조선 복음화 사업 개척자라고 처음 천국에 오셨을 때 누구보다 찬란한 환영을 받고 벌써 잊었나 봅니다. 하비에르 님 때보다 훨씬 더 성대했다고 입방아가 심했지요. 베드로 의장님은 초대교회 시절 제가 종살이하던 필레몬님 집에서 도망쳐 나와 고생할 때 저를 많이 도와주신 분인데 그냥 가면 예의가 아닙니다. 스테파노 총장님 뵌 지도 오래 되었고. 겸 사겸사 제가 직접 모시고 왔습니다."

네 사람이 가벼운 인사말을 주고받으며 우선 총장실로 들어가자 여비서가 발딱 일어나며 스테파노는 아예 의장실에 가서 베드로와 함께 기다린다고 전해준다. 그래 봤자 바로 옆방이다.

"와, 반가운 손님들이 오셨네요. 모두 바쁘신 분들인데 어려운 걸음 했습니다. 특히 이승훈 님, 오네시모 님은 참 오랜만입니다. 그러니까 이쪽이 마이클 박 목사님이신가요? 처음 뵙습니다."

스테파노가 다소 과장된 목소리로 의장 비서실에서 일행을 영접한다. 그의 뒤를 따라 의장실 문을 열고 들어서자 생각보다 넓은 사무실이 온통 꽃으로 가득 차서 다가온다. 꽃밭인지, 사무실인지 분간이 안 갈 정도다.

이런 곳에서 회의한다면 제 아무리 당리당략에 빠진 한국 철부지 국회의원일지라도 국민을 위한 법률안을 잘 처리하지 않겠는가, 마이클 박 목사의 생각이 복잡해진다. 때마침 1년 내내 쌈박질인 한국 국회 풍경이 떠올라서다. 국회의원 단임제 주장이 괜한 얘기가 아니라고 생각하며 한국 의원들 방을 한번 꽃밭으로 치장해보고 싶다.

책상 앞에 앉아 서류를 뒤적이던 베드로 의장도 인기척에 얼른 일어서며 일행에게 악수를 청한다. 특히 박 목사와는 어깨를 껴안을 듯 과장 포즈까지 취한다. 마치 살아있는 인간 체취가 그리웠다는 식의 친숙함을 과시한다.

"마이클 박 목사님이 천국을 다녀간 뒤 서울에서 개최한 첫 번째 부흥회가 아주 대성공이었다는 소식 들었습니다. 정말 큰일 했어요. 한국뿐 아니고 세계 여러 나라에 가서도 역시 대환영이었다고요. 진작 이런 아이디어 낼 것을 정약종 의원님이 말할 때까지 누구도 깜깜했으니 참으로 부끄럽습니다. 고인 물은 썩기 마련인가요."

"과찬이십니다. 여기 계신 스테파노 사무총장님, 이승훈 베드로 등과 공동 기획한 것을 저 혼자 공이라고 할 수 없지요. 아무튼 당초 무리하게 보였던 계획을 의장님과 감사원장님께서 속전속결로 밀어주셔 이런 훌륭한 영계인간 성과를 보게 되어 진심으로 감사드립니다."

베드로 의장과 정약종 원로원 정보위원장 간의 돈독한 인사를 옆에서 듣던 오네시모가 참지 못하고 입빠른 말을 한다.

"제 공은 왜 빼나요. 저도 한쪽 발은 들었었습니다. 그때 한국의 이채구라는 신부가 사망자 명단 착오로 우리 '향상문' 대기처에 왔었지요. 아직 죽을 때가 아닌 사람을 잘못 데려왔으니 즉시 지구에 되돌려보낼 처지에 갑자기 이승훈 판사님이 면담 요청을 해 왔습니다. 말인즉 이 신부 친구인 마이클 박 목사를 영계인간 후보로 검토 중인데 그에 관해 긴히 알아볼 일이 있다는 거지요.
하지만 우리 직원은 정해진 시간 내 귀환 못하면 지구에서는 장례 문제로, 천국에서는 책임 문제로 골치 아파진다고 단연 거부했답니다. 실랑이 끝에 결국 저에게까지 협조 요청이 와서 제 책임하에 귀환 시간을 연장한 결과 마이클 박 목사라는 영계인간이 탄생한 겁니다. 알고는 계시라고요"

엉뚱한 발언에 모든 사람들이 와 웃어 버린다. 오네시모의 솔직한 뒷담화 고백이 오히려 가려졌던 영계인간 설정의 배후 야사 스토리를 일부 풀어낸 때문이다. 짧은 말속에 함축된 많은 정보, 마이클 박 귀가 번쩍 뜨인다.

예컨대 천국에도 사무 착오로 인간이 죽어 올 수 있다는 점, 그럴 때 엄격한 귀환 시간이 정해져 있고 이를 직원이 지키려고 고집하면 결국 수문장까지 나서야 수정 가능하다는 점, 이승훈 중앙법원장에게도 천국 입국자 명단이 제공된다는 점, 그래서 잘못 온 이채구 신부와 마이클 박 목사가 친구 사이라는 것을 알게 되고 그로 하여금 교섭을 맡겼다는 점 등 시사점이 너무 많았다.

"오네시모 님 말씀을 듣고 나니 공로의 50%는 드려야 하겠네요. 영계인간 선정 제일 공훈자로 앞으로 열심히 모시겠습니다."

스테파노 사무총장이 선뜻 사과하자 오네시모는 한술 더 뜬다.

"기왕이면 60% 정도 인정하셔야 누가 감히 제 공을 넘보지 못할 텐데, 쓰시는 김에 조금만 더 쓰시죠?"

"그럼 아예 70% 드리지요. 이제 다음에 열릴 천국 행정 공로자 시상대회 영계인간 설정 부문 훈장 소유자는 누구인지 분명해졌습니다. 다만 사무 착오로 죽지 않았어야 할 인간을 죽었다고 데려온 책임은 누구에게 지워야 할까요? 지구에서는 본인 포함, 온 가족이 몇 날 며칠 괴롭고 비통했을 터인데요. 사회적 관계도 엉망이 되었을 거고, 이것 역시 '향상문' 수문장 관할이라고 봅니다만."

베드로가 오네시모를 향해 빙글빙글 웃으며 말하자 이번에야말로 폭포 같은 폭소가 터졌다. 배보다 배꼽이 커진 셈이다.

"제가 KO패 했군요. 두 번 다시 영계인간 공치사는 안 합니다."

오네시모는 자라목을 한 채 시원하게 물러났다. 그런 점이 로마 감옥에서 함께 감옥살이를 한 바오로 원장 마음을 사서 진심을 다한 설교를 듣고 그 결과 누구 못지않은 순교자 대열에 올랐을 것이다.

결국 지도자는 용인술에 있구나, 천국 원로원 구경에다 베드로 의장과 면담, 대화를 나누고 쟁쟁한 지도층 일행의 소소한 농담까지 듣다니, 이건 참 내 평생 최대 행운이구나, 생각이 많아진 마이클 박 목사는 정약종 아우구스티노 뒤에 숨어 동정을 살폈다.

이제 정약종이든, 이승훈이든 의장실 방문 목적을 말할 때가 왔다.

"마이클 박 목사를 영계인간으로 설정할 당시 그 심부름을 아까 착오 사망했던 이채구 신부가 맡았었다고 했지요. "당신은 천국의 사무착오로 잘못 왔다."라니까 화도 낼 법한데 이 신부는 잘 참아 주었고 지구로 돌아가면 친구인 마이클 박 목사에게 영계 인간 수용 여부를 타진해 알려주겠다고 했습니다. 그야말로 대인다운 풍모였지요.

하지만 사실은 그때 이 신부 역시 영계인간 되기를 희망했었습니다. 사무 착오로 자신이 천국 문 앞까지 오고 덕분에 대충 하늘나라 냄새를 맡고 가는 처지라면 더욱 자기가 적격이라는 주장이었지요. 당시 우리는 "이 신부 일은 나중 베드로 의장님 등 원로 여러분과 상의해 결정하겠다."라고 달랬습니다. 그때 하회를 박 목사가 오늘 듣고 이 신부에게 가서 전해주고 싶다는 겁니다."

정약종 아우구스티노가 이날 방문 용건을 베드로 의장에게 차분히 설명했다. 스테파노 사무총장과는 미리 교감한 처지다.

"그래서요. 설마 지금 당장 나보고 결정하라는 것은 아니지요?"

베드로 의장이 일단 놀란 눈으로 한발을 뺀다.

"그래 주시면 더 감사하겠네요. 하지만 격무에 시달리는 의장님 대신 저희가 일차 검토한 끝에 추가 영계인간 선정은 당분간 미루자고 했습니다.

천국과 지옥의 비밀을 너무 자주 지구인들에게 알리는 게 과연 바람직한지 의문도 제기되고요. 때로는 하늘의 신비함이 복음 사업 확대에 더 유용할지 모릅니다. 더욱이 이채구 신부가 두 번째 영계인 간이 된다면 마이클 박 목사 국적이 미국이긴 해도 인종적으로 한국 인 독식의 불만이 나올 수 있어요."

"하느님께서는 이 일을 얼마나 알고 계십니까?"

"직접 보고는 못 드렸습니다만 마티아 하늘궁전 총괄실장 등을 통해 간접적으로 알고 계시리라 믿습니다. 지금까지 꾸중과 반대 쪽지가 없으신 걸 보면 일단 용인된 것으로 판단합니다."

"그건 그래요. 그렇다면 '이 신부에게는 안 된다. 추가로도 또 한국 인은 곤란하다. 혹시 제2, 제3의 영계인간이 나와도 다른 국가, 다른 민족 사람이 하는 게 맞다. 그러니 포기하는 게 좋겠다.'라고 통고하면 되겠네요. 그 말 하기가 그렇게 어렵습니까?"

베드로 의장의 너무도 간단한 말에 멋모르는 오네시모는 고개를 끄덕인다. 반면 나머지 사람들은 저마다 난처한 얼굴이다. 차마 얘기하기가 거북하다는 표정이다. 이때 마이클 박 목사가 총대를 맨다.

"솔직히 말하자면 천국에서 그에게 당초 제2 영계인간이 될 수도 있다는 희망을 주었던 게 탈입니다. 제가 이번 천국 여행을 떠나는 날 전송 차 왔던 이 신부가 하회를 알아봐 달라고 하기에 일단 어려울 것이라는 말은 전했었습니다. 제 수호천사가 분위기 귀띔을 해주었거든요. 그러자 이 신부가 번쩍 고개를 들며 이렇게 말했습니다.

'차라리 잘된 일인지 몰라, 이걸 계기로 내 인생 항로 바꿔 볼까 싶어. 차제에 가톨릭에서 성공회 신부로 이적하는 거지. 그동안 고민 훨훨 털어 버리고 내 길을 가는 거야. 그렇다고 사제복을 벗겠다는 것은 아니니까 하느님 보시기에 큰 문제 있겠나. 솔직히 고백하건대 나는 사실 한 여인을 사랑해왔다, 고민이 컸는데 영계 인간 꿈을 이루지 못한다면 이번 기회에 성공회 신부로 이적해 결혼 꿈이라도 이룰 거야. 맏아들인데 집안 대라도 이어야지.' 하는 것입니다."

여기서 오네시모가 또 참지 못하고 나선다.

"자기 희망이 이뤄지지 못한다고 교적을 바꿔 결혼하겠다는 것은 신앙심에 문제 있는 게 아닌가요? 영계인간이 되면 가톨릭 신부로 계속 종사하고, 아니면 성공회로 이적, 결혼해서 인간적 즐거움을 누린다는 뜻인데 참다운 사제의 말 같지 않습니다."

"그런 사례가 없지 않습니다. 한국에서 오래된 얘기지만 가톨릭 서울 소재 교회의 한 신부님이 예쁜 신도와 열애 끝에 스스로 파문을 요청했었지요. 그들은 결혼하고 서울 중심에서 사라진 채 잊었지만 세월이 한참 흐른 뒤 부산의 한 성공회 교회에서 신부와 사모 직을 잘 수행하는 현장이 발견된 겁니다. 바라던 바 그는 결혼과 성직 꿈을 다 이뤘지요."

박 목사의 차분한 설명에 오네시모는 입을 다문다. 젊은 사도 시절 때 없이 날뛰던 자신의 성적 충동을 생각하면 더 말이 필요 없다고 생각한다. 사제도 인간인데 무조건 억누르는 게 옳은 일일지 의문이 든다. 마침내 베드로 의장이 결론을 내린다.

"하느님 섬기는데 교파는 큰 문제가 안 됩니다. 내가 초대 교황인 로마 바티칸 성당 측에서 섭섭하게 여길지 몰라도 성공회가 엄연한 그리스도 교회 속 한 지파인 이상 복잡하게 생각할 것 없지요."

"사실 가톨릭 사제의 결혼 문제는 본격적으로 재검토할 시기라고 봅니다. 인간 본능인 섹스를 절대 금지하다 보니 젊은 사제들이 성경을 읽어도 눈에 들어오지 않는다는 하소연을 많이 하지요. 성추문도 끊이지 않고요."

정약종의 지적에 스테파노가 호응한다.

"1962년 바티칸 교황청은 전 세계 주교들에게 사제들의 성추행 사건을 은폐하면 파문한다는 공문을 보냈습니다. 이는 얼마나 교회 내 성추행 사건이 많은지 암시하는 사례이지요. 그런데도 1983년에 와서야 겨우 미성년자 성추행 사제는 성직을 박탈한다는 교회법전을 제정합니다. 교회 내 성폭행은 14세까지 아동 상대가 많은데 어릴 적에는 무서워 발설 못 하고 성년이 되면 가해자가 다른 곳에 전출했거나 사망한 뒤라 묻혀지고 말아요. 사제 결혼은 이런 성추문

사건을 상당히 해소할 겁니다. 물론 근절되지야 않겠지만."

마이클 박 목사가 다시 관련 일화를 하나 더 소개한다.

"한국의 서울 서초동 성당에 가면 벽에 역대 주임 신부님 사진이 쭉 걸려 있습니다. 그런데 맨 앞자리 신부님은 사진 없이 이름만 기재되어 있어요. 그 신부님이 그 성당 초대 주임인데도 말입니다. 왜 그럴까요? 나중에 사제직을 포기하고 결혼했기 때문이랍니다."

33. 폭탄선언

이채강 사설탐정이 신학대학 입학을 서두른다는 소식을 듣고 최동혁 신부는 설마 했다. 바로 어제 보좌역 심지순이 이채구 신부에게서 들은 얘기로 전했을 때 농담 말라고 일축했던 것이다. 그리고 지금 심지순이 운전하는 빨간 차 뒤 좌석에 깊숙이 앉아 이채강 탐정 등을 만나러 가며 그게 정말일지 모른다고 생각한다.

이채강 탐정은 현역 시절 명검사로 이름을 날렸다. 좀도둑, 큰 권력 범죄를 가차없이 응징했다. 가만히 있었으면 검찰총장은 따 놓은 당상이라는 조직 내외 평가를 받은 인물이다. 하지만 그는 여전히 갈증에 시달렸다. 제도권 검사로서 어둔 그늘을 파헤치는 데 한계를 느낀 것이다.

고민 끝에 그는 부장 검사직을 마지막으로 옷을 벗고 운신이 자유로운 사설 탐정소를 차렸다. 대형 로펌행은 애당초 생각지도 않았다. 인생 항로에서 첫 번째 변신을 단행한 것이다. 시련의 연속이었다. 조직이 움직이지 않는 사설탐정 업소는 제약이 많았다. 아직 법적 뒷받침이 안 돼 정식 간판을 내걸 처지도 아니었다.

반면 또 조직이 못할 일을 개인 재능과 발로 밝혀내는 틈새시장이 의외로 많았다. 현역 시절 죽이 맞았던 유능한 수사관 2, 3명이 사회 개조 봉사 차원에서 적극 돕는 것도 큰 몫을 했다. 이 결과 때때로 검찰 및 경찰에서 자체 해결이 힘든 사건을 의뢰하기도 했다. 그만큼 그의 수사 기법은 특출했다. 법적 제약쯤 장애가 아니었다.

여기다 재벌, 중간 부자들, 권력가나 교수 등 명망가들이 사적 수사, 또는 흥신소 일을 맡길 경우 거액 사례는 기본이다. 때문에 차츰 명성이 높아지자 현역 검사 때보다 금전적으로 훨씬 풍요한 삶을 살 수 있었다.

최 신부가 이채강 탐정과 관련된 이런 저런 생각 끝에 서울 인사동, 선천집에 도착했을 때 벌써 그들 3남매는 모두 와 있었다. 의자 있는 밥집이라 거동이 편해 곧잘 이들이 이용하는 곳이다. 최 신부와 심지순이 도착하고 얼마 안 돼 마이클 박 목사까지 합류했다.

이 신부 3남매가 한쪽에, 최 신부, 마이클 박, 심지순이 반대쪽에 3대 3 마주 앉은 자리가 마치 국가 간 협상 테이블 같다고 농담이 오고 갔다. 막걸리 잔으로 건배가 끝나자 이신부가 운을 뗀다.

"영계인간 마이클 박 목사 운영위원회 핵심 인물들이 이재준 목사 빼고 거의 참석한 모양이 되었네요. 천국을 두 번째 다녀온 박 목사 얘기, 거기 곁들인 내 신상 얘기, 덧붙여 내 동생 이채강 검사 얘기까지 오늘 우리 화제는 풍성합니다. 아무래도 순서로는 박 목사 보고가 먼저겠지요. 나는 소식을 대강 들어 알고 있지만 다른 분들 궁금할 터이니 박 목사 얘기부터 시작해 봅시다."

"이번에야말로 정말 천국다운 천국 모습을 보고 왔습니다. 천국 원로원을 방문하고 거기서 의장님과 사무총장님 등 천국 VIP를 많이 만나 뵈었어요. 하지만 실명 거론은 삼가겠습니다. 천국에서 누가 중책을 맡았는지 알려지면 지상 후손들 생활 영향이 클 테니까요. 분명한 것은 천국은 아름답고 영생하는 곳이고 정의가 흐르는 평등, 평화의 고장이라는 겁니다.

이제야 확실히 이해되는 대목이 있습니다. 왜 그 옛날 사도들이 서슴없이 그리스도 선교에 목숨 바치려 했는지, 또 우리 한국에서 108위 성자와 124위 복자가 나왔는지를. 천국을 실제 목격한 나야말로 앞으로 목숨 바쳐 그분들 뒤를 따를 겁니다."

"직접 보고 오신 분이 그렇게 증언하면 믿어야지요. 하지만 저는 표면상 열렬한 신자이긴 해도 여전히 반신반의라고 고백할 수밖에 없네요. 제 눈으로 보지 못했으니까. 악령의 유혹에 넘어가지 않는다고 자신하지 못한다는 말이죠. 우리 집안이 대대 가톨릭인데도 그렇다면 다른 신도들은 어떻겠어요? 천국을 본 사람과 안본 사람의 차이는 너무 커요."

이 말에 대답하듯 심지순이 박 목사와 이채영 교수 대화 사이로 냉큼 끼어든다.

"그건 마치 우물 안 개구리가 바깥세상의 광활함을 모르는 것, 우물 밖 동네 사람들이 나라 밖, 지구 바깥 우주를 모르는 것과 비슷해요. 하지만 지동설의 코페르니쿠스, 갈릴레오에서부터 뉴턴을 거쳐 아인슈타인, 스티븐 호킹에 이르기까지 수많은 천체 물리학자들이 신비한 우주 비밀을 끝도 없이 캐내 왔습니다.

그래서 지구 바깥에 태양 은하계가 있고, 그 은하계에 1,000억 개 이상의 별들이 있으며, 또 그런 크기의 은하계가 1,000억 개 이상 더 존재하며, 그렇게 넓은 우주가 아직 계속 팽창한다는 사실을 밝혀냈습니다. 그 속도가 무려 1초에 9만 km 이상인 것까지 계산했어요."

"심지순 씨 천문학 공부가 대단하네요. 하지만 그렇게 많이 알려다 보니 똑똑한 과학자들 사이에서 신의 존재에 대한 의문, 불신론이 커진 것도 사실이고요. 견해차가 있겠지만 이렇게 광활한 우주, 지금도 팽창하는 우주가 한 치의 오차 없이 정확하게 굴러간다는 게 바로 신의 존재를 증명하는 것 아닙니까?

빅뱅은 현재 우주 창조론의 근본인데, 이때 1조분의 1초만 늦게, 또는 빠르게 폭발했을 경우 우주는 중력에 의해 지극히 작은 한 점으로 다시 수축되었거나 반대로 너무 넓게 빛과 에너지, 질량이 퍼져 나가 아무 것도 뭉쳐지지 못하는 '널럴한', 상태가 되었으리라는 가정은 천체 물리학계 상식입니다.

그런 상태에서는 수소와 헬륨이 뭉쳐 덩어리가 된 별이 생겨나지 못해요. 또한 늙은 별, 다시 말해 초신성 폭발로 발생하는 인간의 기본 구성 요소인 산소, 수소, 질소, 탄소, 철분, 헬륨 등 역시 존재하지 못합니다. 인간 창조가 아예 불가능해져요. 하느님이 이 모든 것을 예비해 놓았습니다.

인류 최고의 과학자 아인슈타인이 상대성 원리를 발표하고 나서 '신은 주사위 놀이를 하지 않는다.'는 말을 왜 했겠습니까. 우연에 의한 우주 생성과 운행은 불가능하다는 것이지요. 이는 또 경솔한 무신론자에 대한 직간접적 답변이기도 합니다.

오늘 모임 화두 중 하나인 제 신상 문제를, 그래서 지금 말 나온 김에 해 버리겠어요. 저는 천국을 가보지 않았지만 그 존재를 확신하기 때문에 곧 신학교에 입학해서 제2 인생, 사제의 길을 가려 합니다. 형님처럼 잘할지 모르긴 해도 결심했으니 모처럼 형제 신부 탄생을 기리고 축하해주세요."

이채강 탐정이 돌연 자신의 인생 항로 변경을 심지순의 천문학 개론 끝에 붙여 풀어 놓자 '어?' '어마나' 좌중 탄성이 한꺼번에 쏟아진다. 긴가민가 하던 최동혁 신부도 사실이 확인되는 순간 놀라기는 마찬가지였다. 동시에 짧은 시간에 치고받는 심지순, 이채강, 두 남녀의 해박한 우주론에 탄복하기도 한다.

그들의 우주론은 기본적으로 하느님의 창조론과 통한다. 빅뱅의 빛이 있어 별이 생기고 온갖 물질이 생기고 그 물질이 묘한 조합으로 뭉쳐지면 인간이 된다. 하느님 작품인 빅뱅이 인간의 기원이기 때문에 인간의 뿌리는 하나다. 납득은 하지만 난데없는 우주론을 들고 나와 사제 길을 가겠다는 선언이 도대체 뚱딴지같다.

천국 시찰을 마치고 돌아온 마이클 박 목사는 이채강의 심정을 이해할 것 같다. 하지만 한집에 형제 신부라니 꼭 축하할 일일지 의문이다. 최동혁 신부 심정도 복잡하다. 이채강 탐정의 변신이 자기 때문일지 모른다는 우려를 금할 수 없었다. 자기가 S교회 K목사의 천국행 비리 수사를 그에게 부탁했고 이채강은 명성답게 이를 신속히 처리해 주었다.

그 결과는 참담했다. 수호천사 엘리사벳 전언에 의하면 천국의 이훈락 장로는 이미 체포되었고 K목사는 돌연 사망하고 만 것이다. 앞으로 또 어떤 후 폭풍이 불어올지 최동혁은 두려웠다.

"충분히 이해는 해도 이검사의 변신 선언은 아직 믿어지지 않아요. 비밀 캐기, 어려서부터 체질적으로 수사, 탐정 일 같은 것을 좋아한다고 했는데, 무슨 다른 이유 없습니까? 좀 더 납득 가게요."

최동혁 신부의 계속 의문 제기에도 이채강은 묵묵부답이다.

"아우가 얼마 전 신부가 되겠다고 말했을 때 나는 놀라지 않았습니다. 원래 이 검사가 나보다 더 영적인 면이 강했거든요. 부모님은 장남인 나에게 사제를 권유, 신학대학 진학 등 순탄한 코스로 신부복을 입었지만 성직 체질로는 역시 아우가 더 맞다고 봅니다.

그래서 내 입장은 지지 쪽인데, 그건 그렇고 실은 오늘 나도 또 하나 다른 폭탄을 터뜨리려 합니다. 박 목사는 벌써 아는 사실이지만."

최동혁 신부의 질문에 아우 이채강 아닌 형 이채구 신부가 대신 대답하더니 갑자기 화제를 180도 선회시킨다. 나머지 사람들은 정신이 사납다. 오늘은 입만 떼면 화제가 휙휙 바뀐 까닭이다. 선천집 식탁 앞에서 밥 한 숟가락, 반찬 한 젓가락 뜨고 집을 때마다 반전이 일어났던 것이다.

"원폭입니까? 수폭입니까? 그냥 원자폭탄 정도로 하지요."

내용을 알고 있는 마이클 박 목사가 짧게 토를 단다. 이미 둘 사이에 얘기가 끝나 하늘에도 알린 상태다. 이때 이채구 신부와 박 목사 대화를 듣고 있던 심지순 얼굴이 갑자기 홍당무처럼 붉어진다.

"뭐야? 지순이하고 벌써 그렇고 그렇게 끝난 거야? 나는 뜸도 안들었는데 게임 아웃이네."

이채영이 대뜸 나섰지만 이채구 신부는 아랑곳하지 않고 자기 얘기를 계속한다.

"글쎄, 알고 보면 별 것도 아닌데 괜히 큰소리쳤는지 부끄러워지네요. 어제 천국에서 돌아온 마이클 박과 많은 얘기를 나누었습니다. 결론은 천국에서 박 목사 이외 당분간 더는 영계 인간을 만들지 않는다고 하네요. 이로써 18세기 영계 인간 스베덴보리의 천국 여행기를 읽고 소망하던 내 꿈이 사라졌습니다.

공식적으로 처음 얘기지만 사실 나도 지난 번 중병으로 입원하고 천국의 사무착오 덕에 하늘나라로 가서 영계 인간 얘기를 들었을 때 박 목사를 추천하는 동시에 한몫 끼었었지요. 박 목사가 영계인간이 된다면 나는 왜 안 되느냐 식 떼를 쓴 겁니다. 거기서 반승낙은 받았다고 생각했는데 이제 와 안 된다니 좀 섭섭합니다.

그렇다면 나도 내 길을 가렵니다. 나는 오래 전부터 한 여인을 마음에 두어 왔어요. 사제 입장이라 심중에 감춰 왔지만 이젠 더 망설이지 않겠습니다. 그녀와 결혼하고 새 출발하는 거지요. 하느님 아버지, 이런 용기를 주신 것을 감사드립니다."

이 신부가 간절한 동작으로 성호를 그으며 무거운 짐 털어 버리듯 쌓였던 속말을 쏟아 낸다. 듣고 보니 이야말로 폭탄선언이다. 가톨릭 신부의 결혼 선언, 그것도 사제로서 존경하던 형이 느닷없이 결혼 발표를 하다니 이채강은 믿겨지지 않는다. 놀란 소리로 캐묻는다.

"누굽니까? 형님, 그 마음속 신비의 여인은? 사제복을 벗길 정도 세상 미인이 쉽지 않을 텐데요."

"바로 이 방에 있는 분, 최동혁 신부의 보좌역인 심지순 양이지. 그렇다고 우리가 터놓고 가까이 지낸 것은 아닙니다. 그냥 이심전심 어렴풋이 상대를 그리워하는 수준이랄까? 단편 소설 「사랑방 손님과 어머니」식 옅은 남녀 사이 정도였으니까 사제가 진작 파계했다는 비판은 사양합니다. 우리는 정결한 사이, 아무런 약속도 하지 않은 채 그저 안 보면 보고 싶고, 만나면 반가운 그런 사이였으니까."

이신부의 설명에 심지순이 가만히 고개를 끄덕인다. 순종과 동의의 뜻이다. 이채영 교수가 몽마르트 공원 산책에서 알쏭달쏭 귀띔한 게 이런 거였나 생각하는 최동혁 신부의 가슴이 착잡해진다.

마음 한쪽에서 심지순은 단순한 자신의 보좌역이라기보다 손짓하면 금방 달려올 여인이 될 수도 있다고 여긴 탓인지 모른다. 최동혁에게 심지순은 그림자 같았었다. 가슴 속에 싸한 바람이 분다.

수호천사 엘리사벳의 부탁으로 K목사 비리 적발을 맡고 고민할 때 즉각 이채강 탐정에게 수사 의뢰하도록 아이디어를 주었는가 하면 결과물 접수 때까지 심지순은 정말 민첩하게 최동혁을 잘도 도와주었다. 물 찬 제비처럼 날렵하게 강연, 원고 수주, 방문객 면담, 회계 문제 등 온갖 잡일을 도맡아 처리했다. 귀찮게 달려드는 기자들, 시기하는 종교계 인사들의 훼방까지 척척 해결해낸 솜씨였다.

이 때문에 최동혁이 보좌역 이상의 고마움을 느꼈던 것은 인지상정이다. 자신만 아니라 심지순도 그런 마음 없이 어찌 저리 온 정성을 다할 수 있겠나, 생각했었다. 하지만 착각이었다. 이제는 남의 품에 날아간 파랑새를 축하해줄 일만 남았다.

"그럼 사제 옷을 벗기라도 한다는 말인가? 아름다운 여인과 가정을 꾸리기 위해 사제직까지 던지겠다는 뜻인가? 지금까지 성직자로 살아온 모든 인생을 포기하면서 말이지."

자신에게 묻듯이 뻔히 아는 사실을 최동혁 신부가 확인하려 하자 마이클 박 목사가 이채구 신부 대신 경위를 설명한다.

"그렇게 단정할 일은 아니지. 가톨릭 사제가 결혼 때문에 신부 옷을 벗어야 한다면 차라리 결혼을 허용하는 성공회 신부로 이적하면 어떨까 하고 내가 천국 고위직들에게 질문해서 답을 받았거든. 하늘로 떠나기 전 이 신부가 내게 알아봐 달라고 미리 부탁했던 일이야. 천국 쪽 반응은 뜻밖에 '왜 안 되나.'로 간단했어. 하느님을 섬기는데 가톨릭과 개신교, 성공회가 뭐 그리 큰 차이냐는 거지."

이때 탁자 오른편 삼남매 중간 자리에 앉아 시종 심지순의 눈치를 살피던 이채영 교수가 갑자기 깔깔대며 웃음을 터뜨렸다. 긴장하던 방안 분위기가 그녀의 웃음 한방으로 일시에 녹아났다.

"이제야 말하는데 실은 심지순과 내가 벌써부터 은밀히 경쟁하고 있었어요. 누가 먼저 신부님 옷을 벗기나 하는 유치한 자존심 내기 같은 것 말이죠. 오늘 보니 결국 내가 지고 말았네요. 뭐 그렇다고 공개적으로 선언한 건 아니니까 너무 야단치지 마세요.
우리 큰 오빠의 결혼 의지가 저리 당당하고 지순이 역시 빨개진 얼굴을 바로 들지 못하고 있으니 저희 승부는 끝났어요. 큰 오빠, 심지순아, 두 분 진심으로 축하해. 잘되기를 천주님께 기도할게요."

"채영이까지 감히 '신부님 옷 벗기기 내기'를 했었다고 터뜨리니 오늘 우리 삼남매가 모두 한 방씩 폭탄을 퍼부은 꼴이 되었네요. 최 신부님, 박 목사님 면목이 없습니다. 그리고 너 채영이, 그런 말을 이런 자리에서 아무렇지도 않게 해 버리고, 교수 체면 어디 두고 다니니? 도대체 네 상대는 누구야?"

이채강이 입으로는 꾸중이나 재미있어 죽겠다는 얼굴로 묻는다. 누구인지 몰라서 묻는 게 아니다. 짐작은 하면서도 본인이 말하지 않는 한 입을 다물기로 한다.

"작은 오빠, 이왕 세속을 떠나 사제길 들어서기로 결심하셨다면 제 상대나 정해주고 가면 안 되나요? 글쎄, 누구일까? 스무고개 식으로 물어보던가. 가까운데 사람일수록 좋겠지요. 가톨릭 사제 중 한 사람 빠지고 작은 오빠 같은 분이 한 사람 새로 들어간다면 피장파장 그게 그건데 신경 좀 써 봐요"

이채영의 다음 말은 들리지 않았다. 최동혁 신부 귓가에 갑자기 수호천사 엘리사벳의 속삭임이 맴돌기 시작한 때문이다.

34. 블랙홀 신화

　김대건 안드레아, 하느님 수행비서 겸 연옥관리위원장의 귀띔은 앨러리 헤일 우주 및 과학센터 소장의 전의를 불태우고 남았다. 그의 장기인 집중력이 천재적 과학 지식과 창조적 두뇌 회전에 맞물려 하루가 다르게 놀라운 연구 실적으로 나타나기 시작한 것이다. 가브리엘 대천사가 '재너머 별'에 헤일을 처음 유치해왔을 때만 해도 그는 영문을 몰랐었다.

　왜 새 별을 만들고 거기 과학기지가 세워지는지 아리송했다. 도착 즉시 뒤쫓아 온 가브리엘 대천사와 마중 나온 아마쿠사 시로 장군의 설명을 종합하면 지구 종말에 대비한 대용별의 필요성, 또는 떠다니는 페르가몬 지옥별의 대항 기지로서, 혹은 끊임없는 우주 팽창을 관찰하기 위한 전진 기지 등 다용도로 만들었다는 게 전부였다. 그날 식당 문 앞에서 김대건 신부가 '블랙홀' 운운하는 귀띔을 했지만 일행과 어울리며 곧 잊었다.

계속 찜찜하던 그 의문이 풀린 것은 며칠 뒤 역시 식당에서였다. 헤일이 늦은 조찬 부페에서 때마침 홀로 식사 중이던 김대건 신부와 만나 대화 끝에 확실히 알게 된 것이다. 다목적이었지만 핵심은 '블랙홀 신화' 창조였다.

아주 오래된 낡고 쓸모없는 영혼 처리장으로 블랙홀은 그럴듯했다. 영혼은 실체가 없다. 사념만이 떠다닌다. 그러면서도 살아생전 육체의 옷을 입었을 때 생각과 관계는 그대로 지니고 있다. 이게 정상적으로 작동한다면 문제없지만 비정상이 되었을 때, 즉 고장 난 영혼은 어디로 튈지 모른다.

창조 이래 악령은 지옥에 가두면 되었다. 천국의 타락한 영혼 역시 지옥 행 열차에 태워 해결했다. 거기서도 또 죄를 지으면 가장 밑바닥 유리 상자 속에 가뒀다. 다행히 천국의 영혼 탈선은 드물었지만 인구 급증에 비례, 지구에서 공급되는 영혼 총 개체 수가 늘면 거기서 어떤 별종이 나올지 예측 불허다.

그렇다면 영혼의 개별 수명을 정하고 정리하는 게 우주 순행 원리에 맞는다는 것이다. 지옥의 최악 악령, 천국의 지극히 노화한 영혼, 망그러진 '사념 덩어리' 제거는 우주 자원의 순환 원리에 속한다고 설명했다. 바로 그런 연구를 하는 곳이 '재너머 별'이었다. 하느님이 준비한 기초 재료와 조합을 갖고 불사의 영혼을 블랙홀로 보내 영구히 가둬 두는 '블랙홀 신화'를 창조하는 것이다.

그러니까 블랙홀은 폭증하는 지옥 악령의 대량 해체 장소로, 또한 천국의 고장 난 영혼의 안식처가 될 것이다. 이리하여 지구 인간은 잠시 육체를 갖고 살다 죽어 긴 영혼으로 다시 살다가 종국에는 우주 자원으로 회귀, 먼 훗날 또 다른 기회를 잡을 터이다.

헤일 우주센터 소장은 '재너머 별' 도착 다음 날 하늘궁전 마티아 총괄실장 추천 형식으로 이곳에 신설된 과학센터 소장을 겸임하게 되었다. 임명장은 후일 야고보 총리 명의로 따로 전달하니 즉시 업무에 착수하라는 지시였다.

첫 과제는 영혼 총과 탄알 개발이었다. 블랙홀의 초강력 중력을 잘게 쪼개 총알로 만드는 것도 힘들지만 발사체 제작은 더 난제였다. 쏘아 맞히면 중력에 의해 블랙홀로 끌려가는 기술인데 당기는 인력을 앞으로 나가게 할 발사체 개발이 어려웠다. 따라서 힘의 역이용 연구가 한창이었다.

하루 종일 시설을 둘러 본 뒤 헤일 소장은 저녁 무렵 김대건 안드레아 수행 비서를 다시 찾아갔다. 누구보다 친절하게 과학 기지 '재너머 별'의 용도를 일깨워 준 그에게 인간적 친근감을 갖게 된 것이다.

그는 동양인 치고 제법 큰 키에 늘 조선 갓을 머리에 쓰고 있어 실제보다 더 커 보였다. 홀로일 때 근엄하던 표정은 타인과 눈길이 마주치는 순간 활짝 풀어지는 전형적 외유내강 형이다. 하느님 수행 비서로서 평소 몸에 밴 유순한 습관 같다.

'재너머 별'의 하늘궁전은 천국 궁전 규모에 비해 소박하나 방문객에게 한없이 포근함을 준다고 헤일은 생각했다. 한낮의 하얗고 노란 밝음이 사라진 지금 어스름이 짙게 궁전 주위를 감싸고 있었다. 빛은 어디서 왔다 어디로 가는가. 하늘에 태양이 없는 대신 '재너머 별'은 천국처럼 스스로 빛을 내고 빛을 거둔다.

비는 지구의 생물학적 지상 낙원인 하와이 제도처럼 스콜이 되어 하루 한두 차례 시원히 뿌리고 기온은 섭씨 20도에서 30도 사이를 오락가락 유지한다. 수목과 꽃들의 생육에 필요하다 싶은 때는 살짝 30도를 웃돌기도 하나 거의 25도 내외다.

호수와 강과 바다가 곳곳에 물기를 내뿜어 대류 현상에 의한 구름과 비를 뿌리며 마른 대지를 적시고 온갖 생물을 키운다. 한겨울 한대 기분은 여기서도 또 몇 시간 '날쌘 틀' 여행을 통해 어렵지 않게 맛볼 수 있다.

과학자로서 까칠하게 따지기보다 묵묵히 지상에서 하느님을 잘 섬겨 온 일이 얼마나 잘한 일인지 헤일은 지금 '재너머 별'에 와서 더 실감한다.

헤일은 깊은 안도의 숨과 함께 김대건 사무실 문을 노크했다. 안에 누군가 손님이 와 있는 눈치다. 곧 문이 열리고 김대건 신부, 안드레아의 환한 얼굴이 나타난다. 덥석 헤일 손을 잡아 끌어들이며 말했다.

"어서 오세요. 부탁하신 대로 루카님을 모셔다 대령했습니다."

"천국에서 듣기에 여행 중이라더니 그 말씀이 맞네요. 언제 오시고 여기서 무슨 일을 하는지 궁금한 게 너무 많습니다. 허셜 우주센터 부소장님, 허블 수석 연구원님 등은 헤일 소장님이 여행 마치고 돌아오기를 학수고대하는데 본인은 이렇게 특별 천국, 최고 극락 생활을 즐기고 계십니다그려."

뜻밖에 루카 의료센터 원장이 나서는 바람에 헤일은 어안이 벙벙했다. 과학기지 현장 시찰을 떠나기 전에 김대건과 헤어지며 의료센터 루카 원장을 이곳 '재너머 별'에 초치할 수 없느냐고 물었었다. 과거 루카와 영혼 얘기를 주고받은 일이 기억났기 때문이다. 특히 손상된 영혼의 치료약과 예방 백신 개발에 주력하고 있다는 말이 인상 깊어 도움을 받고 싶었다.

의사로서 루카는 수많은 천국의 망가진 영혼들 치료와 뒤처리에 골몰하고 있었다. 나아가 치유 불가능한 영혼 손상자는 제거, 우주 자원으로 되돌려 보내야 한다는 의견을 천국 내 정약종 등 몇 안 되는 인사들과 공유해 왔다. 다시 말해 모든 물질의 리싸이클링을 위해 영혼 안락사가 필요하다고 감히 주장했던 것이다.

"아니, 루카 님 여기는 저처럼 특별한 인재만 오는 곳으로 알았는데 언제 오셔갖고 저를 희롱하십니까? 저는 단지 획기적 아이디어를 가진 용감한 의사가 필요하다고 했을 뿐인데요. 김대건 안드레아 님이 오버하신 것 아닌지 몰라."

루카를 보는 순간 헤일이 반가운 속내 대신 어깃장으로 나가자 김대건도 만만치 않게 응수한다.

"저의 스마트폰 녹음 기능은 항상 가동 중이니까 지금이라도 앞서 헤일님과 제가 나눈 얘기를 되돌려서 들어 볼까요? 분명히 루카 님을 초빙해 달라고 지정하셨고 그래야 연구 개발이 날개를 단다고 말했지요. 자, 가까이 오세요. 누구 말이 틀렸는지 이제부터 녹음 장치 가동합니다."

"아니, 그러실 거까지야 없지요. 우리끼리 이 정도 진품 농담도 못 하면 무슨 재미로 삽니까? 맛있는 만찬 앞두고 살벌한 얘기로 입맛 버리지 맙시다."

헤일이 당황해서 김대건의 휴대폰을 잡아채려 하자 루카 역시 그를 도우며 맞장구친다.

"녹음 같은 건 지구에서나 할 일이지 천국에서, 아니 그보다 더 좋은 최고 극락 '재너머 별'에서 가당키나 합니까. 치우고 빨리 밥이나 먹으러 갑시다."

이렇게 잠시 엉켰던 세 사람은 한바탕 웃고 나서 저녁 식사를 위해 식당으로 향한다. 이제 밖은 완전한 어둠이다. 그러나 천국에서 못 보던 풍경을 놓치지 않으려는 듯 방금 도착한 루카의 시선은 부지런 히 움직인다.

수없이 많은 별들이 광대한 하늘에 가득 차 빛났다. 별은 고온의 가스 뭉치가 식으면서 수소와 헬륨으로 갈라지고 이들이 핵융합을 일으키며 내는 불꽃으로 빛을 발산한다. 수소폭탄이 터질 때 중심 온도가 100억 도라니까 핵융합의 불꽃 온도는 미뤄 짐작할 수 있다. 그런데도 머나먼 거리 때문에 별빛이 마치 헤어져 간 연인의 얼어붙은 입술처럼 차갑게 보인다.

식당 넓은 홀에는 연구 인력을 비롯한 '재너머 별' 관리 유지 팀원들이 삼삼오오 모여앉아 식사를 하고 있다. 김대건, 헤일, 루카 세 사람은 따로 마련된 룸으로 들어갔다. 가브리엘 대천사와 아마쿠사 시로는 먼저 와서 자리 잡고 일행을 기다리고 있다.

"루카 님 여기 오시니까 좋지요? 헤일 님 청은 무엇이든지 들어주라는 하느님 말씀 때문에 부랴사랴 천국에 다녀오긴 했지만 한 번 가고 오는데도 이제 힘이 부칩니다."

가브리엘이 헤일을 보고 말한다. 아마 김대건 수행비서가 가브리엘에게 루카 모시기도 의뢰했던 모양이다. 헤일 소장은 김대건에게 말 한마디라도 조심해야 한다고 마음속에 새긴다. 가볍게 한 말을 그렇게 빨리, 가브리엘 대천사까지 동원해 이뤄 준 것에 새삼 어깨가 무거워짐을 느낀다.

"천군만마를 얻었습니다. 루카 님의 용기와 분석적 능력이 저를 크게 채찍질하겠지요. 아무튼 김대건 님, 가브리엘 대천사님 감사합니다. 제가 꾀부리지 못하게 꽉 묶어 놓으니 시원하겠어요."

헤일이 사뭇 고민하는 얼굴로 대답하자 일동 모두 작은 박수 끝에 식사가 시작됐다. 루카 의료센터 원장의 '재너머 별' 방문 환영 만찬인 셈이다. 루카는 헤일 소장 등 여기 상주하는 과학자들에게 필요한 조언을 하고 떠나겠지만 첫인상부터 이곳이 썩 마음에 든다. 순간 의료센터 분점이라도 내달라고 해볼까 생각한다.

식사분위기가 적당히 무르익어 갈 때 아마쿠사 시로가 뜻밖의 말로 좌중을 긴장시킨다. 천국군 간부로서 헤일이 연구할 '영혼 총'과 총알의 성능, 아니면 우주 속 다른 생물의 존재 여부 등 안보 관련 사항이 아닌 교리 문제를 갑자기 들고 나온 때문이다.

"지금 연구 중인 신무기가 영혼도 해체, 죽일 수 있다면 영생불멸이란 기독교 교리와 조화가 가능할까요? 아시겠지만 요한복음 10장 28절을 기억해 보세요. 예수님은 '나는 그들에게 영원한 생명을 준다. 그리하여 그들은 영원토록 멸망하지 않을 것이고, 또 아무도 그들을 내 손에서 빼앗아 가지 못할 것이다.'라고 하셨습니다.

같은 복음 6장 47절에서도 '나를 믿는 자는 영원한 생명을 얻는다' 등의 말씀이 있어요. 그런 영생 말씀과 '영혼 총' 개발의 상충을 어떻게 설명하면 좋겠습니까? "

"아직 교리 해석에 관해 결정된 것은 없고 의견을 종합해 가는 과정입니다. 다만 고장난 영혼, 천국과 인간에게 해를 끼칠 영혼, 하느님께 감히 도전하는 악령을 영생 원리로 계속 보호할 필요가 없다는 공론은 확실합니다. 이들은 이미 예수님을 믿고 따르는 자가 아닌 때문이지요. 사도행전 16장 30절에 지진으로 감방 문이 열리자 죄수들이 다 도망간 줄 알고 경비 옥졸이 자살하려 합니다. 문책이 두려웠던 것이지요.

하지만 감옥에 그냥 남으셨던 바오로 님이 이를 말렸습니다. 감격한 옥졸은 자신이 구원받으려면 어떻게 해야 하는가 물었고 바오로 님은 주 예수를 믿으면 된다고 일렀어요. 거기서의 구원은 믿음을 조건으로 건강하게 영생하는 것이며 병든 영혼이 믿음마저 소진했을 때 생존은 의미가 없어요. 구원받은 영생은 믿음을 충실히 의식할 때까지 사는 겁니다."

헤일을 대신해 김대건이 대답했다. 듣고 나니 어렴풋이 루카도 짐작이 간다. 얼마 전 천국 하늘궁전 대청마루에 엎드린 채 몽롱한 가운데 들었던 하느님 말씀이 지금 다시 머리 위에서 맴도는 것 같다. 하느님께 고장난 영혼 치료의 어려움과 영혼 수명 얘기를 말씀 드렸을 때 순순히 받아들이며 루카의 의견을 묻고 경청했던 것이다. 김대건 안드레아 수행비서는 하느님 뜻에 거의 맞게 교감하는 게 아닐까. 루카는 서슴없이 동의했다.

"김대건 님 말씀이 맞습니다. 믿음 없는 늙고 병든 영혼의 영생은 의미 없지요. 창조 이후 인간은 누구나 죽음에 심한 공포감을 갖고 있습니다. 이 때문에 우상 숭배까지 하며 사후 세계에 영생 보장을 원했지요.

예수님이 인간의 몸으로 오셔서 강조한 대목은 이웃사랑과 하느님을 믿으면 영생한다는 것이었습니다. 당시 구약 시대의 까다로운 율법과는 달랐어요. 하지만 신약 시대 이후 2천여 년 간 인구 증가, 영혼 증가, 악령 증가는 가히 폭발적입니다. 시대 따라 교리도 적절히 변하지 않으면 늘어난 하느님 적대 세력에 의해 어떤 무질서, 혼란, 위기 사태가 올지 모릅니다."

"다윈의 진화론에 대해 세상 모든 것을 하느님이 창조했으니 불가하다는 게 당초 주장이었습니다만 과학적 증명 때문에 이를 끝내 고집할 수 없었지요. 결국 진화론을 인정하고 그 진화마저 하느님의 섭리가 개입한다는 선에서 교리를 바꿔야 했습니다. 영생불사도 같다고 봐요."

가브리엘 대천사가 루카 말을 보태자 대세는 판가름이 났다. 문제 제기를 했던 아마쿠사 시로가 얼른 발을 뺐다.

"제가 토를 단 것은 교리 해석부터 분명히 하자는 일의 순서 까닭이지, 반론 제기가 아닙니다. 늙고 병든 영혼, 인간과 천국에 해로운 영혼 제거는 안보 면에서도 반드시 필요합니다. 가령 국방청이나 사법경찰청, 중앙정보부 등 정부 주요부서 엘리트 간부 영혼이 병들어 슬쩍 사고를 친다고 생각해보세요. 컴퓨터 조작, 기밀 서류 절취, 악령과의 거래 등 끔찍합니다."

"그럼 헤일 소장님과 루카 원장님의 과제는 대강 정리가 되었네요. 늙고 병든 영혼, 해코지 불신자 악령의 제거와 영생불면 교리와의 관개, 시대에 맞는 교리의 변화가능성 등을 확인했습니다."

김대건 안드레아가 오늘 나온 얘기를 간결히 정리한다. 그는 말하면서 갓끈을 만지작거리는 습관이 있다. 지금도 그랬다.

"제가 오래전에 들은 조선 속담이 있는데 뜻을 물어봐도 될까 모르겠네요."

루카가 김대건의 이 버릇을 또 보자 문득 농담조의 양해를 구한다. 좌중 분위기가 너무 엄숙했나 보다.

"'오이 밭에서 신발끈 고쳐 매지 말고, 자두나무 아래서 갓끈 고쳐 매지 말라.'라는 조선 속담, 그게 무슨 뜻이죠? 듣긴 들었어도 의미는 꽝입니다."

어리둥절한 김대건이 대꾸한다.

"괜히 아시면서 묻기는. 오해 살 일은 애당초 하지 말란 뜻 아닙니까? 신발끈 고쳐 매는 척 엎드려 오이 따 갈까 봐, 갓끈 고쳐 매는 척 손 뻗어 자두 열매를 따 갈까 봐, 우려에서 나온 말이니까요. 어디서 들었지요?"

"정약종 아우구스티노님한테 진작 들은 건데요. 또 김대건 님은 갓끈을 만지작거릴 때마다 생각의 샘이 마구 솟는 것 같다고도 말했습니다. 하느님 옆에서 겁 없이 느닷없는 질문과 지시를 받아도 태연히 수행하는 능력이 그 버릇, 그 여유 때문이라고요. 맞습니까?"

"에이, 그분이 그런 농담할 분이 아닌데요. 생각의 샘 이야기라면 역시 정약종 님이 발군입니다. 어떤 문제에 봉착하던 순발력 있게 처리하니까요. 또 루카 님도 그런 면에서 둘째가라면 섭섭하신 분인 줄 압니다. 그래서 말인데 병든 영혼, 폭증하는 악령 처리를 어떻게 구체화시킬지 좀 더 설명 들으면 안 되겠습니까?"

김대건 안드레아가 갓끈 농담에서 벗어나 루카 소장 상대로 화제를 돌린다. 일동 시선이 다시 루카에게 쏠린다.

"좀 전에 말했듯이 먼저 영혼 손상률 최소화가 선결입니다. 고성능 백신 개발로 예방에 힘써야 하지만 1회 주사에 백 년 이상 보장은 어려워요. 다음은 치료약인데 아무리 좋아도 세월 앞에 장사 없습니다. 인류 역사 50만 년, 호모 사피엔스로 치면 20 내지 25만 년, 그 기간 중 860억 명이 지상에서 살다 떠났다는 통계 신빙성은 차치하고 몇 천, 몇 만 년을 버틴 영혼들의 경우 아무래도 지겨운 세월만큼이나 산다는 것 자체에 회의가 커서 백약이 무효지요."

루카의 비관적 말에 아마쿠사 시로가 답한다.

"그런 지경이라면 아까 말씀한 안락사가 좋을 것 같은데 공식화할 여건이 못 돼 문제입니다."

"그러니까 산채로 불량 영혼을 영구히 가두는 블랙홀 신화가 필요한 겁니다. 그 안에서 영혼은 해체되고 말겠지요. 이에 필요한 무기, 블랙홀의 강력한 중력에 맞설 반중력 물질을 개발, 이를 소재로 영혼총 발사체와 총알을 만드는 게 시급합니다."

헤일이 종합하는 말에 루카가 지나가는 말처럼 한마디를 덧붙였다.

"깨끗하기는 인간이 총 맞아 그 자리에서 죽듯, 영혼총 한 방으로 악령과 치매 영혼을 해체해 버리는 겁니다. 블랙홀에 애써 가둘 필요도 없지요."

35. 영혼을 팔다

이채구 신부 3남매의 폭탄선언이 있던 날 수호천사 엘리사벳은 전령인 파랑새를 통하지 않고 바로 최동혁 신부 귓가로 찾아왔다. 사안이 그만큼 급했기 때문이다. 그날 이채구 신부와 심지순이 결혼한다는 빅뉴스를 듣고 최 신부는 허전한 마음에 술이라도 흠뻑 취하고 싶은 때였다. 선천 집 식사와 반주가 한창 진행될 때였다.

그런 그의 마음을 알았는지 엘리사벳은 우선 그 자리를 파하라고 속삭였다. 놀란 최 신부가 식사 직후 약속 핑계를 대고 선천 집을 빠져 나올 때 이채영 교수도 따라 붙겠다고 앙탈했다. 하지만 그는 대주교와 면담 약속을 구실로 애써 따돌리고 엘리사벳이 지정한 정동 프란치스코 성당 로비를 향해 걷기 시작했다.

엘리사벳이 오늘 멋을 맘껏 냈다. 프란치스코 성당 로비는 이벤트가 없는 한 늘 조용했다. 창가 맨 구석 자리에 오롯이 앉아 있는 아름다운 엘리사벳의 모습이 그녀의 한창 때를 떠올리게 한다.

물론 인간 눈에 띄지 않는 영혼, 수호천사의 모습이다. 최 신부가 이날도 남들이 좀 보아주었으면 하고 바란 것은 옛 처녀 시절과 여일하게 예뻤던 까닭이다. 자동판매기에서 커피 한잔을 뽑아 엘리사벳 맞은편 자리에 가서 앉자 엘리사벳은 인사말 생략하고 나무라기부터 한다.

"바로 옆에 원두 커피집이 있는데 거기서 한 잔 사오지 삼백 원짜리 기계 커피라니 취향 참 묘하네요."

그녀가 앉은 뒤쪽 얇은 벽 너머가 커피집이다. 성당 직영인지 로비와 통하는 문까지 설치되어 있지만 벽 무늬와 똑같아 일반인들은 문의 존재조차 분간키 어렵다. 마치 이끼 낀 고성의 비밀 출입구처럼 직원과 아는 이들만 벽을 뚫고 불쑥 불쑥 드나드는 꼴이다. 몇 번 와보고 엘리사벳은 이미 이곳 지형지물에 선수가 다 되어 있다.

"자동 기계 커피가 양도 알맞고 맛도 좋습니다. 가격은 한 잔 300원, 얼마나 경제적인가요. 우리나라 커피 값 인플레이션이 너무 심합니다. 한 잔에 5천 원, 8천 원이라니 세계적인 바가지라니까요. 나 혼자라도 고쳐 가렵니다."

최동혁 신부 말에 엘리사벳은 쿡쿡 웃었다.

"최 신부님 수입이라면 그보다 몇 십 배 더 비싼 커피도 마실 수 있어요. 노력한 만큼 자격도 충분하고. 아무튼 절약은 좋지요, 내키는 대로 하세요."

"오늘 또 긴급 면담은 뭡니까? 나야 자주 보면 좋지만 좋은 일 갖고 봐야지 궂은 일로는 별로니까."

"어쩌나, 역시 좋은 일은 아닌데. 아까 이채영 씨 삼남매 등과 회식했지요? 여러 얘기가 오간 것을 압니다. 그런데 이채영 교수를 조심하세요. 뭔가 그녀 신변에 이상이 올 것 같습니다. 예감인데요."

엘리사벳의 말이 단도직입적이다. 가늘게 떨리기는 했지만 주저하지 않았다. 최 신부도 덩달아 온몸이 조여드는 긴장감을 느낀다. 도대체 오늘은 사건의 연속이다.

"뜸 들이지 말아요. 요즘 내 심장 상태가 안 좋습니다. 모르고 불안한 것보다 빨리 알고 대처 방법을 연구하는 게 나아요."

최 신부가 독촉하자 이윽고 엘리사벳이 결심한 듯 입을 연다.

"이채영 씨가 아마토 지옥의 악녀인 이제벨에게 영혼을 팔았답니다. 천국 정보부 소식인데 최동혁 신부님과 결혼시켜 달라는 조건으로요. 아마 그 대가를 치러야 할 겁니다."

"예? 그게 무슨 말인지."

"지구 지하 지옥에 이제벨이라는 아름다운 악녀 두목이 있다고 전에 말한 적 있지요. 구약시대 중동 지역 시돈국 왕비 출신인데 지금은 지구 지하 두목인 아마토의 정인입니다. 이 악녀가 지옥에서 밑상인 최동혁 신부님을 망신 주고 무력화시키려 이채영 교수에게 최신부님과 결혼시켜 줄 테니 영혼을 팔라고 했거든요. 이 교수는 당장 승낙했고 조만간 이제벨 측에서 최 신부님에게 모종의 작업을 걸어 올 겁니다. 넘어가는 순간 두 사람은 끝나요. 절대 방심 금물."

최동혁 신부는 깜짝 놀랐다. 오늘 이채영이 여러 사람 앞에서 생뚱맞게 지껄인 이유를 알 것 같았다. 심지순과 신부님 옷 벗기기 내기를 했다는 둥, 작은 오빠 이채강 탐정이 이왕 사제의 길로 간다면 가기 전에 여동생 짝이라도 구해주라는 둥, 큰 오빠 이채구 신부와 심지순의 결혼을 축하하지만 내기에 져 섭섭하다는 둥 알쏭달쏭하게 최 신부를 압박해왔던 것이다.

"그럼 나는 어찌해야 합니까? 지옥 여왕 이제벨이 이채영 교수를 도와준다면 나는 그녀와 결혼해야 합니까? 나는 이제벨에게 이미 잡힌 운명인가요?"

연타로 터지는 최동혁 신부의 비명에 엘리사벳은 쓴웃음을 짓는다.

"새삼스럽게 펄쩍 뛰시네. 전에 이채영 교수한테 전혀 마음을 두지 않은 것처럼 말입니다. 실제는 그게 아니잖아요. 우리 좀 솔직해져 봐요."

"그렇습니다. 전에 둘 사이에 약간의 감정도 없었다고 말하면 거짓이겠지요. 이채영 씨, 심지순 씨 모두 아름다운 여인들이고 때때로 쏠리지 않았다면 위선자가 분명합니다. 특히 이채영 씨와는 우연한 기회, 그러니까 K목사님 문상 갔다 오는 날 공원에서 데이트 비슷한 것을 하며 마음이 흔들린 게 사실이지요.
  하지만 거기가 끝입니다. 그때 이미 이제벨이 작용하고 있었는지 모르나 그녀의 적극적 대시에 당황했던 기억이 선명해요. 그렇다고 연심, 음심이 동했던 것은 아닙니다. 단언컨대 사제로서 본분과 원칙을 지켰어요."

최동혁 신부는 강하게 반발했다. 이제벨 따위가 자신을 조종할 수 있다고 결혼 핑계로 이채영의 영혼까지 가져간 사실이 불쾌했다.

"그렇다면 안심이네요. 최 신부님 신념이 그처럼 투철하다면 이제벨이 작업을 걸어올 여지가 없습니다. 금이 간 곳에 변화가 오고 썩기 마련이니까요."

"이제벨이 약속을 지키지 못할 경우 이채영 교수의 팔려 간 영혼은 어찌 됩니까?"

"팔렸다고 영혼이 사람 몸을 떠난 것은 아니지요. 다만 자기 의사대로 행동하지 못하고 이제벨의 꼭두각시가 된다는 의미니까 진짜는 죽고 가짜만 남은 노예 꼴이 된 겁니다. 이채영씨 처지가 곤란하게 되었어요. 소원하던 최 신부님과 결혼도 못하고 영혼을 팔아 껍데기로 사는 사람, 끔찍하지 않나요. 혹시 비극적인 상황이 또 일어날까 걱정입니다."

엘리사벳의 또박또박 사무적인 말에 마음을 진정한 최동혁 신부가 당연한 질문을 해 본다.

"그렇다면 약속 위반의 이제벨이 이채영 교수의 영혼을 되돌려 줘야 하는 것 아닙니까? 비극적 상황이란 어떤 겁니까?"

순간 엘리사벳은 호호 웃는다. 재미있다는 표시다.

"어머나, 수재 신부로 저명하신 분이 참 딱한 얘기를 하네요. 영혼을 팔았다는 것은 자기 포기나 다름없어요. 그런 사람에게 이제벨이 영혼을 되돌려 줄 것 같습니까? 천만에요. 아마 빚을 졌다고 생각할지 모르나 오히려 그게 더 비극적 상황을 초래할 여지가 있다는 겁니다. 그게 뭔지는 상상에 맡기겠어요. 거기다 함부로 영혼을 악마에게 팔아넘긴 죄를 천국이 묻지 않을 리 없고요. 최 신부님도 당분간 조심하셔야 합니다. 이제벨이 무슨 수를 쓸지 모르니까."

"내 신부복 벗기기 공작을 계속하거나 아니면 내 영혼이라도 탈취해간단 말입니까? 내 결혼 여부가 죽음과 관련되나요?"

"어머나, 흉측한 상상하지 마세요. 이제벨 악령이 그 정도 능력을 가졌다고 보지 않습니다. 영혼을 팔지 않은 멀쩡한 신부님이야 하늘이 보호하고 내가 지켜보는데 위해를 가하다니 말도 안 되지요. 다만 상대에게 빌미를 줄 엉뚱한 실수는 피하라는 겁니다."

엘리사벳의 간곡한 당부에 최동혁이 비로소 수긍하고 결의를 다진다.

"그래요. 나는 영원한 가톨릭 신부입니다. 이채영, 이제벨 아닌 누가 꾀어도 결혼하지 않습니다. 청소년 시절 길 가던 스님이 나를 스님으로 키우겠다고 한 일이 생각납니다. 내 관상이 종교인 팔자인가 봐요. 그러니까 서울대 이공계에 진학했다 다시 사제의 길로 들어섰죠. 나와 결혼하기 위해 영혼까지 악마에게 넘긴 이채영 교수에게는 미안하지만 상대를 잘못 골랐습니다. 아무튼 그녀를 다시 원상 복구시킬 방법이 없을까요? 결혼은 빼고 어떤 일이든 하지요."

그러나 엘리사벳의 얼굴은 펴지지 않았다.

36. 비상조치법

천국 국방청 대회의실 원탁에 안보회의 관련자들이 대거 집결했다. 사도 필립보 국방청 장관의 긴급 소집에 의해서다. 문이 보이는 원탁 안쪽 중앙에 스테파노 원로원 사무총장이 앉고 그 좌우에 하비에르 원로원 국방위원장, 정약종 원로원 정보위원장, 니콜라오 정보부 기획실장 얼굴이 보인다.

필립보 국방청 장관은 스테파노 정면에, 그 양옆으로 제라르도 합동참모본부 의장, 위그 드 파엥 제1군 사령관, 안중근 도마 참모총장, 미국 5성 장군 출신 더글라스 맥아더 함대 사령관이 자리 잡았다.

안보회의는 비상설기구지만 상임위원회 멤버를 하늘궁전이 지명하고 회의 내용은 마티아 궁전 총괄실장을 통해 그대로 하느님께 보고되는 막강 파워 그룹이다. 총리를 제외한 기타 권력층 누구에게도 영향 받지 않는 안보상 실세다. 이날 소집 책인 필립보 장관이 회의를 진행시킨다.

"오늘 긴급회의를 소집한 것은 페르가몬 별이 빠르게 천국 쪽을 향해 이동 중이라는 정보부 보고 때문입니다. 제라르도 합참의장님, 이들의 수상한 동태 파악과 천국 방어 계획은 차질 없습니까?"

"네, 면밀히 대처하고 있습니다. 하지만 과거 위험 때마다 하느님이 원천 제거, 천국군이 직접 출동한 일은 없었지요. 이 때문에 천국군은 전투 경험 부족이 가장 큰 약점입니다. 실전 모의 훈련도 많지 않고 아무튼 태평성대가 길었던 게 좋아할 일만은 아닌 것 같습니다."

제라르도 합참의장이 우물쭈물 대답하자 하비에르 원로원 국방위원장이 곧장 질책하고 나선다.

"그게 천국 방어 계획을 총괄 지휘할 합동참모 본부 의장 말이라니 놀랍군요. 전쟁 경험이 없어 천국군 기동에 차질이 예상된다는 말씀 아닙니까. 지금은 하느님도 안 계신 처지입니다. 또 장군께서 십자군 전쟁 당시 빵을 돌인 양 속여 던지며 성 밖의 아군을 도와주던 낭만 시대와는 달라요. 그때는 적군이 비록 이슬람이라 해도 같은 인간끼리의 전투였지만 신들의 전쟁, 영혼 전쟁은 그런 원시적 낭만이 안 통합니다. 구체적 안을 내놓아 보세요."

"일단 전군에 출동 준비를 명령하고 보안사령관 레몽 뒤 피 장군이 천국 방어막 공사를 현장 지휘하고 있습니다. 방어막만 완벽하게 처지면 지옥군 예봉은 충분히 막아 냅니다. 어떤 함포, 미사일에도 끄떡없어요."

제라르도 합참의장 답변에 고개를 끄덕인 스테파노 총장이 한마디 덧붙친다.

"바둑에 '아 생 연후 살타' 격언이 있는 것처럼 내가 산 뒤 공격이 정석입니다. 방어막 설치에 우선한다는 합참의장 말을 들으니 좀 안심이 되네요."

"그렇습니다. 하지만 방어막 설치에 따른 후유증도 소홀히 하면 안 되지요. 외부 소통 차질 등 부작용을 최소화, 주민과 천국군 사기에 영향 주지 않게 신경 써야 합니다. 현대전은 심리전 아닙니까."

정약종의 세심한 배려에 이어 안중근 참모총장이 화제를 본론으로 끌고 간다.

"완벽한 방어막 설치는 공격의 시작과 같습니다. 이에 따른 부작용은 필히 보완하지요. 반면 공격이 최선의 방어이자 승리의 원점인 점을 또 간과해선 안 됩니다. 지금부터는 공격을 위한 천국군 출동 시기, 규모와 어떤 병력을, 누가 지휘할지 구체적인 작전을 논의했으면 합니다."

이 말에 재빨리 맥아더 함대 사령관이 나선다.

"가능한지 모르나 허용하신다면 당연히 현대전을 최근 경험한 제가 첫 전투 책임자로 출전하고 싶습니다. 저는 불과 70여 년 전 지구상의 세계 제2차 대전을 승리로 이끈 연합군 총 사령관 출신입니다. 개인적 소망이지만 저는 당시 원폭 투하 책임 때문에 천국 입주가 불허되어 연옥에 머문 처지, 이번에 공을 세워 천국 주민이 되었으면 하고 간절히 바랍니다. 부디 도와주십시오."

"지구 최대 강국인 미국의 단둘밖에 없는 원수 계급장을 단 맥아더 장군의 이름만 들어도 지옥군들은 지레 겁먹을 겁니다. 또 한 분은 아이젠하워 장군이었던가요. 한국전쟁 당시 한반도 끝자락까지 밀렸다가 인천 상륙 작전으로 불리한 전세를 뒤집은 사례는 길이 전사에 남고 있지요. 맥아더 장군이라, 아주 적임으로 보입니다만."

정약종 원로원 정보위원장이 한국 사례를 들며 일동에게 동의를 구하자 모두 고개를 끄덕인다. 회의 분위기가 갑자기 일사천리다. 그때 문득 회의실 밖이 소란스러워지며 필립보 국방청 장관 비서가 헐레벌떡 들어와 큰 소리로 보고했다.

"베드로 원로원 의장님, 바오로 감사원장님, 바르나바 정보부장님 세 분이 함께 지금 막 국방청 정문 앞에 도착하셨답니다."

필립보 장관이 의전상 급히 회의실을 빠져나간 뒤 남은 참석자들도 일제히 자리에 일어나 일행을 맞이할 준비를 한다. 안보회의에 이들이 참석한 일은 거의 없었다. 사태의 중요성을 말하는 것 같아 일동 모두 긴장한다.

"허허, 여러분들 지금 중요한 결정을 하시는데 불청객이 찾아온 것 아닌지 미안해집니다. 앉으세요. 앉으세요. 회의 그냥 하세요. 우리는 그저 격려차 온 것뿐이니까."

사람 좋게 베드로가 먼저 회의실에 들어서며 일동을 보고 앉으라는 시늉과 함께 필립보 장관 옆 급조한 좌석 중 한 자리에 앉았다. 바오로 감사원장과 바르나바 정보부장도 그 옆으로 나란히 앉는다.

필립보 장관이 우선 그동안 회의 결과를 세 요인에게 요약 보고했다. 천국 방어막을 쳤으며 수비가 이뤄진 만큼 공격 전략을 수립 중이라고 말했다. 제일선 전투 총사령관에 맥아더 원수를 만장일치로 선임했음을 또한 보고했다.

"그만하면 믿음직합니다. 이번 천국군과 지옥군의 대결은 우주 창조 이래 첫 번째 역사적 사건이 될 겁니다. 특히 하느님 부재 상태에서 우리만으로 전투에 임한다는 사명감을 갖고 아군 피해는 최소한 줄이며 적에게 치명적 타격을 주어야 하겠지요. 원로원은 쌍수로 여러분 결정을 지지하니 뒷걱정 말고 열심히 해주기 바랍니다."

베드로 의장이 흡족한 듯 턱수염을 쓰다듬으며 바오로 감사원장에게 발언권을 넘긴다. 바오로는 조용히 성호를 긋고 말했다.

"안보회의가 열린다기에 제가 베드로 의장님과 바르나바 정보부장님에게 연락해 함께 가보자고 했습니다. 격려차 오긴 했지만 여러분들이 잘하고 계셔서 든든하군요. 하느님 부재 중 우리의 자유의지를 시험받는 아주 중요한 기회입니다. 무엇보다 상대의 실력을 정확히 파악, 승리의 만전을 기하기 바랍니다."

바르나바 정보부장이 이어 자신의 직계 니골라오 기획실장에게 묻는다.

"감사원장님 말씀을 노파심으로 들어서는 안 됩니다. 솔직히 지금 지옥군의 주무기, 전술, 병력 규모, 주요 부대 사령관 등에 관해 얼마나 알고 있습니까? 루시퍼와 아마토가 연합 전선인지, 별개 작전인지, 아니면 전혀 다른 악령들에 의해 제3전선이 형성되는지 등에 따라 전술이 달라질 겁니다.
또 페르가몬 지옥별의 천국 쪽 직접 접근이 무모하지 않다면 자체 보호 장치의 완벽함을 과시하는데 과연 그런지도 궁금하구요. 니골라오 기획실장, 이 점에 관해 정보부 쪽 소견을 말하지 않았습니까?"

"지금부터 말씀드리지요. 페르가몬 지옥별의 보호막은 천국 수준 이상으로 견고하다는 정보 분석입니다. 함대 간 전투가 아닌, 페르가몬 지옥별 자체를 공격할 경우 어떻게 그 보호막을 뚫을지 쉽지 않답니다. 이 때문에 범 행정부 차원의 긴밀한 협조가 필요한데 오늘 야고보 총리께서는 안 오셨네요. 우주센터, 의료센터 등 행정부 관련 기관들의 모든 아이디어를 얻었으면 합니다만."

니골라오 기획실장이 발언 기회를 얻자 냉큼 화살을 야고보 총리에게 돌린다. 야고보 총리만 보이지 않은 게 못내 이상했던 다른 회의 참가자들까지 일제히 나중에 온 세 귀빈을 바라본다.

"허허, 그건 사정이 좀 있어요. 내가 그러지 않아도 여기 오기 전 멋모르고 연락했더니 공교롭게 바로 오늘 이 시각 총리 모친 살로메 님 생일잔치가 시작된답니다. 그것도 1백 년에 한 번씩 맞는 밀레니움 특별 잔치랍니다. 총리실 직원과 주요 행정부 간부들이 거기 다 모였을 겁니다. 저희도 총리께 간곡히 양해를 받고 여기 온 겁니다."

베드로 의장의 경위 설명에도 불구하고 분위기는 썰렁했다. 아무리 모친 생신 잔치가 급하다 해도 천국 안위보다 더 급할까. 원로원 의장, 감사원장 등이 동행하자면 당연히 왔다가 늦게 파티에 참석해도 될 것이다.

"어차피 오늘 안보회의는 상임위원 중심으로 지옥군과 대치 전략을 논의하는 임시 긴급 모임입니다. 나중 참석하신 베드로 의장님,

바오로 원장님, 바르나바 부장님은 솔직히 의외의 손님이지요. 고맙고 반갑지만 그렇다고 야고보 총리가 꼭 참석할 이유는 없는 겁니다. 그쯤 하고 현안인 지옥군 퇴치 전략 논의를 계속하지요."

정약종 정보위원장의 제안으로 야고보 총리 불참 문제는 앙앙불락 물 밑으로 가라앉았다. 대신 필립보 국방청 장관 주재로 전쟁 대책에 관한 갑론을박이 벌어지기 시작했다. 그중 초점은 페르가몬 지옥별을 강제 견인 안전지대에서 폭파시킬 수 있는지, 광대한 그물망으로 포획이 가능한지 여부와 적진 침투에 의한 내부 교란 작전 등이었다.

의견은 견인과 내부 교란 쪽에 기울었다.

회의가 막바지를 치닫고 있을 때 스테파노 원로원 사무총장 휴대폰이 진동으로 울렸다. 문자 메시지를 보고난 그가 조용히 베드로 의장에게 다가가 귓속말을 한다. 베드로의 낯빛이 순간 변했다. 그리고 스테파노에게 말했다.

"총장이 직접 얘기하시오. 비상조치니까 가감 없이 문자 받은 그대로."

스테파노 총장은 곧장 필립보 국방청 장관에게 긴급 발언권을 요청했다. 필립보가 영문을 모른 채 사회봉을 두드려 좌중을 정리해준다. 스테파노가 말했다.

"방금 하느님 수행비서인 김대건 안드레아 연옥관리위원장으로부터 하늘궁전이 작성한 제1차 비상조치법을 보내니 원로원 의결을 거쳐 총리실이 공포하라는 연락을 받았습니다. 부연해서 주님 가 계신 소재지도 밝혔군요. 하느님은 지금 천국에서 꽤 먼 곳에 새로운 제2천국 '재너머 별'을 만들고 광활한 우주를 보다 깊이 관리할 과학 센터를 세우셨으며 앨러리 헤일 우주 센터 소장이 현지 차출돼 새 임무를 수행 중이라고 전해왔습니다.

그럼 제1차 비상조치법 내용을 읽겠습니다. 1호, 천국 헌법 제2조 영생 개념을 포괄적으로 해석, 제 기능 발휘가 불가능한 불량 영혼은 해체할 수 있다. 2호, 다문화 종교가 우상 숭배 대신 유일신을 지향한다면 포용을 원칙으로 한다. 3호, 이와 관련된 조치는 부속 조항으로 정한다 등입니다."

스테파노의 낭독이 끝나자 회의장은 순식간에 안도와 긴장감이 교차했다. 우선 하느님 소재 파악이 안도감을 주었다. 하느님 부재중 지옥군과 전쟁을 치러야 한다는 중압감은 의외로 컸다. 고위직일수록 공연한 짜증에 일처리가 늦어지고 주민 간 왕래조차 줄어 사회 분위기 전반이 서먹했던 것이다. 반면 천국 초유의 비상조치법 발표와 내용은 또 다른 충격이었다.

"천국에 혁명적인 사태가 벌어졌군요. 영혼 해체, 다시 말해 '영혼이 죽을 수 있다'는 의미는 성경에서 말하는 '하느님 믿으면 영생한다.' 교리와 정면 부딪치지 않습니까? 사도 신경 말미 내용과도 어긋나고요. 악령까지 죽지 않고 지옥에서 영생하는데 말입니다.”

사태를 주시하던 하비에르 원로원 국방위원장이 또 핵심을 찌르고 나선다. 예수회 창립 7인 멤버, 신약의 철저한 근본주의자 입장으로 당연한 의문 제기다. 좌중은 일제히 긴장한다. 어떤 논리가 나올지 궁금한 것이다. 이때 직접 답변할 줄 알았던 스테파노가 정약종 정보위원장에게 눈길을 돌린다.

“아우구스티노 님, 전에 우리 그 비슷한 말을 나눴었던 기억인데요. 루카 의료 센터 소장님도 그 자리에 계셨었는지 몰라, 괜찮다면 그 얘기를 정 위원장님이 설명할 수 없을까요? 부탁합니다.”

“천만에요, 저도 짐작하기는 마찬가지지요.”

정약종이 두 팔을 저으며 완강히 사양하자 바오로 감사원장이 또 스테파노를 지원사격 한다.

“아니, 지금 양보가 금이 아닙니다. 정 아우구스티노가 소신대로 말하면 다른 분들 의견까지 집약해서 하느님에게 건의할 말씀을 정리해야 하니까요. 주님이 어려운 결정을 했을 때는 그만한 이유가 있기 때문입니다. 평소 관심 분야인데 말해 보세요.”

“정약종 님은 선교사도, 사제도, 자기 말로 된 성경책 하나도 없던 조선에서 독학으로 자국어 교리 책을 지으신 분입니다. 당시 혹독한 천주교 탄압 때문에 1만 명 이상 순교했음에도 꾸준히 신자가 늘어 현재 한국 인구 3분의 1이 기독교 신도인 것은 바로 그 덕분이지요. 그 교리서는 지금 보아도 빼어난 기독교 핵심 교과서입니다. 너무 사양하면 교만으로 보일걸요."

바오로에 이어 베드로 원로원 의장까지 거들자 정약종은 더 이상 사양이 어려워졌다. 자리에서 일어나 베드로, 바오로, 바르나바 등 세 귀빈에게 예를 베푼 뒤 일단 의문을 제기했던 하비에르 쪽으로 돌아선다.

"존경하는 하비에르 님, 그리고 안보회의 상임위원 여러분, 혹시 제 발언이 온당치 않더라도 개인적인 의견이며 이제 막 기초를 잡아가는 과정이니 크게 탓하지 말아주십시오. 원래 하느님 믿으면 영생하고 부활한다는 말은 예수님 공생활 이후 적극적으로 쓰이기 시작했습니다. 단순하고 민족 차별 없는 그 말씀 때문에 신도 수가 급증했지요. 이스라엘 사람 상대로 어렵고 까다로운 율법을 지켜야만 천당에 간다는 유대 랍비들 말과 확실히 달랐으니까요.

영생한다고 육신과 영혼이 모두 영원하게 사는 것을 의미합니까? 아닙니다. 생명이 죽으면 육신은 가고 맙니다. 영혼의 영생입니다. 우리가 지금 천국에서 살고 있지만 육신은 모양 좋게 껍데기로 뒤집어썼을 뿐 살아 있는 것은 영혼입니다. 그렇다면 방금 하비에르 님이 말씀하신 사도신경 말미의 '죄의 용서와 육신의 부활을 믿으며 영원한 삶을 믿습니다' 대목을 어떻게 해석해야 할까요.

흔히 지구 교리 선생님들은 예수님 재림 때 되어서야 영혼과 육신의 부활을 볼 수 있다고 미뤄 놓거나 교파별로 영생에 대해 아전인수 격 설명을 합니다. 거기서 엉뚱한 이단이 나와 세상을 어지럽히기도 하지요. 실제 예수님 부활 이후 지구상에서 다시 그런 기적을 본 적이 없으니 당연합니다."

"말씀 중에 미안하지만 질문 하나 해도 되겠습니까?"

성격이 괄괄한 템플 기사단 출신 위그 제1군 사령관이 손을 번쩍 들었다. 혀 차는 소리가 들렸지만 정약종은 오히려 반가운 얼굴로 위그에게 미소 짓는다.

"예, 환영합니다. 사실 이 자리는 특정인의 연구 발표회가 아니니까 일방적인 제 얘기보다 토론 형식이 좋지요. 피차 공부하는 거니까 어서 말씀하세요."

"그럼 지구 그리스도 신도들은 부활 때 육신이 어떤 상태로 살아난다고 믿는 겁니까? 천국에 있는 우리가 바로 그 사례가 되는 겁니까? 또 신약시대 이후 2,000년이 지났는데 지금까지 지구에서 보인 부활 사례는 한 건도 없습니다. 막연히 예수 재림만 기다리게 한다면 지구인들 신앙심이 떨어지지 않을까요? 속고 있다고 생각할지도 모릅니다."

"예수님 이후 부활 사례를 아무도 본 일이 없으니 의문은 당연합니다. 그러나 기다린다는 게 반드시 나쁜 것일까요? 기다림은 희망이기도 하지요. 또 기다림 속에 하느님을 향한 기도 시간이 길어지고 순수성이 깊어집니다. 그러니까 하느님만이 아는 재림과 부활 시기를 알려고 조바심 낼 이유가 없지요. 예수님 재림이 어떤 모양일지 모르는데 '무조건 빨리'를 바라기보다 믿음 아래 오직 기다림이 낫다고 봅니다.

부활 때의 육신은 지구 육신과는 다릅니다. 고린도 1전서 12장 42절의 옛 사도 시절 바오로 님 말씀이 좋은 참고가 될 수 있을 것 같네요. '우리 육체는 썩어 없어질 것으로 묻히지만 썩지 않는 것으로 되살아납니다. 비천한 것으로 묻히지만 영광스러운 것으로 되살아납니다. 약한 것으로 묻히지만 강한 것으로 되살아납니다. 물질적 몸으로 묻히지만 영적 몸으로 되살아납니다.' 이 말씀처럼 부활은 육신과 영혼이 세상 차원 아닌 다른 천국의 것으로 재생함을 의미합니다. 지구인들에게 이 점을 잘 주지시키는 게 중요하지 속고 속이는 문제와는 차원이 다릅니다."

정약종의 대답이 끝나기 무섭게 이번에는 바오로가 코멘트성 질문을 던진다.

"씨앗이 죽지 않고서는 살아나지 못한다고 했습니다. 씨앗마다 하느님이 몸체를 주어 생명체로 살아나듯이 육체적인 몸이 죽어서 영적인 몸으로 부활한다고 말했습니다. 그게 결국 천국의 우리들 모습이지요. 당연히 우리는 영생의 영혼을 갖고 있고 그 영혼이 선택한 육체는 강하고 썩지 않는 것으로 생각했습니다만, 정약종 의원 발언은 뉘앙스가 좀 달랐던 것 같아요. 왜 그렇게 들렸을까요?"

정약종 아우구스티노는 바오로를 향해 정중히 목례를 건넨다. 다음 시선은 여전히 하비에르를 향한 채 대답한다.

"다시 아까 말씀으로 돌아가겠습니다. 믿음이 영생을 보증한 결과 영혼이 영원불멸해온 것은 사실입니다. 아니, 악령까지도 앞으로의 믿음 가능성을 전제로 영생해온 게 현실이니까요. 이에 따라 지옥 악령이 겹겹이 쌓여 죽지 못해 사는 것은 그렇다 쳐도 구약시대 믿음의 선조 아브라함과 모세, 노아님 같은 원로분까지 지금 에덴동산 실버타운 한쪽에서 적막한 노년을 보낸다면 이게 과연 바람직한 일인지 문제의식은 가질 수 있다고 봅니다.

낡고 병든 영혼들이 천국이고 지옥이고 영생하는 게 과연 바람직할까요? 하느님 이외 만물은 변합니다. 악령은 물론이고 낡아서 거동하기 어렵고 병들어 살기 싫고 생각조차 귀찮다는 영혼들까지 믿음 영생 약속 때문에 생명을 유지시키는 것이 무슨 의미가 있습니까? 반면 이들에 대한 관리 비용은 날로 증가, 걷잡기 어렵다고 최근 만나 뵌 루카 의료센터 원장님 걱정이 태산 같았습니다."

하비에르는 이 말에도 즉각 이의를 달았다.

"결국 천국도 지옥도 과잉 영혼 시대가 다가온다, 그러니까 악령은 물론 천국의 손상된 영혼까지 미리 정리하는 게 좋다, 그 말씀 아닙니까? 그렇게 낡고 병든 영혼을 제거해야 한다면 기존 성경의 영생 교리 역시 수정이 불가피합니다. 비상조치법 1호, 그러니까 영혼도 해체할 수 있다는 대목이 바로 그 수정을 의미합니까? 그 말이 지구에 전해질 경우 아마 대혼란이 일어날 겁니다."

하비에르에게 비상조치법 1호 내용과 정약종의 답변은 아직 먼 나라 얘기 같다. 예수회 창립자로서 오로지 말씀만을 먹고 살아온 그가 납득하기에는 설명 부족이라는 표정이다. 어떻게 2천 년 넘게 지켜져 온 진리를 한 방에 날릴 수 있단 말인가. 잔뜩 찌푸린 그의 모습에서 정약종은 바야흐로 쐐기를 박을 때임을 직감한다.

"지금 우리는 지옥군과 우주 창조 유사 이래 첫 전면전을 앞두고 있습니다. 악령들을 과거처럼 포획해서 지옥으로 보낸다고 해도 그게 그겁니다. 여전히 살아남아 더 날뛰고 그악해지고 틈만 나면 복수 기회를 노릴 것입니다. 믿음 때문에 가능한 영생 개념 핑계로 실은 악령들까지 덕을 보아 왔지요. 그걸 모른 체한 것은 그들이 행여 믿음을 되찾기 바란 때문입니다.

하지만 영생 개념 변화는 이런 모순을 바꿀 수 있지요. 끝내 개과천선 안 하는 악령을 원천 제거, 개체 수를 획기적으로 줄입니다. 전장에 나온 지옥군에게 포로는 없다, 오직 말살할 뿐이라고 경고하면 그들 사기는 크게 떨어질 겁니다. 악령들이 지옥에서라도 살기 바라는 것은 분명 아이러니지요."

"허나 그것만으로 지구 복음 사업에 미칠 악영향까지 상쇄하지는 못할 겁니다. 영생 약속 없는 종교는 종이호랑이 아닐까요?"

하비에르는 간단히 물러서지 않았다. 회의장은 두 사람의 열띤 공방으로 뜨거워졌다. 마지막 펀치가 필요했다.

"그렇다면 영생 개념을 한 번 더 넓게 생각해보지요. 이미 루카 의료 센터 소장 등과 화살 토론을 한 적이 있지만 영혼 사멸 이후 흔적이 남는가 여부입니다. 통념은 영혼이 죽으면 흔적 없이 사라지고 만다는 것인데 최근 일부 과학자들 주장은 다릅니다. 영혼도 아주 미세한 작은 입자들로 구성되어 고도의 현미경과 정밀 화학 약품으로 충분히 검증된다는 말이지요. 영혼이 죽어 그 입자들이 우주로 돌아갈 경우 또 다른 새 별의 생성 자원이 되지 않겠습니까?

애당초 하느님의 창조 설계가 그런 리싸이클링 구도입니다. 아시다시피 인간은 별에서 나온 원소들로 만들어진 까닭에 '별에서 온 그대', '별 그대'가 바로 인간이고, 천사이고, 하비에르 님이란 말입니다. 별들은 또 우주에 둥 둥 떠다니는 거대한 가스 구름에서 만들어지고 그 가스 구름은 무한한 별들의 폭발과 떠다니는 우주 자원이 엉켜 생겨납니다.

그러니까 영혼이 해체되고 죽더라도 우주 자원으로 환원해서 다시 먼 훗날 인간, 천사로 태어난다면 그게 바로 길게 본 영생 개념이다,

라고 설명하면 안 되겠습니까?"

회의장에 탄성이 흘러 퍼진다. 정약종의 논리는 믿음의 성령에서 비롯된다고 모두 생각했다. 영생에 관한 고정관념이 바뀌는 순간이다. 만물이 변하는데 유독 영생만 고고할 수 없는 진리다. 삐딱하게 계속 질문을 던졌던 하비에르가 갑자기 벌떡 자리에서 일어서더니 정약종을 향해 정중히 허리를 숙이며 말했다.

"이제 질문 끝입니다. 바로 그 말씀이 하느님 뜻입니다. 더 이상 사족을 달지 못해요. 그리고 전에 야고보 총리님, 세례 요한님 등과 잠시 검토했었던 저의 썩지 않는 시신의 부활 문제도 이 자리에서 깨끗이 포기하겠습니다. 제가 그때 좀 얼이 빠져나갔던 모양입니다. 감히 저 따위가 인간 세상에 부활해 복음 사업을 돕겠다고 생각했으니 언감생심이지요. 거듭 반성합니다."

그 순간 하비에르의 말뜻을 알아들은 참석자는 거의 없었다. 스테파노가 디몬 치안국장을 통해 하비에르 부활 건 대강을 귀띔받았고 바르나바 정보부장 정도가 감 잡고 있는 정도였다. 결국 먹통인 제라르도 합참의장이 하비에르에게 돌직구를 던지고 만다.

"도무지 하비에르 님 말씀은 알아듣지 못하겠네요. 갑자기 부활, 반성 운운하시는데 그게 무슨 말인지 시원하게 밝히면 안 됩니까? 더욱이 야고보 총리님, 세례 요한 지구촌 관리위원장님까지 관여했다면 보통 일이 아닐 텐데요."

하비에르가 재차 고개를 숙이며 대답했다.

"과연 그렇군요. 설명드리지요. 부끄럽게도 제 시신이 '썩지 않는 시신'이라고 소문나 복음 사업에 큰 도움을 준 것은 아시는 바처럼 다 하느님께서 주신 이적입니다. 헌데 최근 지구 복음 사업이 부진하자 이의 타개책의 하나로 야고보 총리와 세례 요한님이 저의 '썩지 않는 시신'을 부활시켜 활용하면 효과가 클 것이라고 제안하신 겁니다. 저야 당장 좋다고 했지요.

하지만 오늘 정약종 님의 새로운 영생 개념을 듣고 예수님 부활 이후 한 번도 없었던 제2의 부활을 제가 꿈꾼다는 것은 어불성설임을 알았습니다. 그걸 이제야 깨달은 저의 외람됨을 꾸짖고 큰 사랑으로 용서를 빕니다."

이날 회의는 천국군 출동 시기와 부대 규모 등 구체적 작전을 군부에 일임키로 하고 끝났다. 비상조치법은 바야흐로 천국군 출동 일부터 발효될 것이다. 폐회 직전 스테파노가 밝힌 비상조치법 부속 조항이 "1항 불량 영혼 해체를 위한 의료 및 무기 개발을 서두른다, 2항 이 법은 총리실 공포 또는 천국군 출동 일부터 발효한다."이었기 때문이다.

37. 테레사 부척

날씨는 쾌청했다. 대학 연구실 창가에서 내다본 서울 서대문구 영천과 신촌 경계, 안산 풍경이 자꾸 손짓해 불렀다. 이채영 교수 수업은 오전에 다 끝났다. 집에서 싸온 샌드위치 점심을 굳이 삭막한 연구실 탁자 위에 놓고 먹을 필요가 없었다. 이채영은 주섬주섬 작은 등 가방을 메고 연구실을 나와 봉은사 쪽을 향해 걷는다.

안산 정상인 말바위까지는 길도 잘 정비되고 경사가 심하지 않아 걷기 알맞다. 40분 남짓 걸려 도착한 말바위 평평한 자리에 앉아 그녀는 식사를 시작했다. 건너편 인왕산 자락 선바위를 보다가 손 잡힐 듯 내려다보이는 독립문 공원 쪽으로 시선을 돌렸을 때 호랑나비 한 마리가 바로 눈앞에서 춤을 춘다.

아, 이건 임사 체험 석학인 엘리자베스 퀴블러 로스 정신과 의사의 나비 상징 아닌가. 그녀가 78세 나이로 죽어 장례식을 치를 때 마지막 의식으로 유족 대표는 호랑나비 한 마리를 날렸다. 그러자 사전 문상객들에게 나눠 준 종이봉투에서 일제히 나비들이 빠져 나와 하늘 가득히 날기 시작한 것이다. 마치 번데기 허물을 벗어난 나비가 육신의 허물을 벗어난 퀴블러 로스를 상징하듯이 훨훨 잘도 날아갔다.

나비는 자유의 새 세계를 향해, 퀴블러는 사후의 새 세계를 향해 날았다. 이를 깨닫는 순간 이채영은 나비를 쫓아 수십 길 바위 끝으로 무작정 걸어갔다. 잡힐 듯 말 듯 나비는 너울너울 춤추고 이채영은 한사코 잡아야 했다. 나비처럼 춤추며 따라 갔다.

이어 찢어지는 아, 아, 얕은 비명.

넓은 동산에 꽃이 만발해 있었다. 복숭아꽃, 살구꽃, 아기 진달래 만발한 내 고향이 바로 이곳이었다. 푸른 하늘에 흰 조각구름이 흐르고, 실버들처럼 가늘게 이어진 시냇가에 송아지 엄마 찾고, 바람은 잔잔한 훈풍이었다. 이채영이 코끝을 간질이는 천리향 쥐똥나무, 라일락 향기에 못 이겨 눈을 뜨자 거기 웬 쪼글쪼글한 할머니 수녀가 미소를 지은 채 아주 조그맣게 앉아 있다. 할머니가 이채영에게 반갑게 말을 걸었다.

"정신이 들어요?"

"여기가 어디죠?"

서로가 묻다 보니 두 사람은 동시에 웃었다.

"젊은 분이 왜 이처럼 빨리 왔는지 모르겠네. 여기는 저승, 그리고 내 이름은 테레사. 천국 베네딕토 수녀원서 교육 일을 맡고 있어요."

"아니, 그럼 할머니가 그 유명한 마더 테레사 수녀님인가요?"

이채영은 소스라치게 놀란다. 도무지 영문을 알 수 없다. 서울 서대문 밖 안산 정상 말바위에서 점심 샌드위치를 먹다 호랑나비 한 마리를 보고 쫓아간 것뿐인데 지금 저승에 와 있다니 귀신이 곡할 노릇이다.

"맞아요. 심부름 왔어요. 제가 존경하는 한국인 출신 정약종 의원님이 저에게 천국 입국 심사장 대기실 '향상문' 앞에 가면 한국 서울에서 이채영 교수가 와 있을 테니 일단 수녀원 내 게스트 하우스에 모셔 오라고 하셨어요. 원래 입국 허가 전에는 천국에 들어올 수 없는데 특수 임무 때문에 예외조치 했다네요."

"그럼 제가 지금 산몸이 아닌가요? 죽어서 저승에 온 건가요?"

이채영은 자신의 몸 상태를 두루 살핀다.

"그래요. 영혼이지만 육신을 그대로 입혀 놓았으니까 달라진 건 없어요. 호랑나비를 쫓다 벼랑에서 떨어져 죽은 뒤 이곳까지 온 거예요. 정약종 님은 이채영 교수가 지구 지하 지옥 여두목 이제벨의 꾐에 빠져, 그러니까 최동혁 신부와 결혼시켜 주는 조건하에 영혼 판 것을 정보 라인 통해 알고 애석해 하십니다.

잘나가는 최동혁 신부를 파계시키면 가톨릭, 아니 기독교 전체에 타격을 크게 줄 거라고 판단, 이제벨이 미끼를 던진 겁니다. 다행히 최 신부님 믿음이 굳어 계획이 실패하자 이제벨은 졸개 하나를 호랑나비로 둔갑시켜 이 교수를 죽음으로 유도한 것이지요. 결혼 약속 못 지킨 대가를 이 교수에게 뒤집어씌운 셈입니다."

테레사 수녀의 경위 설명을 듣고 이채영은 쥐구멍에라도 들어가고 싶다.

"그런데 어떻게 제가 천국에 올 수 있었나요? 신부 파계 목적으로 영혼까지 판 저 같은 큰 죄인을."

"그게 좀, 설명하기 쉽지 않은데 아직 천국 주민이 된 것은 아니고요, 특수 임무 때문에 이채영 씨에게 기회를 한 번 주는 것으로 보입니다. 다시 말해 이 교수가 천국에 올 수 있게 공을 세울 계기를 정약종 님이 마련했다는 말이지요. 솔직히 악령의 꾐에 빠진 거니까 지옥에 가야 마땅합니다만 그래도 생전에 좋은 일을 꽤 했던 모양입니다."

테레사 수녀의 설명을 듣자 이채영은 울음을 터뜨린다. 심지순과의 신부 옷 벗기기 경쟁이 이런 결과로 나타날지 상상조차 못했다.

"정말 고마우신 분이네요. 저를 도와주신 분 함자를 들으니 그분이 혹시 다산 정약용의 형님 아니신가요?"

이채영이 흐느끼는 가운데 그래도 알고 싶은 것은 또박또박 묻는다.

"네, 맞아요. 한국에서는 다산이 유명한지 몰라도 여기서는 형님 처지가 뛰어납니다. 아무튼 이 교수는 원래 지옥행이었지만 정약종 님이 사정을 알고 잠정 보류시켰다고 들었습니다. 최 신부의 수호천사를 통해 평소 이 교수 댁 3남매 소식을 꿰고 계셨다구요.

그리고 이채영 교수에게 미션을 주신 겁니다. 이제벨에게 영혼 판죄를 보속받으려면 우선 나와 함께 연옥으로 가서 거기 사는 그녀 부모를 만나 보라고요. 이제벨의 아버지는 옛 시돈의 임금 엣바알로서 당시 이스라엘 아합 왕이 딸에게 청혼하자 고민을 거듭하며 말렸답니다. 아합이 하느님 아닌 바알 신을 섬기며 악행을 많이 저질렀기 때문이지요.

그럼에도 그예 결혼했고 이후 우상 숭배에 빠져 선지자를 살육하고 하느님 모독을 일삼다가 자신들은 지옥에 떨어지고 말렸던 부모는 그나마 연옥에 간 겁니다. 이제벨이 뒤늦게 후회한다고 들었습니다만 다 흘러간 얘기지요."

"제가 이제벨의 아버지, 엣바알 왕을 만나 할 일이 무엇인가요? 연옥은 또 어떤 곳이고요?"

"연옥은 천국에 올 희망 정류장과 비슷합니다. 거친 환경에 살기 핍박한 곳, 남아메리카 옛 잉카제국 수도 쿠스코 정도 생각하면 될 겁니다. 낮에는 덥고 밤에는 서늘하고 건조한 고산지 산소 부족으로 골치가 좀 아프지만 거기 사는 동안 본인이 회개하고 지상, 천국 친지들이 쉴 새 없이 기도해주면 마침내 죄를 씻고 천국 갈 기회가 생기는 곳이기도 하지요.

이제벨이 지금이라도 천국에 큰 공을 세우면 그게 연보 기도가 되어 그녀 부모의 천국 입국이 가능할지 모릅니다. 그러니까 지금부터 이 교수는 이제벨을 효과적으로 설득할 그녀 부모의 징표나 말씀을 받아 갖고 지옥에 가서 그녀와 담판, 협조를 받아 내는 겁니다."

"어떤 협조인가요?"

"조만간 천국군과 지옥군의 대규모 전투가 벌어질 예정입니다. 그와 관련된 일인데 자세한 것은 나중 천국군 사령부에서 지시하는 대로 따르면 돼요."

"전능하신 하느님께서 악령들의 반란을 한꺼번에 쓸어버리면 될 것을 왜 이런 수고를 하시는지 궁금하네요."

"참, 교수 출신 아니랄까 봐 질문이 많군요. 하느님이 그런 것을 모르실 리 없지요. 하지만 옛날 노아의 홍수 같은 전 지구 멸망식 싹쓸이 징벌은 의외로 후유증이 컸답니다.

더욱이 인간과 영혼의 자유의지를 보장하고 싶은 하느님은 창조주로서 단순한 로봇 같은 인간, 영혼의 존재는 의미 없다고 생각하거든요. 자, 설명이 대충되었나. 이제 떠나야 할 시간인데."

마더 테레사와 이채영은 손을 잡고 함께 나란히 날기 시작했다. 순식간에 두 영혼은 수녀원 근처 고향 마을 정취 물씬 풍기는 쥐똥나무, 실개천가 늘어진 버드나무, 송아지를 뒤로하고 우주 공간으로 날아들었다. 게스트 하우스가 까마득히 멀어져 갔다. 수많은 별들이 총총히 빛나는데도 우주는 어둡다.

태양과 같은 뜨겁고 빛나는 항성들이 즐비하지만 그 간격이 너무 멀어 무한한 우주 공간을 밝히기에는 역부족이라는 설명이다. 혹시 뒤처질까 두려워 이채영은 마더 테레사의 작은 손을 꼭 쥐고 날았다. 1시간 여 지났을 때 시야에 하얀 가스 구름층이 나타났다.

"거의 다 왔어요. 저 구름 넘어 연옥이 있습니다. 먼저 천국을 보았기 때문에 연옥을 보고 실망할지 모르나 그냥 살 만한 곳입니다."

마더 테레사가 속삭인 지 5분쯤 지나 두 영혼은 구름 사이를 거침없이 통과, 이끼 낀 고성 성문 앞에 도착했다. 성벽 주위로 해자가 파져 도쿠가와 이에야스 일본 막부 시절 '오사카죠'를 연상시킬 만큼 금빛 누각과 함께 위용을 과시한다. 그보다 더 재미있는 것은 성문 위에 걸린 세 줄짜리 한글 붓글씨 현판이다.

'연옥에서 참회하라, 천국 가는 지름길에, 기도해 줄 자 구하라.'

연옥 관리위원장 김대건 안드레아 친필 작품이지만 이채영이 알 리 없다. 웬 한글 현판인가 테레사에게 물으려는 찰나 성문 쪽문이 열리며 경비병이 나왔다. 진작부터 그들이 오는 것을 망루에서 보고 있었던 모양이다. 마더 테레사가 용건을 말한다.

"김대건 위원장님이 발행한 방문증을 갖고 왔습니다. 용건은 악령 이제벨의 부모인 구약 시대 엣바알 왕을 만나는 것이고요. 오래 있 지 않을 겁니다."

경비병은 방문증을 확인하더니 물었다.

"위원장님은 출장 중이신데 어떻게 방문증을 받으셨는지?"

"천국 원로원 정보위원장이신 정약종 님이 부탁해 진작 받아 놓은 겁니다. 그분 심부름으로 저희가 왔지요."

마더 테레사의 대답에 경비병은 머리를 끄덕이고 쪽문 아닌 성문 을 비스듬히 열어 준다.

"꽤 대접해주네. 여기 위원장인 김대건 신부님, 원로원 의원 정약 종 님 모두 한국분들이라 비슷한 이채영 교수 보고 경비병이 얼었나 봐요. 단테 님이 쓴 장편 서사시 『신곡』에서 연옥 경비 책임자 카토는 무뚝뚝하기로 소문났던데, 오늘 경비병은 친절한 편이네요. 아무튼 징조가 좋아 이제벨의 부모 설득이 쉬울 것 같습니다."

마더 테레사의 농담을 들어가며 이채영은 다소 안정된 기분으로 이제벨 부모를 만날 일을 생각한다. 여기서 좋은 징표들을 받아 내 지옥의 이제벨을 설득해야 자기가 그나마 죗값을 치르고 연옥에라도 올 수 있는 것이다. 뒷일은 그때 다시 생각할 것, 자신은 그녀에게 영혼 판 대가를 못 받은 채권자이니 꿀릴 것 없다고 각오를 다진다.

연옥 풍경은 테레사 말대로 지구의 고산 지대를 닮았다. 서늘하고 황막하고 숨이 가쁘고 메말랐다. 그나마 군데군데 눈에 띄는 고산지대 관목 숲과 수수밭 농장, 초막들이 영혼들의 거주지임을 말해 주고 있었다. 오솔길을 따라 그곳을 지나자 비로소 시가지가 나타났다.

상점들, 반듯한 주거, 공설 시장, 관청, 학교로 보이는 작은 빌딩들이 옹기종기 외로움을 달래는 모습이다. 이런 삭막한 곳에도 오기 어려운 처지로 전락한 자신이 갑자기 초라해 보였다. 비감한 생각이 들었지만 이채영은 천국의 고위직들이 아직 자기에게 관심을 버리지 않고 있다는 끈을 기억하고 힘을 낸다.

엣바알 왕의 집은 시내에서 그리 멀지 않았다. 그들이 찾아갔을 때 엣바알은 근처 텃밭에서 고랭지 채소를 심다 말고 뛰어왔다. 옛날 왕다운 거드름은 간 곳 없고 튼실한 농군 모습 그대로였다. 이승에서 한때 왕비였던 그의 부인도 마찬가지 촌부 모양이다.

"뜻밖의 귀한 손님들을 무엇으로 대접할지 모르겠습니다."

이제벨의 부모, 엣바알 부부는 마더 테레사를 잘 알고 있었다. 지구에서 작은 체구로 한시도 가만히 있지 않고 오직 두 발로 빈민가를 걸어 다니며 구휼하고 복음을 전파하던 소문은 이미 저승 세계전설이었다. 그런 저명 천사의 방문이 그에게는 기적 같았다.

"저는 그냥 길잡이로 왔고요. 볼 일은 이분, 이채영 교수라고 한국에서 오신 분인데 엣바알 님께 천국 갈 좋은 기회를 드리려고 왔습니다. 성심껏 말씀들 해 보세요."

마더 테레사가 엣바알 부인이 다려 내온 고산지 산소 부족 두통을없어지는 잎새 차를 마시며 말하자 엣바알 부부는 반색했다.

"무슨 일이든 하겠습니다. 최선을 다하지요. 말씀하세요."

이 다짐에 이채영이 작심하고 말을 꺼낸다.

"지금 따님 이제벨 씨가 이판사판 곤란한 지경에 빠져 있습니다. 페르가몬 지옥별 사령관 루시퍼와 지구 지하 지옥 두목 아마토 사이에서 진퇴양난이지요. 무슨 얘기냐 하면 이들 지옥 수괴들이 연합해언감생심 천국을 공격할 계획인데 그들 다리 역할을 이제벨 씨가 맡고 있어요. 감히 하느님 천국을 상대로 싸울 생각을 하다니 그러다만년 지하 지옥 최하층 유리 상자에 갇히게 될 겁니다.

이를 면하는 방법은 이제벨 씨가 천국군에 협조, 큰 공을 세우는 것이지요. 공로가 클수록 이제벨만 아니라 부모님까지 천국에 갈 기회가 생깁니다. 다시 말해 엣바알 님이 지금 저에게 조언을 잘해주면 따님도 살고 내외분이 천국에 갈 수도 있다는 말씀입니다."

"그럼 어찌하면 됩니까? 최대한 돕겠습니다."

엣바알의 부인이 남편 대신 재빨리 말했다. 엣바알도 옆에서 머리를 힘차게 주억거린다. 이채영이 단호히 말했다.

"따님에게 제 계획에 적극 협조하라는 간절한 편지를 써주세요. 그리고 거절키 어려운 과거 따님 기억이나 징표를 주셨으면 합니다. 제가 지옥에 갖고 가 그녀를 설득할 자료가 필요하거든요."

"여보, 빨리 가서 안방 장롱 속에 고이 간직한 이제벨의 배냇저고리와 그 애가 시집가기 전 눈물로 쓴 맹세 편지를 갖고 와요. 제 정신이라면 그걸 보고도 마음을 돌리지 않을 수 없을 거요."

엣바알의 말에 부인이 냉큼 안으로 들어갔다 나온다. 손에 갓난아기의 낡은 저고리와 편지 봉투 하나를 들고 있다. 엣바알이 그걸 받아 이채영에게 넘기며 말했다.

"배냇저고리는 이제벨이 태어나서 석 달쯤 입었던 애기 때 옷입니다. 이걸 갖고 가면 제 부모를 만났다는 징표가 되겠지요. 그리고 이 낡은 편지, 이게 아주 기막힌 사연이 있는 겁니다. 내가 시돈 왕으로 있을 때 그들 결혼을 끝내 불허하니까 아합 왕이 이제벨을 시켜 내 옥새를 훔쳐 오도록 꾀었지요. 결혼허가와 옥새를 교환하자는 협박이었습니다. 그때 옥새를 훔치면서 이제벨이 대신 남긴 서약서 편지가 바로 이겁니다. 읽어보시겠습니까?"

이채영 교수는 마더 테레사도 들을 수 있게 소리 내어 읽기 시작한다.

- 아버지, 어머니, 왕의 공주로 태어나서 이런 불효를 저지를 줄 꿈에도 몰랐습니다. 막상 아합이 시키는 대로 옥새를 훔쳐가려니까 비로소 이게 얼마나 불효막심한 일인 줄 깨닫게 되었군요. 어차피 저지른 일 대신 한 가지는 분명히 약속하겠습니다. 아빠, 엄마가 먼 훗날 저에게 뭔가 부탁하신다면, 저는 저의 모든 것을 걸고 기필코 들어드리겠습니다.
어떻게든 필요하실 때 도울 수 있는 딸이 되어 한때의 불효를 씻으려 합니다. 저 이제벨은 강한 것 아시지요? 불효막심했던 딸이 눈물로 이 글을 씁니다. 시돈의 대왕 엣바알 만세. 딸 이제벨 드림. -

편지가 쓰인 양피지에 눈물 자국이 선명했다. 엣바알 만세라고 쓴 곳에 남아있는 핏자국은 아마 이제벨이 단지라도 한 것 같다. 그만큼 내용과 다짐이 절절했다. 마더 테레사의 얼굴에 희미하게 미소가 흐른다. 이채영도 가슴이 열리는 것 같았다. 이 정도면 해볼 만하다는 자신감이 솟기 시작한다.

엣바알 집에서 나온 마더 테레사와 이채영 교수는 연옥의 거창한 성문을 빠져 나와 다시 천국 쪽으로 방향을 틀었다. 희끄무레 어두운 우주 공간을 왔던 것처럼 날아갈 때 문득 마더 테레사가 주머니에서 작은 부적 한 장을 꺼내 이채영의 손에 쥐어 주며 말했다.

"엣바알왕 부부가 준 편지와 배냇저고리만으로 충분하겠지만 혹시 모르니까 이 부적도 가져가 봐요. 베네딕토 수녀원 데클라 원장님이 준 겁니다. 데클라 원장님 처녀 적, 터키 고향 마을에서 바오로 님을 추종한다고 화형대에 묶여진 채 올려져 옷깃에 막 불이 붙는 순간 갑자기 하늘에서 번개치고 폭우가 내려 살아나셨대요.

그때 그슬린 옷자락 한 조각을 잘라 지금껏 보관하셨는데 어느 누구든 상대방이 자신에게 거북한 내색을 보일 경우 슬쩍 내비치면 금방 부드러워지는 신비한 힘을 가졌다는군요. 내가 이채영 교수님이 맡은 힘든 임무를 전하자 측은히 여겨 빌려 주셨어요. 이제벨과 얘기하다 좀 이상하면 재주껏 내비쳐 보이랍니다."

"정말 영혼을 팔았던 죄인인 저에게 너무들 잘해 주십니다. 감사하고 또 감사합니다. 엣바알왕 부부와 면담이 잘된 것도 다 그 덕분인가 싶네요. 아무튼 테레사 수녀님, 저는 꼭 이번 기회를 살려서 은인 여러분 은혜에 보답하겠습니다."

이채영이 울먹이며 말하자 테레사가 조용히 다독인다.

"그게 다 이 교수 댁의 전통적 가톨릭 가문의 음덕입니다. 바오로 님, 정약종 아우구스티노님, 데클라 수녀 원장님 등 많은 분들이 주목하고 있어요. 한때의 죄를 보속하라고 기도도 하시고."

그로부터 또다시 1시간 정도 날아 도착한 곳은 천국군 안중근 참모총장 방이었다. 니골라오 중앙정보부 기획실장도 와 있었다. 하지만 이채영을 더 놀라게 한 사건은 거기서 최인호 작가를 만난 것이었다. 즐겨 입는 하얀 슈츠로 아래위 몸을 감싼 그는 마더 테레사와 함께 들어서는 이채영을 포용할 듯이 달려 나와 맞이했다.

2013년 9월 많은 팬들의 애도 속에 아깝게 이승을 하직한 그를 이런 자리에서 볼 수 있다니 이채영은 꿈만 같았다. 그의 트레이드마크 비슷한 어린애 같은 해맑은 웃음이 여전해 반가웠다.

"이 교수님, 여기서 뵐 줄은 둘이 다 예전엔 미처 몰랐겠죠? 하긴 예전이란 게 우리에게 얼마나 의미 있는 단어인지 모르겠지만. 아무튼 만나자마자 천국군 일 때문에 헤어져야 한다고 들어 섭섭합니다. 조만간 다시 만나기는 하겠지만."

"저도 갈피를 못 잡겠어요. 최 작가님을 여기서 뵙다니. 서울 명동 성당에서 함께 미사를 보았던 기억이 어제 같은데 이젠 까마득한 전설 같군요. 그래도 깔끔했던 작가님 처신과 믿음 때문에 곧장 천국에 오셨으니 얼마나 다행입니까. 축하합니다."

두 사람 오고 가는 얘기를 가만히 듣고 있던 안중근 도마 참모총장이 웃으며 중간에 끼어든다. 우선 일이 급하다는 표정이다.

"두 분 사적 얘기는 나중에 또 하시고 먼저 인사들 하시지요. 나는 천국군 참모총장 안중근이라 하구요, 이쪽은 천국 정보부 니골라오 기획실장, 이번 이채영 교수님이 이제벨을 만나러 가는 페르가몬 별 잠입과 탈출을 책임진 분입니다. 최 작가님은 이미 아시구요."

마더 테레사와 이채영이 각각 허리 굽혀 인사하자 안중근은 곧바로 이번 전투의 중요성을 강조하고 구체적 전략 논의에 들어갔다. 특히 이채영의 임무가 천국 최초의 대규모 전쟁을 하느님 부재중 치러야 하는 어려움 가운데 얼마나 중요한 것인지 거듭 부각시켰다.

초점은 이채영을 안전하게 페르가몬 지옥별에 잠입시킨 뒤 이제벨을 만나 설득할 내용과 방법이었다. 연옥에 먼저 가서 엣바알 왕 부부를 만난 것도 전략 중 하나였다. 길잡이 겸 경호원으로는 우수한 천국군 여군 장교 1명과 고참 중사 1명이 선정됐다. 마더 테레사는 여기서 작별이다.

한편 최 작가의 역할은 편지 한 통 작성이었다. 구구절절 이제벨의 효심과 하느님 믿음 효과를 자극하고 거기 따를 보상을 설득력 있게 써서 그녀의 변신을 유도하는 쉽지 않은 내용이다. 지금까지 '악령은 언제나 악령'이라는 고정 관념이 지배해왔지만 모든 게 변하는 것이

진리라면 고정관념도 변할 것이다. 그게 최 작가의 생각이고 편지에 쓴 설득과 소통, 회유문의 배경이었다.

천사가 타락해서 악령이 된다면, 악령이 회개해서 천사는 왜 안 되느냐는 논리다. 이는 복음화 사업에도, 또 인간과 천사 이외에 있을지 모를 미래 우주 외계인들과의 대척 관계에서도 유효하다고 최 작가는 주장했다. 논리적 설득이 압박보다 앞선다는 것이다.

얘기가 진행되는 동안 이채영은 천국 요소요소에 한국인 출신 고위 간부들이 자리 잡고 있음에 새삼 놀라고 든든한 마음을 갖는다. 2014년 8월 14일 프란치스코 교황의 첫 방한에서 새롭게 복자 시성된 124위 말고도 한국 가톨릭 교인들의 굳건한 믿음과 우수성은 천국에서 깊이 평가받고 있었던 것이다. 이를 의식하자 평소 자신의 얕았던 믿음과 경박성이 더 부끄러워진다. 이채영은 이제벨을 설득할 또 하나의 무기, 최인호의 편지를 소중히 간직했다.

38. 어깃장 총리

야고보 총리는 불같이 화를 냈다. 고성이 문밖에까지 그대로 새어 나왔다. 아침 일찍 찾아온 세례 요한 지구촌 관리 위원장과 하비에르 원로원 국방위원장, 야고보의 친동생 요한 지구 지하 지옥 감시부장 등이 무색할 지경이었다. 그들은 야고보 총리가 함부로 대할 상대가 아니다. 동생 요한은 그렇다 쳐도 세례 요한은 예수에게 세례를 준 선배 격이고 하비에르 역시 그 유명한 동방 선교 개척자이자 원로원 요직 국방위원장이다.

그런데도 이들 목소리는 거의 들리지 않고 야고보의 노성만 계속 터져 나온다. 실라 비서실장은 이처럼 총리가 격노한 것을 과거에 본 일이 없다.

궁금증을 참지 못한 실라 실장이 시침 뚝 떼고 총리실 문고리를 살그머니 돌려 안을 들여다본다. 아침 출근과 동시에 총리 탁자 위에

갖다 놓은 안보회의 서류 봉투를 들고 야고보가 흥분하고 있는 모습
이 예사롭지 않다. 방문객들은 그 앞에 마치 잘못한 학생이 선생님
께 야단맞는 듯한 자세로 앉아 있다. 봉투 안 서류 내용을 짐작하는
실라는 잠시 조용해졌다 싶을 때 능청스럽게 방안으로 들어갔다. 대
뜸 총리의 화살이 날아왔다.

"자네도 앉아 보게. 실라, 이런 서류에 나보고 사인해서 공포하라
는 말인가? 도대체 내용이 무엇인지 파악이나 했나? 나는 로봇 총리
가 아니야. 이런 것은 자네 차원에서 돌려보내던지 알아서 정리했어
야 할 것 아닌가? 아니면 경위라도 파악해 사전 보고를 하든지, 도
대체 일들을 하는 거야, 마는 거야."

집무실 기다란 회의용 탁자 사회석에 앉아 있던 총리가 들고 있던
서류 봉투를 실라 쪽으로 던지듯 밀어 버린다. 보지 않아도 그게 무
언지 알았다. 아침 일찍 안보회의에서 전해온 서류철이다. 전날 안
보회의에서 논의된 하늘 궁전 관련 주요 사항이니 총리께 직접 드렸
으면 좋겠다는 스테파노 원로원 사무총장의 전화를 이미 받았던 터
다. 실라는 황급히 봉투의 내용물을 꺼내 표지 제목을 읽었다.

「제1차 비상조치법」

그리 크지 않지만 여덟 글자가 선명했다. 제목과 뚝 떨어진 하단에
'하늘궁전'과 '안보회의 사무국' 두 줄 글자가 서류 출처를 밝히며 위

엄을 과시한다. 겉표지를 한 장 넘긴 실라 얼굴이 곧 심각해졌다.

   - 천국의 개혁과 당면 안보 위기 애로를 타개하기 위해 제1차 비상조치법을 제정, 시행한다. 1호, 천국 헌법 제2조 영생의 개념을 포괄적으로 해석, 제 기능 발휘가 불가능한 불량 영혼은 해체할 수 있다. 2호, 다문화 종교가 우상 숭배를 하지 않는다면 포용을 원칙으로 한다. 3호, 필요한 구체적 조치는 부속 조항으로 계속 정한다.

   현재 부속 조항은 다음과 같다. 1항, 불량 영혼 해체에 필요한 의료 및 무기 체계 개발을 서두른다. 2항, 총리실 공포 또는 천국군 출동 일부터 이 법은 발효된다. -

   실라 실장은 서류철을 조용히 탁자 위에 내려놓았다. 다음 페이지는 천국군 동원령과 이를 지휘할 총사령관에 더글라스 맥아더 장군이 임명된 사실 등 안보회의 결정 사항이 기록되어 있었다. 실라가 생각을 다듬는 동안 세례 요한이 무겁게 입을 열었다.

   "우선 노여움 푸시고 대책을 강구해야 합니다. 비상조치법은 하늘 궁전에서 나왔고 천국군 전투 사령관 임명도 안보회의 결정 사항이라면 총리실에서 왈가왈부할 일이 아닙니다. 어차피 지옥군과의 일전을 앞두고 안보회의가 취한 조치인데 총리실과 협의하지 않았다고 시비할 수 없지요. 다만 이 문건은 총리실 공포로 효력이 발생하니까 불합리한 내용은 지금 검토해 시정토록 해야 합니다.

   우선 비상조치법을 살펴보지요. 과연 그리스도교에서 영생 개념 수정이 가능합니까? 교리에 근본적으로 반하는 조치임을 하느님 아버지께서 모르실 리 없고 그런데도 이런 조치가 나왔다면 배경부터 알아봐야 합니다."

세례 요한이 어렵게 요점 정리를 했지만 좌중 분위기는 여전히 천근만근이다. 감히 하늘궁전이 결정한 비상조치법 내용에 누가 토를 달 것인가? 안보회의 결정 사항도 마찬가지다. 천국 제2인자가 서열상 총리임은 분명하나 이를 견제할 막강한 원로원, 자문기관 7인 봉사자회의, 독보적 행보의 안보회의 등 무시 못 할 기구가 그물처럼 촘촘히 짜여있다. 감사원장 바오로는 또 개인적 발언권을 하늘궁전에서 인정받는 처지다.

누구도 섣불리 입을 열지 않는 가운데 좌중 시선이 점차 하비에르 원로원 국방위원장에게 쏠리는 것은 당연하다. 이 자리에서 그가 유일하게 이 문건을 토의한 안보회의에 참석했던 까닭이다. 하지만 하비에르는 그래서 더 말하기가 거북하다. 양쪽 분위기가 너무 달랐던 것이다. 침묵이 계속되자 비서실장 실라가 나서야 했다.

"원로원과 안보회의의 의결 사항은 제도적으로 1회 총리실에서 거부권 행사가 가능합니다. 그래도 재의결할 경우 총리실은 따라야 하지요. 자칫 원로원 및 안보회의 측과 감정 대립만 커집니다. 천국 헌법이 행정, 입법, 사법 등 3권 분립을 보장하고 덧붙여 안보회의, 봉사자회의 등 실세 그룹이 견제하도록 정교히 짜여 총리실 권한이 생각보다 크지 않다는 말씀입니다. 비상조치법만 해도 먼저 안보회의

검토를 거치도록 했으니까요."

실라의 설명이 이어지려 할 때 총리실 문을 열고 이냐시오 로욜라, 피에르 파브르 천국 아카데미 교수가 헐레벌떡 들어온다. 힐끗 쳐다 본 총리 얼굴에 생기가 돌며 그들을 반긴다. 하비에르 원로원 국방 위원장도 반갑게 일어나 그들을 맞았다.

"두 분 교수님들 언제 불렀는데 이제야 오는 겁니까? 안보회의 망 발은 들으셨겠지요? 도대체 이런 일이 가능합니까?"

총리가 하소연하듯 말하자 로욜라가 이마에 땀을 씻으며 총리에게 예를 건넨 뒤 곧장 하비에르를 향해 말했다.

"그런데 자네 안보회의에서 영생 개념 수정에 적극 찬성했다며? 영혼이 죽더라도 우주 자원으로 남아있는 한 그건 아주 죽는 게 아 니니까 영생은 계속된다고. 그런 비약적 논리에 어떻게 동의했나? 영생이란 결국 한 개인의 의식과 정체성이 계속되는 것인데 영혼이 해체되면 그게 사라지는 거야. 전혀 뜻이 달라지네."

피에르 파브르도 가세하고 나선다.

"영혼 입자의 존재 가설을 영생 근거로 말하는 것은 지나친 과장 법이지. 과학자들 사이에서 빛의 입자 여부도 논쟁 중인데 하물며 영혼 입자 여부는 아직 캄캄한 밤중이야. 하비에르, 거기다 우리가 얼마 전 합의했던 자네 '썩지 않는 시신'의 부활 얘기까지 까발리고, 실수라고 반성했다니 정말 실망이네"

요한이 또 한마디 보탠다.

"영혼은 정신적인 것, 그게 사라지면 남는 물질이 없어요. 우주 자원 회귀는 물질의 존재가 전제인데 전제가 틀렸단 말입니다."

하비에르가 체념하듯 대답했다. 이미 승부 난 게임에 곳 좌중이 너무 몰두한다는 생각이 들었다. 하늘궁전의 조치와 안보회의 분위기만 생각해도 그랬다.

"말씀은 쉬워도 그런 얘기라면 이미 안보회의에서 충분히 검토했어요. 영혼의 입자설 진위는 헤일 과학센터 소장 지휘하에 상당히 연구가 진전된 것 같습니다. 헤일 소장은 지금 하느님 계신 새 별에서 모종 연구를 총괄 지휘하고 있지요. 이번 비상조치법도 현지 김대건 수행비서가 하늘 궁전 명의로 보낸 겁니다.
더욱이 비상조치법을 검토한 어제 안보회의에 베드로 원로원 의장, 바오로 감사원장, 바르나바 정보부장님까지 모두 참석한 반면 총리님만 불참했습니다. 모친 생신 때문에 불가피하긴 했지만. 그런 처지에 새삼스런 영혼 입자 존재 시비를 걸어 총리실이 비상조치법 공포를 미룬다면 순리로 볼까요?"

"효도의 중요성은 십계명에도 나옵니다. 어머님 밀레니엄 생신 축하연 때문에 회의에 가지 못한 것을 탓할 일은 아니지요. 그렇게 주요 안건이라면 중간에라도 총리님께 알렸어야 합니다."

지구 지하 지옥 감시부장 요한이 형님 야고보를 편들어 하는 얘기에 이냐시오 로욜라가 픽 웃으며 대꾸한다.

"십계명의 우선순위를 보면 그렇게 간단하지 않습니다. 효도는 주요 덕목이나, '公先私後', 그러니까 공인으로서, 또 하느님 신자로서 공적 업무가 사적 일에 앞서는 게 상식이니까요. 다만 비상조치법 3항이 '이 법의 적용 시기를 총리실 공포 또는 천국군 출동 일부터'라고 했으니 공포를 미루든가, 군 출동 시기를 늦춰 시간은 벌 수 있습니다. 그사이 여론을 환기시켜 뒤집으면 어떨까요? 형식상이지만 천국군 통수권자는 총리 아닙니까."

"그럼 일단 이 부당한 비상조치를 받아들여야 한단 말이오? 난 그렇게는 못 합니다."

야고보 총리가 불끈하자 당황한 하비에르가 달래고 나선다.

"원로원과 안보회의, 감사원 등과 대결해 봐야 좋을 게 없습니다. 로욜라 님 말씀대로 먼저 천국군 점검 핑계로 시간을 버세요. 그런 다음 영생불멸의 교리 중요성을 계속 부각시켜 뒤집기하는 겁니다.

총리께서 천국군 출동 시기만 꽉 잡고 있으면 비상조치법은 발효되지 않습니다. 제가 원로원 국방위원장이니 그쪽 일은 제게 맡겨 놓고 그렇게 마음을 추스르세요."

그러나 야고보 총리는 쉽게 물러나지 않았다. 2천 년 총리직을 맡아오며 이런 일은 처음 겪는 이변이다. 불쾌했다. 베드로, 바오로, 바르나바를 비롯해 초대교회 시절부터 고난을 함께 겪어 온 12사도와 7인 봉사자 회원들이 자기에게 등 돌린 것 같아 섭섭했다. 시대 변화를 인정하기보다 권위 훼손이 서운하다. 자꾸 엇박자로 간다.

"여러분이 뭐라 해도 공포는 안 합니다. 결심이 섰어요. 실라, 자네는 이 비상조치법을 그대로 안보회의에 반송하게. 이유는 로욜라, 파브르 교수들과 세밀히 검토해 일일이 명기하고. 안보회의가 재의결 안 할 것으로 기대하지만, 그래도 끝까지 거부할 생각입니다. 기독교 근본을 무너트려서는 안 돼요. 하느님 믿으면 무조건 영생하는 겁니다. 예수가 사람의 몸으로 오신 것도, 부활 기적을 보이신 것도 바로 그 점을 알리기 위해서였지요. 명분은 충분해요."

총리의 확신에 일동은 더 긴 말이 필요 없었다. 야고보의 그런 고집이 지난 2천 년간 유효했기 때문에 장수 총리직을 수행해 왔을 것이다. 게다가 꼭 틀린 얘기도 아니다.

하지만 시대 변화에 상응하는지 여부는 별개 문제다. 천국에 온 지 5백 년이 채 안 된 하비에르, 이냐시오 로욜라, 피에르 파브르 생각이 2천 년을 살아온 초대교회 사람들 생각과 일치하기는 어려우리

라. 이런 생각을 하며 총리실을 나온 프란치스코 하비에르 원로원 국방위원장은 일행과 헤어져 곧장 천국 우주센터로 발길을 돌렸다.

"귀한 걸음 하셨습니다. 기억이 애매하지만 1백여 년 전 에드윈 허블 수석 연구원이 여기 첫 취임했을 때 축하차 한번 오시고 그동안 뜸하셨지요. 원로원 국방위원장 일이 바쁘신 줄 알지만 여기 일도 천국 안보 관련 사항이 많으니까 자주 오셔야 할 것 같습니다."

윌리엄 프레데릭 허셜 부소장이 반갑게 하비에르를 맞아들이며 하는 말이다. 따분한 과학자들 집합소라 그런지 외부 손님이 원래 많지 않은 곳이다. 더욱이 원로원 상임위원장 같은 고위직은 정말 가뭄에 콩 나듯 본다. 이따금 정약종 정보위원장이 방문, 구내식당에서 간단한 식사와 담소를 즐기고 가는 게 고작이다.

"아, 그렇게 오래 되었나요? 제 불찰입니다. 18세기 세계 최대 망원경을 직접 자기 손으로 만드신 부소장께서 발견하신 천왕성은 무고합니까? 둥글게 원반 모양이라고 지구 최초로 밝히신 태양계 은하도 여전히 원형을 유지하고 있고요? 그런데 참 장기 휴가 중인 헤일 소장님과는 연락이 되었는지 모르겠습니다."

하비에르가 허셜 소장의 원망을 '퉁치듯' 농담을 슬쩍슬쩍 걸치자 허셜은 단숨에 녹아난다. 자기 지구 삶의 내력을 이만큼 꿰뚫고 있는 천국 고위 인사는 드물었다. 어느덧 말이 많아진다.

"그럼요. 저희도 한동안 헤일 소장님 거취를 몰라 고민했는데 최근 연락이 닿았습니다. 하느님이 천국에서 1광년 거리쯤에 이름하여 '재너머 별'을 만들고 과학센터를 세우셨지요. 원래 제2 천국으로 계획하고 건설했지만 일단 지금은 소수 과학기지 담당자들만 거주하며 우주 감시와 연구, 이에 따른 운송, 각종 우주 무기 체계 등을 연구하고 있답니다. 헤일 소장님이 거기서 당분간 우주센터와 과학센터 소장을 겸직하시고요."

하비에르는 허셜 부소장의 친절한 설명에 내심 놀란다. 비상조치법 통고 때 부연 브리핑으로 대강 짐작만 하던 하느님 잠적 원인과 소재지, 과학기지 별의 새로운 건설과 역할 등을 상세히 알게 된 것이다. 더 건드리면 더 큰 게 나올지 모른다.

"신생 과학센터가 전통 있는 천국 우주센터와 비교될까요? 아무튼 헤일 소장님이 거기까지 책임진다니 경하는 합니다만 한 사람이 장기간 두 군데 요직을 맡기 쉽지 않을 겁니다. 차라리 허셜 부소장님이 거기 소장으로 가든지."

"천만에, 여기라면 몰라도 '재너머 별' 과학센터 책임자는 어림없지요. 거기서는 지금 엄청난 프로젝트, 그러니까 영혼까지 해체하는 신무기 개발을 추진해 거의 완성 단계라고 합니다. 조만간 지옥군과 전투가 벌어지면 전처럼 지옥 악령을 잡아 더 깊은 지옥 구렁텅이, 유리 박스에 차곡차곡 쌓는 정도가 아니라 아예 존재 자체를 말살해 버리는 무기라지요. 실로 엄청난 변화가 닥쳐오는 겁니다."

허셜 부소장의 말을 들으며 하비에르는 새삼 비상조치법에 노발대발하는 야고보 총리가 딱해 보인다. 이미 병든 영혼 해체는 기정사실인 것이다.

"우주센터 협력 없이 거기 과학센터에서 독자적으로 할 일이 얼마나 되겠습니까? 언젠가 허셜님도 과학기지 별에 가보셔야지요. 당연히 그쪽에서 모시겠지만."

"글쎄요, 루카 의료센터 원장님처럼 한번 방문할 기회가 오긴 오겠지요. 루카 원장님을 모셔 간 가브리엘 대천사가 저라고 외면하시지 않을 겁니다. 제 분야 전문성도 따로 있으니까."

하비에르는 귀가 번쩍 띈다. 언제 또 루카 의료센터 원장이 그 별에 갔는가? 그것도 가브리엘 대천사가 모셔 갔다니 대단한 역할을 하고 있는 모양이다.

"루카님은 무기와 전혀 상관없는 의사 출신인데 그러려면 차라리 허셜 님이 먼저 가셨어야 하는 것 아닙니까? 도무지 요즘은 일의 두서를 모르는 것 같아요."

하비에르의 이 말도 스트라이크였다. 허셜의 대답이 또 의외다.

"아니지요. 루카 님은 의사로서 가신 게 아니고 병든 영혼을 치료하고 예방하는 백신과 약품을 개발하는 과정에서 알게 된 영혼 해체약, 다시 말해 정밀 화학 무기 연구 때문에 가신 겁니다. 지옥 악령을 말살하려면 육신의 경우처럼 순환기 조직만 파괴해서는 안 되고 영과 혼까지 분해해야 하니까."

하비에르 원로원 국방위원장은 가만히 윌리엄 허셜 우주센터 부소장의 어깨를 두드렸다. 고마운 표시다.

두 사람 대화는 거기서 끝났다. 우주센터를 나오며 하비에르는 야고보 총리가 너무 현실과 멀지 않은가 다시 생각한다. 안보회의와 원로원 의결을 거쳐 넘어온 비상조치법은 즉각 공포 되어야 했다. 이의 거부가 얼마나 큰 파장을 일으킬지 모른다.

야고보 총리와 안보회의 측 사이에 낀 꼴이 된 하비에르의 고민이 깊어졌다.

"쿼바디스 도미니— 주여, 어디로 가시나이까?"

39. 배냇저고리

페르가몬 지옥별 루시퍼 궁에 침입할 때 이채영과 천국군 여군 장교, 고참 중사는 이곳 궁녀 복장이었다. 허리가 파인 원피스 형태이지만 치맛단이 바닥에 찰찰 끌릴 정도로 길어 여성미를 한껏 뽐내게한다. 게다가 히프의 곡선까지 선명하니 관능미가 넘쳐 난다. 이채영과 여군 2명 모두 날씬하고 황홀한 몸매라 굳이 설명하지 않아도 궁궐 문지기들은 무사통과를 외친다.

더 어려웠던 것은 루시퍼 궁에 이르기까지 페르가몬 별 외벽에 촘촘히 쳐진 보호막을 통과하는 일이었다. 주변은 온통 핵융합 기뢰천지였다. 그 지뢰밭을 뚫고 마치 숨겨진 보물찾기 하듯 얼기설기설치된 악령들의 통행로를 찾아 페르가몬 궁전에 도착할 수 있었던것은 천국군 특수부대 막강한 정보력 덕이었다.

동시에 구속 중 군에 동원된 이훈락 베테랑 요원의 컴퓨터 조작을 통한 안전한 미로 찾기 게임이 절대적으로 기여한 것은 물론이다. 일촉즉발, 전쟁 냄새가 짙어지자 정약종 원로원 정보위원장은 즉시 군부에 이훈락을 사법청 구치소에서 가석방, 천국군 특수부대 파견 군속으로 차출토록 권유했다. 당초 뜨악한 눈치이던 군부는 탁월한 그의 능력을 접한 뒤 대환영이었다.

사실상 페르가몬 여왕인 이제벨의 이날 조찬 당번 궁녀는 천국군 고참 중사가 잠입 첫날 즉시 소리 소문 없이 납치, 유폐시켰다. 그 대신 천국군 여장교와 이채영이 식사 당번 궁녀로 위장, 이제벨에게 접근한다. 여기까지 모든 게 순조로웠다. 하지만 이제벨이 두 번째 숟가락을 뜨다 말고 갑자기 날카로운 소프라노의 고함을 질렀다.

"게 누구 없느냐? 이자들을 당장 포박하라."

이제벨의 수저가 바닥에 내던져져 뒹굴면서 주위 시종들이 번개 같이 달려들어 변장한 이채영과 여군 장교를 제압했다. 무술 고수인 여장교가 미처 손쓸 틈 없는 전광석화 같은 장면이다. 어안이 벙벙해 있을 때 이제벨의 비웃음이 쏟아졌다.

"너희는 천국군 첩자들이지? 시치미 떼고 내 앞에서 시중들었지만 천만의 말씀이지. 여기까지 잘도 들어왔지만 모르는 게 하나 있었네. 내 식사 습관 말이야. 첫 숟가락을 들고 작은 기침 한 번 하고, 두 번 하는 차이를 알 리가 없지. 내가 기침 한 번 하면 시중들지 말라는 뜻이야. 나 혼자 생각하며 식사를 즐기겠다는 뜻이지.

두 번 하면 그 자리에서 아름다운 노래를 부르고. 내 기분이 언짢으니 식사 흥을 돋우라는 의미거든. 또 바로 너희 같은 첩자나 내 음식에 독을 넣는 자들을 색출하는 방법이기도 하고. 그런데 그렇게 얌전히 시중만 든다고 다 된 걸로 알다니 꼴이 우습게 되지 않았나."

이제벨이 의기양양할 때 뒤쪽 휘장이 열리면서 식사 당번 궁녀를 납치, 유폐했던 여중사도 붙잡혀 와 이채영 옆에 내동댕이쳐졌다. 이쯤 되면 만사휴의다. 여군 장교, 중사도 사색이 다 돼 있다. 만족한 얼굴로 다시 맛난 식사를 시작하는 이제벨 옆에서 유폐되었던 궁녀가 베르디의 가곡 〈일 트로바토레〉 중 '대장간의 합창'과 '사랑의 장미 빛 날개를 타고'를 부른다.

처음에는 식욕을 돋우듯 힘차게, 나중에는 소화제 비슷이 잔잔한 운율로 감미롭게 아름다운 조화를 빚어낸다. 음악 예술 세계는 천국과 지옥이 따로 없나 보다. 이제벨은 식사 도중 때때로 눈을 감고 노래를 감상했다.

설마 오페라 내용처럼 삼각관계는 아니겠지. 음악과 분위기를 다 즐기는 모습이 루시퍼 사령관과 아마토 두목 사이에서 고민하는 여인상은 아니다. 그렇다면 기회는 지금이다. 이대로 꺾여서는 안 된다.

"저도 한 곡 불러 여왕님 식사를 더 즐겁게 하면 안 되겠습니까?"

궁녀의 노래가 끝났을 때 이채영이 가능한 예쁜 소리로 말을 붙여본다. 밑져야 본전이다. 우선 꽉 죄어 묶은 양손 밧줄이라도 노래 부르는 동안 느슨하게 풀어 줄 것을 기대한 것이다. 어차피 잡혔다면 처분은 저들의 몫이다.

그렇다면 공격이 곧 수비가 될 터, 평소 수준급 이상의 노래 솜씨를 아껴 어디 쓰나. 갑작스런 이채영의 제안에 이제벨이 놀란 얼굴로 시선을 돌린다. 여군 장교와 중사도 마찬가지다.

"발악을 하는구나. 하지만 아직 식사 시간이 남았으니 그것도 괜찮겠지. 잘만 하면 내 곁에 둘 수도 있어. 솜씨껏 불러 보거라."

이제벨이 의외로 순순히 허락한다. 이채영에게 둘도 없는 기회다. 목청을 가다듬는 동안 부를 곡을 생각한다. 10초쯤 지났을까, 이채영의 맑은 목소리가 궁전을 울린다. 이름하여 〈심청가〉로, 공양미 3백석에 팔린 효녀 심청이 인당수에 몸을 던지며, 또 홀로 남을 봉사 아버지를 걱정하며 부른 애달픈 회심곡이다. 이채영은 국악 마니아 윤영다 왕관 제과 회장이 2013년 여름 서울 세종문화회관에서 주최한 국악 '떼창대회'를 떠올리고 거기서 열창했던 원로 국악인 안숙선을 넘어서는 모창 기지를 발휘한다.

아울러 노래 가락과 몸짓으로 애잔하게 지극한 아버지에 대한 효심을 구구절절 발현시키려 노력했다. 그런 느낌에 몰입하다 보니 어느새 눈에서 눈물이 철철 넘쳐흐른다. 나중에는 어쩌다 영혼까지 팔며 최동혁 신부 옷 벗기기 내기를 했다가 천벌 받고 저승 지옥까지 와서 창을 부르는 자신 처지가 불쌍해 눈물이 났다. 울며불며 구성

지게 넘어가는 심청가 가락이 궁전 안을 온통 휘감아 돈다.

"그만 멈춰라. 신이 나기보다 서글퍼지는구나. 저 여자 몸의 밧줄을 풀어 주고 이번에는 한국의 창이 아닌 서양 노래를 한 곡 불러라. 아버지에 대한 효심은 나도 심청이만 못지않다."

심청가가 클라이맥스에 올랐을 때부터 창에 취해 숟가락을 완전히 놓았던 이제벨이 갑자기 시종에게 명령한다. 밧줄이 풀리는 순간 이채영은 슬쩍 속주머니에서 마더 테레사가 준 부적을 꺼내 손에 쥐었다. 반주가 나오자 이채영은 부적을 지휘봉처럼 흔들어 대며 〈홈 스윗 홈〉을 부르기 시작했다.
"즐거운 곳에서는 날 오라 하여도, 내 갈 곳은 작은 집, 내 집 뿐이리……." 상대 마음을 녹인다는 부적 효과는 서서히 나타났다.
우선 이제벨이 주위 시종들을 손짓해 나가라고 한 것이다. 그러다가 노래가 후반부로 들어가자 마지막 남아있던 시종에게 아직 밧줄에 묶여 있는 여군 장교와 중사를 풀어 주고 그마저 나갈 것을 지시했다. 방 안에는 이제벨, 이채영, 여군 장교, 고참 중사 등 4명만 남았다. 무술 고수인 여군들이 이제벨을 해치려면 지금이 기회였다. 여군 장교가 눈짓을 했지만 이채영은 무시한다. 그리고 단도직입적으로 이제벨에게 물었다.

"혹시 저를 모르시겠습니까?"

"너는 천국 첩자 아닌가?"

"저는 진작 여왕님에게 영혼을 팔았던 한국 서울 E대학의 이채영 교수입니다. 왜 여왕님이 한국 유명 사제인 최동혁 신부와 결혼시켜 준다는 조건으로 제 영혼을 가져갔었지요. 하지만 여왕님은 약속을 위반했고 그런데도 거꾸로 저를 이승에서 저승으로 데려와 지금 이 자리에 있게 한 겁니다."

"그건 내 잘못이 아니다. 잘 나가는 최 신부에게 요령 있는 수호천 사가 붙어 있는 줄 몰랐고 그래서 기밀이 새어 나가 최 신부가 넘어 가지 않은 것뿐이다. 너는 몽마르트 공원 계단에서 최 신부와 거의 다 되었던 밤을 기억하느냐? 그것만 봐도 내 잘못은 아니다. 네가 저승에 온 것은 영혼을 판 데 대한 천국의 벌이다."

"이제 새삼스럽게 책임지라는 말은 아닙니다. 그냥 저와 여왕님이 보통 관계가 아닌 것을 알아달라는 거지요. 그보다 실은 제가 오늘 여왕님에게 매우 중요한 소식을 갖고 왔습니다. 아주 그립기도 한 먼 옛날 어릴 적 얘기."

여기서 이채영과 이제벨의 대화는 잠시 끊긴다. 이제벨의 가슴속 이 갑자기 복잡해진다.

"그래, 뭐냐? 소식이란 게. 어릴 적 얘기라면."

이제벨이 다급하게 물었다.

"제가 연옥에 계신 여왕 부모님 엣바알 왕을 만나 뵈었다면 믿으시겠습니까? 그분께서 여왕님에게 안부를 전해 달래셨어요. 아주 간절히 보고 싶다면서."

이채영은 짧게 말했다. 또다시 찰나의 침묵이 흘렀다. 그런 다음 서서히 이제벨의 눈가에 놀라움과 그리움이 엉켜 붙는다.

"뭐라? 오늘 깜짝쇼로 나를 현혹할 작정인가. 도대체 이상한 소리만 쏟아 내고 있지 않나. 노래 솜씨 덕에 풀어 주긴 했지만 너를 완전 신용하는 것은 아니야. 2천 년 이상 찾고 찾아도 못 찾아, 뵙지 못한 내 부모님을 네가 어디서, 어떻게 보았다는 말이냐? 연옥이라니, 거기를 네가 가 보았어?"

"참 웃기네요. 지옥 여왕님인데 적어도 부모님이 지옥에 안 계신 것은 알았을 것 아닙니까? 여왕님 한마디면 지옥에서 개미 한 마리라도 찾아낼 수 있을 텐데요."

"그래. 엣바알이라는 옛날 시돈의 대왕님을 열심히 찾았지. 하지만 안 계셨어. 그럼 정말 명단조차 없는 지옥 밑바닥에 떨어지시지나 않았는지 걱정이 태산 같았어. 지옥 최하 7계단 '냉기의 방'까지 뒤졌어도 찾지 못했다면 그 밑바닥 옴짝달싹 못하고 층층이 포개져 있는 유리 상자 속만 남았는데 거긴 아닐 거야. 그렇다면 네 말대로 연옥이 맞겠네. 천국에 가셨을 리는 없고. 그래, 증거가 있는가?"

이제벨은 이제 완전히 경계심을 풀었다. 자기에게 영혼까지 판자가 부모 소식을 갖고 오다니 이게 웬 떡인가? 오히려 매달리는 모습이다. 이채영은 손가방에서 주섬주섬 배냇저고리를 꺼내 이제벨에게 넘겨주었다.

"이게 뭔 줄 아시겠습니까? 여왕님이 태어나서 갓난쟁이일 때 입었던 배냇저고리. 엣바알 님이 제가 빈손으로 그냥 여왕님을 만나면 믿지 못할 테니까 증거로 갖고 가라 하셨지요."

앙증맞게 작은 저고리를 받아 든 이제벨의 손이 바들바들 떨린다. 아련히 엄마 젖 냄새를 맡을 수 있었다.

"도대체 이럴 수가 있나. 이건 내가 갓 나서 입었던 게 확실해. 냄새를 생생히 기억하거든. 엄마 냄새, 내 어렸을 적 냄새, 나를 지극히 예뻐하고 사랑하시던 아빠 냄새가 뒤섞여 나를 미치게 하는구나. 이 귀한 것을 지금까지 간직하고 네게 주어 증거 삼으라고 하신 간곡한 부모님 마음이 너무 고맙네. 어떻든 뵙고 싶다."

이채영은 여기서 고삐를 더 당겼다. 재빨리 손가방에서 최인호 작가의 구구절절 마음을 울리는 자식 사랑 편지를 꺼냈고, 동시에 이제벨이 아합 왕에게 아버지 옛바알 왕 옥새를 훔쳐 갖다 준 뒤 잘못을 반성하며 쓴 각서까지 함께 이제벨에게 넘겼다. 그 옛날 자기 손으로 썼던 편지 각서, 눈물 자국이 선명한 구겨진 각서를 받아 들고 오열하던 이제벨은 최인호 작가의 하늘 편지를 읽으며 차츰 자신의 마음을 추슬렀다.

"내가 어떻게 해야 우리 부모님을 연옥에서 천국으로 보내 드릴 수 있을까? 다 안 된다면 차라리 지옥 궁전으로 모셔 와 효도하고 싶구나. 너는 내게 이렇게 큰마음의 짐을 준 이상 벗어날 방법도 알려 주어야 할 게야. 급한 대로 우선 내가 연옥에 찾아갈 수 있을까?"

"물론입니다. 하지만 먼저 천국을 설득할 공적 쌓기가 급합니다. 그 전에 비밀리에 다녀올 수도 있지만 그것은 위험부담이 너무 커요. 여왕님과 저는 이제 한 배에 탄 운명입니다. 제가 지금부터 부탁하는 것을 들어주시면 여왕님도 살고, 저도 삽니다."

"어떤 요구인지 모르지만 대가가 확실해야 마음을 굳히지. 우리 부모님을 천국으로 확실히 끌어올릴 수 있을까? 루시퍼 사령관이나 아마토 두목을 배신했을 경우 내 입장도 고려해야 하구. 그걸 이채영 당신이 보장하겠나?"

이제벨이 반신반의하자 옆의 여군 장교가 나선다.

"저는 천국군 참모총장 안중근 도마 님의 전속 부관 마가렛 소령 이라고 합니다. 천국군의 명예를 걸고 다짐하는데 이채영 교수 요청에 협조한다면 부모님의 천국행은 확실히 보장하겠습니다. 여왕님의 경우 최소 연옥은 제가 보증하지요. 거기서부터는 여왕님 하시기에 달렸습니다."

"연옥은 어떤 모습이던가? 우리 부모님 거기서 사시기에 고생스럽지는 않던가. 나도 구약시대부터 지옥 생활을 했으니 이제 지겨울 때도 되었지. 그래도 지옥 두목의 정인이라 사는 게 힘들다고 말하면 속보이겠지만 점점 심해지는 내면 갈등이 참기 어려워. 연옥에라도 옮겨 변화를 시도할 때가 오긴 왔나 봐."

이제벨의 표정이 처연하다. 이채영이 달래며 마지막 쐐기를 박는다.

"지구상에 내려졌던 노아의 홍수, 폼페이 최후의 날 같은 하느님 형벌이 지옥을 향해 바야흐로 다가오고 있어요. 그 벌은 전과 전혀 차원이 다른 엄청난 재앙으로 나타날 겁니다. 지옥 존재 자체를 멸살하거나 돌아오지 못할 저 먼 우주 밖으로 추방할지 모르지요.
루시퍼나 아마토 같은 지옥 두목들이 나타나 권력을 잡고 감히 지옥의 연옥화, 나아가 천국화까지 꾀한다니 불경도 그런 불경이 없습니다. 하느님 권위 훼손을 언제까지 용인하겠습니까? 분명 한계가 있습니다."

이제벨은 가만히 고개를 끄덕인다. 루시퍼의 과대 망상증을 그대로 이채영이 짚어 말했기 때문이다. 하느님이 분노하기 전에 부모님을 천국으로 이주시키고 자신도 따분한 지옥 생활을 청산할 기회가 지금 말고 또 올지 의문이다. 이제벨은 마음을 굳혔다.

"그럼 어찌하면 되는가? 설마 악령 전부를 나보고 처단하라는 건 아니겠지?"

"아뇨, 저도 잠깐 귀동냥을 했습니다만 지구 인구의 폭발적 증가와 경쟁 심화로 쏟아져 나온 악덕자, 악령들을 차제에 정리하고 구약 시대 전부터 활동해온 천국의 병든 영혼을 처리할 획기적 방안이 곧 수립된답니다. 이승과 저승에 일대 개혁 바람이 부는 거지요. 이럴 때 여왕님은 이번 기회를 확실히 잡아야 해요."

이제벨이 크게 한숨을 쉬었다. 들을수록 그동안 지옥 생활이 한심하고 우물 안 개구리 신세였던 게 부끄럽다. 사랑하는 부모도 잊은 채 그저 물질과 육적 만족에 사로잡혀 살아온 몇 천 년 세월이다.

"알겠네. 나는 결심했어요. 첫째로 부모님을 위해서, 둘째로 내 변신을 위해서 자네의 어떤 제안이라도 받아들일 거야. 말해보게."

어느덧 이제벨의 말투가 달라졌다. 이채영은 손가방에서 작은 메모지 한 장을 꺼내 그녀에게 넘긴다. 깨알처럼 쓰인 글자 하나하나가 금방 튀어나와 보는 이의 머릿속으로 뛰어들 것 같다.

"이 메모지에 쓰인 대로만 해주세요. 그리고 여기 천국군 소령 마가렛 님이 남을 테니까 궁녀로 쓰시든, 경호 시종으로 쓰시든 알아서 언제든 연락망을 유지하기 바랍니다. 저와 고참 여중사는 천국에 귀환, 여왕님의 친절한 협력 상황을 보고하는 동시에 이른 시일 내 부모님을 뵙도록 주선하지요."

이채영은 말을 마치자 고참 중사와 함께 궁전에 들어왔던 길로 빠르게 빠져 나와 천국군 본부에 귀환했다.

참모본부는 조용했다. 뭔가 일이 터질 것 같은 긴장감이 감돌았
다. 이채영 교수와 고참 여중사가 어려운 임무를 마치고 천국군 합
동참모본부에 귀환한 순간까지 사실 성대한 환영식은 기대하지 않
았어도 꽤 괜찮은 마중은 있을 줄 알았다.

하지만 예상은 빗나갔다. 복도에서 지나친 고급 장교, 행정병들까
지 웬 못 보던 민간인 여자가 오가나, 떫은 표정에 고참 중사에게는
눈길조차 주지 않았다. 이채영이 섭섭한 마음으로 9층 참모총장실을
향해 엘리베이터를 타고 내려 복도를 풀없이 걸어가자 눈치챈 고참
여중사가 생긋 웃으며 말했다.

"교수님, 우리는 지금 비밀 임무를 완수하고 온 거예요. 내용을 아
는 이가 당연히 없죠. 우린 그냥 방문객일 뿐입니다."

이채영은 그제야 상황을 파악했다. 얼이 빠졌던 것은 그만큼 힘든 과업에 몰두했다는 증거이기도 했다. 자신들의 페르가몬 지옥별 잠입 사실을 아는 인사는 안중근 참모총장, 제라르드 합참의장 등 최고위 군 간부와 하비에르 원로원 국방위원장, 정약종 원로원 정보위원장 등 제한된 숫자일 뿐이다.

"제가 좀 피곤했나 봐요. 정작 애쓰신 중사님은 의연하신데 저 혼자 큰일이나 한 것처럼 보여 쑥스럽습니다."

이채영이 즉시 싹싹하게 물러서 사과하자 여중사가 이번에는 당황한다. 갑자기 복도에 '차렷' 자세로 마주 서더니 "사랑." 하고 구호를 외친다. 대한민국 군인들의 '충성' 외침과 너무 닮아 이채영은 그 와중에도 웃음이 나왔다. 하지만 그 웃음은 총장실 문을 열고 들어가 사무적인 부속실 부관 말을 듣고 나서 다시 싹 가셔 버렸다.

"총장님은 지금 합참의장, 야전군 사령관, 함대 사령관 등과 매우 중요한 회의를 하고 계십니다. 시간이 좀 걸릴 것 같으니 어디 가 계시면 연락해 드리겠습니다."

이채영과 여중사는 잠시 말을 잃었다. 신분을 밝혔는데도 이런 대접은 좀 심하지 않은가 생각이 절로 들었다. 이번에는 여중사까지 놀란 눈치다.

아무리 죄지은 몸, 처분만 기다리는 신세지만 적지 침투 임무 수행을 마치고 온 대접치고는 말이 아니었다. 이채영의 마음속이 앙앙불락일 때 역시 대범한 여중사가 수습 단초를 내민다.

"잘되었네요. 이왕 시간을 벌었으니 베네딕토 수녀원에 가서 저희 때문에 애쓴 마더 테레사님을 뵙지요. 많이 궁금해 하실 텐데…….."

이채영도 동감이었다. 여중사는 곧 수도원 측에 연락했다. 총장실 부관에게 행선지를 말한 뒤 둘은 청사를 빠져 나와 '날쌘 틀'을 타고 베네딕토 수녀원으로 날아갔다. 얼마 만에 보는 풍광인가.

하늘에서 내려다보이는 평화로운 전원, 넓은 벌판을 지나 나타난 깊은 계곡, 바위, 개울, 개울 끝에 걸린 폭포, 굽이굽이 굽은 소나무에, 쭉쭉 뻗은 금강 송, 떡갈나무, 너도밤나무, 좀 햇볕이 쪼이는 곳에는 낭떠러지고 평지고 가리지 않은 채 흔한 풀꽃들이 저마다 자태를 뽐내며 만발해 있다.

이처럼 한국 산하와 닮은 곳이 있다니 이채영은 꿈인가, 생시인가 정신이 혼미해진다. 얼마 전 이곳을 발견한 정약종 의원이 요즘 부쩍 자주 찾는다는 테레사 수녀의 귀띔이 실감난 것은 잠시 후였다.

"어서 오세요. 임무 마치고 무사 귀환한 것을 진심으로 축하합니다. 얼굴 보니 가셨던 일은 잘된 모양이지요?"

고색창연한 정문에서 현관까지 두 줄로 나란히 선 메타세쿼이아 나무길을 지나 본관 응접실에 안내된 두 사람은 깜짝 놀랐다. 거기 정약종 아우구스티노 의원이 와 있다가 이들을 반가운 말로 맞았기 때문이다. 화사한 데클라 원장, 김성미 수녀까지 동석, 가벼운 박수로 환영의 뜻을 표했다. 이채영은 정약종 의원의 웃음 띤 얼굴을 보는 순간 금방 마음속 응어리가 다 풀리는 느낌이다. 친정아버지를 만난 듯 푸근함이 온몸을 감쌌다.

"제가 한 일은 당연한 거지만 저에게 그런 일을 할 수 있게 맡겨주신 정 아우구스티노 님께 거듭 감사드립니다. 아직 본부에 보고를 못 해 자세한 말씀 올리기 어려워도 일단 맡겨진 과업은 완수했다고 봅니다. 특히 동행했던 여기 중사님 용기와 도움 없이는 불가능한 일이었지요. 격려 부탁드립니다."

이채영이 깊이 허리 숙여 정약종을 비롯한 일동에게 감사 표시를 하며 옆자리에 선 여중사에게 주의를 돌리자 데클라 원장이 얼른 자리를 수습하고 나선다.

"뭘 그렇게 따로따로 격식을 차리나요. 두 분 다 수고한 걸 모르는 사람 여기 없어요. 아무튼 일 얘기는 나중 상부에 보고 다 마친 뒤하기로 하고 지금은 그저 편안한 마음으로 다과를 즐기세요. 두 분 오신다는 말 듣고 테레사 수녀님이 급하게 정 의원님께 부디 왕림하실 수 있는지 말씀드렸고, 여기 김성미 님은 이 교수와 같은 고향 분이라 제가 참석하라고 했습니다. 편안하게 말씀들 하세요."

김성미가 이채영에게 반가운 눈인사를 교환할 때 정약종이 다시 한마디 거든다.

"김 권사님도 이번 이 교수 일행의 작전 수행에 기여한 점이 큽니다. 부군 이훈락 장로가 두 분 용사의 페르가몬 지옥별 잠입 루트를 정확하게 그려 내 안전하게 다녀왔으니까요."

이 말에 이채영이 깜짝 놀란다. 그리고 황급하게 물었다.

"그럼 S교회 이재준 담임 목사님 어머니되시는 분인가요? 그분 부친이 이훈락 장로님이라고 들었는데요."

"맞아요. 이 목사를 아시나요? 용사님, 아니 교수님."

김성미가 저도 모르게 손을 뻗어 이채영 손을 잡는다. 정약종이 이채영과 여 중사를 가리켜 두 '용사'라고 한 호칭을 그대로 쓰다 말고 수정하자 방 안에 작은 웃음이 번진다.

"그럼요. 저희 오빠들이랑 아주 가까워요. 더욱이 마이클 박 목사님, 그러니까 지금 영계인간으로 유명해진 분의 활동을 지원하는 대책 모임의 같은 멤버들이십니다. 한국 가톨릭계 명 저술가, 명 강연으로 명성이 자자한 최동혁 신부님 등 수시로들 만나는 사이예요. 저도 뵌 일이 있고요."

두 여인의 수다가 길어지는 것을 나머지 사람들은 흐뭇한 시선으로 바라본다. 그사이 간단한 식사가 나오고 수다를 떨며 시간이 꽤 흘렀을 때 밖에서 대기하던 정약종 의원 비서관이 급전을 받고 헐레벌떡 달려 들어왔다. 긴급 사태니 가급적 빨리 원로원 본회의장으로 돌아가야 한다는 것이다.

비서관 전언과 거의 동시에 스테파노 원로원 사무총장에게서도 비상 연락망이 가동했다. 내용은 역시 같았다. 이유 불문하고 긴급 본회의를 개최하니 초스피드로 참석해야 한다는 것이다.

"예상하던 사태가 벌어지는 모양입니다. 혹시나 했는데 결국 오늘 결행하고 마는군요. 아마 오늘 천국 초유의 불행한 일이 벌어질지 모릅니다. 여러분들은 안심하고 그냥 얘기들 나누세요. 원로원에서 긴급 본회의를 연다니 저는 먼저 가보겠습니다. 이채영 교수는 오늘 얘기 못 한 것 나중에 또 만나서 합시다."

정약종이 황급히 떠나가자 남은 일행은 어안이 벙벙했다. 데클라 수녀원장이 놀란 가슴을 진정시키며 테레사 수녀를 보고 말한다.

"지금까지 이런 일이 없었는데. 내가 천국에 온 지 2천 년 만에 겪는 황당한 일이야. 뭔가 큰일이 벌어졌나 봐. 테레사 수녀님, 발도 넓으신데 혹시 어디 알아볼 데 없나요?"

지상에서 온갖 고생을 다 해본 마더 테레사는 끄떡도 하지 않는다.

침착하게 원장 수녀에게 대꾸했다. 약간 시니컬한 음조였다.

"혹시 바오로 감사원장님은 말씀해 주지 않을까요? 정 의원님은 원로원 정보위원장으로 직접 정보를 맡고 계신 분이라 함부로 발설하지 못해도 바오로님은 원장님과의 친분 관계로 미뤄 언질 정도는 주실 것 같은데요. 직접 알아보시는 게 제일 빠르지 않을까 싶습니다."

이 말에 데클라 원장은 깜짝 놀라 도리질을 한다. 얼마 전 바오로에게서 서첩을 선물받은 생각이 나는지 귓불마저 붉어졌다.

"아니지요. 감사원장님 입은 더 무거우시죠. 직책으로 봐서도 그렇고요. 아무튼 정 의원님이나 바오로 님이나 모두 원로원 의원들이라 거기 참석하셨을 테니 그냥 기다려 보는 수밖에 없네요."

그때 합동참모본부로부터 연락이 왔다. 이채영에게 면담 시간이 잡혔으니 급히 돌아오라는 것이다. 얼떨떨해 있던 이채영과 여중사도 곧바로 자리에서 일어났다. 가족 모임처럼 단란했던 한때 수녀원 모임은 이렇게 파장 났다.

떠나는 이채영 뒤 그림자를 향해 마더 테레사 수녀, 데클라 원장, 김성미 권사가 간절히 당부했다. 일 끝나면 돌아와 수녀원의 고색창연한 기숙사에서 지내도록 하라는 배려의 말이었다.

합동참모본부 분위기는 이채영이 처음 귀환했던 몇 시간 전보다 훨씬 긴장 강도가 높아져 있었다. 복도를 오고 가는 걸음들이 바쁘고 이따금 고함 소리, 요란한 전화 벨소리가 사정없이 귀청을 때린다. 참모총장실 부관들도 부산을 떨다가 이채영이 들어가자 곧바로 제라르도 합참의장실로 안내했다. 안중근 도마 총장이 그 방에 있다는 것이다.

"많이 고생했지요. 임무 완수했다는 얘기는 같이 갔던 마가렛 소령이 알려 와 잘 들었습니다. 이제벨의 적극 협조를 유도해내기 위해 이 교수가 애를 많이 썼더군요. 위기도 잘 넘기고. 엣바알 왕 설득을 잘해 그가 보관했던 배냇저고리, 이제벨의 옛날 각서까지 받아내고, 최인호 작가의 편지로 그녀 심장 밑바닥의 아주 작게 남아있는 하느님 신심, 양심을 자극한 얘기는 보통 기지가 아닙니다."

안중근 총장이 그녀를 반갑게 맞으며 하는 말이다. 그는 4성 장군다운 위엄보다 일본의 대륙, 조선 침략 주모자인 이토 히로부미를 사살하고 부르짖은 동양 평화론 주창자답게 지사적 면모가 약여하다. 옆자리 제라르드 합참의장의 조바심 가득한 태도와는 판이하다. 방문 밖은 소란하기 짝이 없는데 그는 사뭇 태평하다.

세월을 건너 뛰어 안중근을 보는 이채영의 가슴이 존경의 마음으로 펄렁펄렁 뛴다. 한국인의 기개를 만방에 과시한 사나이 중 사나이다. 제라르드도 한마디 거든다.

"힘든 일 해냈어요. 정체가 발각되고서도 의연히 임무를 수행한 것은 천국군의 귀감으로 표창할 만합니다. 군대 사기 진작 시간에 모범 사례로 소개하라고 지시했지요."

"아닙니다. 다 시키신 일을 충실히 이행한 것뿐인데 과분합니다. 그런데 페르가몬에 남은 마가렛 소령님은 안전하게 계시겠지요? 그새 연락은 있었습니까?"

이채영이 이들의 잇단 칭찬 인사말을 피하려 얼른 화제를 돌리려 하지만 안중근 도마 총장의 칭찬 릴레이는 계속된다.

"아, 마가렛 소령, 물론 잘 있지요. 이제벨 여왕의 궁녀 신분으로 지근거리에서 그녀를 보좌하며 수시로 연락하고 있습니다. 그보다 이채영 교수의 심청가 창 소리가 악령 여두목의 마음을 일거에 녹였다고 하던데, 생각 같아서는 지금 당장 듣고 싶지만, 밖에 워낙 긴박한 일이 터져 다음 기회를 봅시다.
그것도 정체가 밝혀져 체포된 상황에서 담대하게 노래 부르기를 자청한 뒤 감탄할 만큼 잘 불러서 상황 반전을 시켰다니 대단한 담력입니다. 제라르드 장군 말씀대로 나중 상황이 끝나면 이 교수님을 천국 1등 수훈자에 추천할 생각입니다. 원하신다면 여군 간부로 모실 생각도 없지 않아요. 입에 발린 말 아닙니다."

"그게 어디 제 공로뿐인가요? 여기 중사님이나 페르가몬에 남아 계신 마가렛 소령님 공이 더 크지요. 상을 받는다면 이분들이 먼저

입니다. 아무튼 공치사 대신 보고부터 드리겠습니다. 현지에서 이제벨이 해야 할 일을 메모로 만들어 그녀에게 전달했고요, 항목마다 가능성과 실행 여부는 수시 연락키로 했습니다. 보충할 일, 지시 사항은 마가렛 소령님과 직접 통하면 됩니다."

"메모 첫째가 페르가몬 별 표면에 튼튼한 고리를 찾아내는 것이었지요? 블랙홀의 강한 흡인력, 그러니까 중력을 이용한 무형의 투명 동아줄을 페르가몬 별 특정 지점 고리에 걸어 이동 정지, 또는 거꾸로 끌어당길 작전 수행의 필수 아이디어입니다. 이 강력 끈은 우리 과학센터에서 거의 실험을 마친 상태라 곧 실전화가 가능하답니다. 고리를 장착할 특정 지점 위치만 알아내면 전면전 없이 특공대만으로 싸우지 않고 이기는 손자병법을 우리가 실천하는 셈이지요."

제라르드 의장이 메모지 지시 사항 체크를 해 나갔다.

"지시대로 써놓았습니다."

"두 번째가 루시퍼 사령관을 페르가몬 밖으로 유도하는 겁니다. 그 별에서 나오기만 하면 우리가 끝까지 추적, 어떻든 전쟁의 근원을 뿌리 뽑을 수 있지요. 역시 차질 없습니까?"

"네, 분명히 두 번째 메모에 있습니다."

"세 번째는 홍보전입니다. 지옥 악령들에게 영혼의 영생 개념이 바뀐다는 것, 다시 말해 사멸해 없어질 수도 있다는 것을 대대적으로 알려야 합니다. 사실상 영혼 말살 내지 분해 무기도 의료센터에서 완성 단계로 조만간 하늘궁전의 사용 승인이 나올 예정이고요. 믿는 자는 천국에서, 불신자는 지옥에서 앞으로의 믿음을 전제로 사실상 영생해온 영혼들에게 '영생은 없다'라는 존재 부인이 주는 의미는 대단히 클 겁니다. 악령들의 사기 저하가 뻔히 보이지요."

"지금 말씀하신 순서대로 3개항 모두 적은 메모를 이제벨에게 주었습니다. 제 판단으로는 그녀의 깊은 효심과 오랜 지옥 생활을 벗어나기 위한 열망이 커서 약속은 지켜지리라 봅니다. 거기다 옆에서 수발드는 마가렛 장교님이 딴 생각을 못하게 할 테니까요"

제라르드 합참의장과 이채영의 주고받는 말을 듣던 안중근 총장이 대화 쐐기를 박았다. 다음 처리할 안건이 산적해 있다.

"그 정도면 완벽합니다. 소소한 것은 알아서 현지 마가렛 소령이 처리토록 하고 오늘 미팅은 이만 끝내지요. 노고 위로 파티는 다음 기회로 미룹시다. 수고 많았습니다. 숙소는 정해져 있겠지요. 베네딕토 수녀원으로 알고 있는데 돌아가 편히 쉬세요, 이채영 교수님."

제라르드 합참의장도 활짝 웃으며 악수 손을 내밀 때 큰 노크 소리와 함께 부관이 황급히 들어와 제라르드 귀에 대고 뭔가 속삭였다.

그러자 얼굴색이 변한 합참의장이 다시 안중근 총장에게 귓속말을 한다. 도대체 오늘은 만나는 사람마다 귓속말이 너무 많구나 중얼대며 이채영은 여중사를 향해 눈을 찡긋해 보였다.

여기 오기 전 베네딕토 수녀원에서 정약종 의원이 비서관 속삭임 한마디에 자리를 차고 일어나 갔는데 이번에는 또 무슨 일일까. 이윽고 안중근 총장이 얼굴에 쓸쓸레한 웃음을 한 조각 그려 내며 제라르드에게 말했다.

"철수시키시지요. 이젠 명분이 사라졌습니다."

제라르드 합참의장이 결심한 듯 부관에게 물었다.

"레몽 천국 보안군 사령관 단독 작전이었나?"

"네. 위그 야전군 사령관과 맥아더 함대 사령관은 지옥군과의 전투 준비로 빠졌답니다. 보안군만으로 충분하다고 레몽 사령관님 휘하 부대만 나갔답니다."

부관 설명에 제라르드는 재빨리 지시했다.

"빨리 철수시켜. 시간 없다. 아직 총리실에 진입한 것은 아니지?"

"네. 총리실과 행정부 주변에 지금 막 포진하려던 차랍니다. 천국 보안군 기동 훈련 명목을 댔기 때문에 총리 경호실의 어떤 의심도, 저항도 받지 않았답니다."

"정말 성령님이 임재하셨나 보다. 다행이다. 작전 중 보안군은 즉시 원대 복귀하고 훈련은 중지한다고 하달하라. 이번 작전은 처음부터 없었던 걸로 한다."

제라르드 합참의장 명령을 받은 그의 부관이 방을 뛰어나가자 호기심 많은 이채영은 결국 묻지 않을 수 없었다. 사람 세워 놓고 자기들끼리 귓속말만 하다니 예의가 아니다. 나는 이채영, 이제벨에게 잡혀 꽁꽁 묶인 상태에서도 노래하겠다고 강청했던 뱃심 아닌가? 엉거주춤 선 자리에서 돌직구를 던지고 만다.

"총장님, 저희가 알면 안 될 일이 벌어졌나요? 궁금하네요."

"아, 아직 안 가셨구나. 너무 급박한 일이라 미처 챙기지 못해 미안합니다. 결례한 대신 아니, 이 교수 공로를 보아서 특별히 말하지요. 청사 밖을 나가면 어차피 알게 될 테니 이젠 비밀도 아닙니다. 원로원에서 드디어 총리 탄핵을 결정했다는군요. 야고보 총리의 권한 정지를 원로원이 의결한 겁니다. 천국 역사 최초의 일이지요. 천국 헌법에 의하면 다음 총리가 선임될 때까지 베드로 원로원 의장 지명으로 스테파노 사무총장이 권한대행을 하게 됩니다."

안 총장은 의외로 담담히 말해주었다. 제라르드 합참의장 얼굴도 다시 화색을 찾았다. 의자 뒤에 등을 대고 편한 자세로 돌아간다.

"어쩌다 그런 사단이 벌어졌는가요? 천국에서 총리 탄핵 사태가 벌어지다니. 전에 대한민국에서 참여정부 당시 국회가 노무현 대통령을 탄핵한 일은 있지만 그건 인간 세상 얘기이고 여기에서까지 탄핵은 상상도 못 할 일이네요."

이채영의 호기심은 계속되었다. 지구에서의 직업이 교수인지, 언론인인지 헷갈릴 정도다. 질문이 핵심을 찌르는 것도 보통 아니다.

"야고보 총리는 얼마 전 하늘궁전이 작성, 안보리와 원로원 검토를 거친 비상조치법 공포를 거부하더니 급기야 군부의 지옥군 공격에 대비한 출병 요청안까지 깔고 뭉갰습니다. 한마디로 위기의식이 없어요. 만사 괜찮다, 공연히 총리실 적대 세력들이 일을 만들어 낸다 하는 망상과 피해 의식 속에 초기 방어 태세 구축을 소홀히 하는 겁니다. 지옥군은 지금 무서운 기세로 달려오는 중인데 차일피일 출병 시기를 놓칠 경우 어떤 끔찍한 결과가 올지 모릅니다."

"그럼 원로원 탄핵 결의가 군부의 아픈 데를 짚어 천국을 구했네요. 그런데 방금 군을 철수시키라는 명령은 또 뭡니까? 천국군이 총리 재가 없이 벌써 출전했던 건 아닐 테고. 이제 스테파노 총리 대행의 출전 명령이 가능해졌는데 두 분 장군님들 안색은 별로 밝지 않으신 것 같습니다."

이채영 교수의 짐작이 또 한 번 제대로 정곡을 찔렀다. 제라르드와
안중근의 얼굴이 순간 찌푸려졌기 때문이다. 잠시 침묵하더니 제라
르드가 조용히 입을 열었다.

"사실 원로원 탄핵 결의 전에 군부에서도 도저히 참을 수 없다고
판단, 야고보 총리실에 보안군을 보내 그분과 보좌역들을 연금 조치
하려 했습니다. 동시에 비상사태를 선포, 제1차 하늘궁전 비상조치
법을 즉각 시행하고 천국군 출전 명령을 내릴 예정이었지요. 더 이상
미루다 천국 안보에 치명적 사태가 올지 모른다고 우려한 겁니다.
아까 이 교수가 왔을 때 당장 만나지 못한 것도 안 총장님께서 맥
아더 함대 사령관 등 군 수뇌부와 그 일을 한창 논의 중이었기 때문
이지요. 그런데 막상 원로원에서 탄핵 선수를 쳤다니 허탈합니다.
결과적으로 우리 군이 총리실 제압 직전 철수하게 된 것은 천만다
행, 잘된 일이지만."

이채영은 깜짝 놀랐다. 제라르드 합참의장의 말뜻을 알아들었던
것이다.

"아니, 그렇다면 친위 쿠데타를 시도했던 것 아녜요? 천국의 쿠데
타라니 상상도 못 할 일입니다. 탄핵에다 쿠데타까지 인간 정치판과
너무 흡사한 데 놀랐어요."

이채영이 사뭇 비난조로 말하자 제라르드, 안중근 대장, 합쳐 별 8개 최고위 두 장성이 슬며시 미소를 띤다. 이제 평정을 되찾은 모습이다.

"지상의 쿠데타라면 권력자를 군부가 몰아내고 대신 권력을 쥐는 겁니다. 명분이야 늘 '국가와 국민' 안위 때문이지요. 그리고 보통은 쿠데타 세력이 자신들의 흥청망청 생활을 즐기기 마련 아닙니까. 물론 5천 년 찢어지게 가난한 질곡의 역사를 바꿔 놓은 대한민국 5·16 혁명 같은 특수한 예는 좀 다르지만.

그러나 우리 군부 목적은 정권 찬탈이 아닙니다. 비상조치법 공포와 더불어 천국군이 출동, 안보를 확실히 챙기기 위해서이지요. 때문에 전쟁 종료와 동시 당연히 총리는 권좌로 돌아올 것이며 이 과정에서의 군부 위법 행위는 응분의 책임을 진다는 결심이었습니다. 이를 쿠데타라고 하면 무리지요."

잇달아 제라르드 합참의장도 분명하게 안 총장 말을 뒷받침했다.

"천국의 입법 사법 행정 고위 공직자들이 책임질 대상은 하느님입니다. 지상 인간과 천국 시민을 모두 관장하는 분이 바로 하느님이기 때문이지요. 우리도 총리실에 보안군을 보내기에 앞서 일단 하늘 궁전의 마티아 실장에게는 군부에 의한 '총리 권한 잠정 정지' 취지서를 보냈었습니다.

하지만 거기서는 아무 답변이 없었어요. 그렇다고 우리가 전화로 직접 마티아 실장과 이 문제를 확인하는 것은 피차 곤란합니다. 알면서 모른 척 넘어가는 게 상수이지요.

아마 마티아 실장 독단으로 우리 취지서를 묵인했을 리 없고 필경 천국 밖 하느님 처소의 가브리엘 대천사나 김대건 수행비서와 의논하지 않았을까 싶습니다. 그런데도 침묵한다? 하늘궁전이 묵인한다? 과연 우리 행위를 쿠데타로 볼 수 있을까요?"

"제가 너무 경솔했습니다. 두 분께 정식으로 사과드립니다. 말씀대로 군부가 권력 찬탈 욕심을 낸 게 아닌데 쿠데타는 말도 안 되지요. 알릴 데 알리기도 했고요. 저희는 그만 돌아가겠습니다."

이채영 교수의 사과는 민첩했다. 제라르드 합참의장은 곧 부관을 불러 이채영이 타고 갈 '날쌘 틀'을 준비시키라고 지시한다. 안중근 참모총장이 복도까지 나와 이들을 미소로 배웅했다.

41. 대행 취임

"본인은 천국의 총리 권한 대행으로서 만물의 주권자이신 하느님 말씀에 순종하고 천국 주민과 지구 인간의 안전 보장 및 충실한 복음 생활 유지에 최선을 다할 것을 맹서합니다."

원로원 긴급 의원 총회가 열린 날 스테파노는 베드로 의장 앞에 서서 총리 권한 대행 선서를 엄숙히 마쳤다. 일제히 기립한 의원들의 박수 소리가 의사당 천장 돔의 채색 유리창에 부딪혀 무지개 빛깔로 산산이 흩어졌다. 총원 300명의 원로원 의원 전원이 참석한 이날 총회는 또 하느님의 조속한 귀환 촉구 기도를 애끓게 바쳤다.

30세에 공생활을 시작한 예수님이 마귀들을 쫓아내 병을 고치시다가 여기저기서 방문 요청이 쇄도해 오자 처음에는 12사도, 나중에는 72명 제자를 선발, 병자 치유 능력을 주고 이스라엘 밖 이방 각지에 파견했었다. 초대 원로원 정수가 72명으로 구성되었던 것은 이를 기념한 것이다.

당시 안수와 치유기도 은혜로 선교 활동에 나섰던 제자들은 파견지에서 돌아와 한결같이 예수에게 보고했다.

"'주님 이름으로' 한마디면 어떤 마귀도 저희 명령에 복종했습니다. 또한 예수님이 지시한 대로 아무 집에나 들어가 '평화를 빕니다.'라고 축복하면 숙식과 병자 치료에 따른 편의를 제공했습니다."

이를 기렸을까, 원로원 의원들은 천국 중대사가 있을 때마다 집회 전후에 '평화를 빕니다'라고 인사했다. 이날도 예외는 아니었다.

선서를 끝내고 천국 실세인 현인회의와 안보회의 및 지금은 9인으로 증원된 봉사자회의를 잇달아 소집, 조기 출병 필요성을 설득한 스테파노 총리 대행도 집회 때마다 '평화를 빕니다' 말로 처음과 끝을 장식했다.

필립보 국방청 장관, 제라르드 합참의장, 하비에르 국방위원장, 정약종 정보위원장, 니골라오 정보부 기획실장 등은 선서식 뒤 바로 원로원을 떠나 총리 집무실에 모였다. 스테파노 총리 권한 대행 주재로 지옥군과 결전 대책을 검토하기 위해서다.

"출병 시기 결정은 심리전에서 무엇보다 중요합니다. 빠를수록 우리 작전 전개에 유리하고 늦을수록 적의 동태를 최후까지 살펴 대응할 시간을 벌지요. 여러분의 신중한 판단이 필요합니다."

제라르드 합참의장의 모두 발언과 더불어 왈가왈부가 계속되자 하비에르 국방위원장이 결국 또 한마디 찌르고 나선다. 송곳이 따로 없다. 때로는 필요한 송곳이기도 하다.

"지금 이렇게 토론만 계속할 한가한 때입니까? 야고보 총리가 왜 탄핵을 당했습니까? 영생 불가 등을 언급한 비상조치 발표 유보와 출병 시기 결정에 우물쭈물한 결과 아닙니까? 출병 시기에 관한 한 합참의장이 먼저 의견을 제시, 여러분 동의를 구해야 합니다. 늦고 빠른 장단점 설명이 아니라 언제, 왜 출병하는 게 좋은지 말씀해 보세요."

제라르드가 이에 정색하고 대답한다.

"군은 지금 당장 출병이 가능합니다. 준비는 완벽해요. 하지만 우리는 조금만 더 시간을 갖고 싶습니다. 우선 헤일 과학기지 소장과 루카 의료센터 원장이 개발 중인 신무기의 사용 가능 시기를 확실히 알아야겠고요. 다음으론 우리 공격용 핵융합 미사일이 페르가몬 지옥별의 보호막을 뚫을 취약 지점을 정확히 찾아야 합니다. 더 중요한 것은 개발된 신무기로 페르가몬을 우리가 원하는 장소까지 견인할 고리를 찾는 시간이지요."

제라르드 합참의장 설명에 다시 나서려는 하비에르를 스테파노가 제지했다.

"얘기를 다 들어보고 미흡한 대목을 보충 논의합시다. 취약 지점을 찾아 핵융합 미사일 한 방으로 우리 측 피해 없이 전쟁을 끝낸다면 괜찮지 않습니까?"

힘을 얻은 제라르드가 자신 있게 말을 계속한다.

"또 우리 여군 특공대가 이미 페르가몬에 잠입, 루시퍼 궁전의 핵심부에서 위장 궁녀로 일하며 각종 정보와 자료를 수집하고 있습니다. 그녀가 보내온 암호 정보를 이훈락 요원이 열심히 해독 중이니까 조만간 좋은 결과가 나올 겁니다. 그렇게만 되면 거창한 무기를 안 쓰고도 전쟁을 피할 수 있다는 말이지요."

"와, 진작 말씀하시지 그런 중요한 말을 뒤늦게 하니까 제가 자꾸 딴소리한 것 아닙니까? 시간이야 필요한 대로 드려야죠. 그럼 이틀, 아니 사흘 말미면 되겠습니까?

하비에르가 모처럼 수긋이 물러날 기색을 보일 때 돌연 니골라오 정보부 기획실장이 손을 번쩍 들어 일동의 주목을 끈다. 자신의 컴퓨터 화면을 들여다보며 고개를 절레절레 흔들기까지 했다.

"아, 잠시 기다려 보세요. 지금 정보부로부터 소식이 들어오는데요. 천국 쪽을 향해 빠르게 항진하던 페르가몬 별이 갑작스레 0.5광시쯤 떨어진 곳에서 멈췄답니다. 이변입니다. 광속 30분 거리라면 미사일로 페르가몬 지옥별을 폭파시켰을 때 여파가 천국에 미칠 영향을 최소화할 수 있어요. 우리로선 공격하기 알맞은 거리입니다. 안 그렇습니까?"

관망하던 정약종 아우구스티노가 이 말에 의문을 던진다.

"페르가몬 별이 진행을 멈췄다면 이유가 있을 겁니다. 자발적 정지인지, 아니면 헤일 님의 과학기지 센터에서 개발 중인 신무기 중력 끈을 완성, 그걸로 정지시켰는지 확인해야 합니다."

제라르드 합참의장이 즉각 부연 설명한다.

"중력 끈은 블랙홀의 강한 인력을 투명 동아줄로 만든 겁니다. 순간적 입자 수 조절로 중력을 가볍고 질기게 변화시킨 초강력 끈이 페르가몬 별을 빛조차 빠져나오지 못해 검게 보이는 블랙홀에 끌어 가두기 위해 개발한 신무기지요. 그럼 미사일 폭발에 따른 우주 찌꺼기 후유증이나 악령 해체 시비도 일거에 해결됩니다. 다만 아까 말한 중력 끈을 걸 페르가몬 별의 고리 관련 정보가 아직 확인되지 않았는데 이를 찾았는지 여부는 미지수네요."

"그건 생각하기 따라 간단할지 몰라요. 우리 여군 특공대의 잠입 루트, 즉 페르가몬 입구라면 틈도 있고 고리 역할을 충분히 할 만큼 견고할 겁니다."

"아, 맞아요. 페르가몬 별 루시퍼 궁전에서 활동 중인 마가렛 소령에게 고리 발견과 사용 여부를 즉시 확인해 보겠습니다."

제라르드 합참의장과 정약종 정보위원장이 주고받는 말을 들으며 의원 일동은 새삼 잠적 중이신 하느님이 새로 만든 제2천국 '재너머 별'을 떠올린다. 거기라면 기적의 블랙홀 중력 끈, 통상 과학 상식으로 불가능한 기술을 이미 확보했을지 모른다.

"그럼 제라르드 장군 말대로 출병 시기는 사흘 뒤로 결론 냅시다. 그동안 가브리엘 대천사나 김대건 수행비서와 연락해 우리 사정을 하느님께 전하도록 해야지요. 마티아 하늘 궁전 비서실장에게도 원로원의 총리 탄핵 결의 불가피성을 설명할 거구요.
가장 중요한 것은 제가 빨리 총리 권한 대행을 면하는 겁니다. 베드로 의장님 주재하의 현인 회의에서 곧 후임 총리 인선을 상의해야 하니까 오늘 모임은 여기서 끝냅시다. 모두 자중하시고 천국 개혁과 당면한 지옥군과의 대결 준비에 만전을 기해주기 바랍니다."

스테파노 총리 대행이 자리를 뜬 뒤에도 다른 참석자들은 이심전심 움직이지 않았다. 사태가 시급히 돌아가는데 정보와 군사 책임자들이 모처럼 모였으니 그럴 만도 하다. 이윽고 일동은 군 출동 준비에 여념 없는 안중근 참모총장 사무실로 자리를 옮긴다.
방에는 맥아더 함대 사령관과 의외의 손님, 우주센터 허셜 부소장, 허블 수석연구원이 벌써 와 있었다. 불시의 방문객들이 각자 의자와 빈 테이블 등에 알아서 앉자 안 총장이 팔을 뻗어 벽면 대형 스크린을 터치했다. 화면 가득히 광활한 우주 모습이 나타난다. 그가 환한 얼굴로 설명하기 시작한다.

"지금 막 천국 인접 우주 상황을 살펴 이상 여부를 체크할 작정이었습니다. 잘들 오셨습니다. 함께 보시지요."

"우와, 장관이구나. 우주 세계를 캄캄한 밤처럼 생각하기 쉬운데 별들 집합이 조밀하니까 저처럼 밝고 아름다운 광경을 펼쳐 보이네요. 특히 저기 오른쪽 상단 끝자리에서 유난히 번쩍이는 별은 무슨 별입니까?"

하비에르 국방위원장의 놀라움 속 솔직한 질문에 허블 우주센터 수석연구원이 대답한다. 1990년 지구 대기 밖 569km 지점에 인류 최초의 우주 망원경을 쏘아 올린 멋쟁이 사나이다.

"그게 바로 루시퍼의 소굴인 지옥 별 페르가몬입니다. 우주선 역할도 하는 다용도인데 다른 별보다 내재한 수소와 헬륨의 밀도가 조밀해 더 밝게 빛나지요. 돌려 말하면 다른 별들보다 몇 배 더 뜨겁고 폭발 파급력이 크다는 뜻입니다. 지구 발명품인 수소폭탄 따위와는 비교가 안 되는 강력한 파장과 잔해를 가스 구름 형태로 내뿜지요. 그러니까 저런 막가파 별에 악령 소굴을 만든 루시퍼의 능력을 과소평가할 수 없는 겁니다."

"그렇다면 전투력도 굉장하겠지요. 그 정도 기술로 만들어 낸 무기를 갖고 악령들이 전투에 나온다면 파괴력이 가공할 정도겠습니다. 아무튼 루시퍼와 그 졸개들이 그런 살벌한 환경에서 살아간다는 게 연구 대상 아닙니까?"

하비에르의 질문이 이어지고 이번에는 허셜이 대꾸한다.

"루시퍼는 보호막 만들기에 천재적입니다. 페르가몬 별은 전 표면이 열을 방출하는 게 아니고 몇 개의 큰 구덩이로 열을 내뿜어요. 그러니까 평지에서는 그 구덩이에서 나오는 열이 옆으로 번지는 것을 막는 차단막 설치로 생존이 가능한 겁니다. 수직 열보다 평면 열이 덜 뜨거운 데다 영하 수십 도인 우주와의 접점을 적당히 중화시키고 이용하면 살 만하게 되지요. 하지만 역시 고도의 기술은 필수입니다. 그리고 그런 보호막이 전체 페르가몬을 휘돌아 현재로선 어떤 핵미사일도 뚫을 수 없지요."

"그럼 공략이 불가능하다는 뜻 아닙니까? 그들 취약 지점을 알아내기 전까지는 천국군이 출병해도 속수무책인 셈이네요."

니골라오 정보부 기획실장이 김빠진 소리를 내자 항상 엄숙하던 맥아더 함대 사령관이 모처럼 쿡쿡 웃는다. 그 역시 검은 보안 안경과 긴 창에 높은 테 모자, 파이프 담배 포즈가 상표인 사나이다. 그의 전략적 장기는 옆구리 치기, 한국동란 중 그의 인천상륙작전은 두고두고 전사에 남는다.

"그래서 참모총장님과 의논 끝에 페르가몬 봉쇄와 함께 일단의 특공 여단을 지구 지하 지옥군 제압에도 투입했습니다. 양쪽 분리가 목적으로 현지 출구를 막아 지구 쪽 아마토 두목의 병력 동원이 불가능하면 페르가몬의 루시퍼 힘만으로 천국 공격은 어림없습니다. 약한 곳을 쳐서 강한 곳을 고립시키며 지구 안정도 꾀하는 거지요."

"맥아더 장군은 역시 성동격서 작전의 대가군요. 초조해진 루시퍼가 페르가몬 성채를 떠나 아마토를 만나려 움직일 때 우리에게 기회도 생깁니다."

제라르드 합참의장이 맞장구칠 때 돌연 안중근 참모총장이 쉿 소리를 내며 다시 오른손 검지로 벽면 스크린을 가리킨다. 화면 속 푸르스름한 우주 한복판을 가르며 작은 점 하나가 오른쪽 상단 페르가몬 별에서 빠져 나와 대각선 하단, 그러니까 지구 쪽을 향해 빠르게 날기 시작한 것이다.

"화면 속이라 그렇지 엄청난 속도입니다. 지옥군 최첨단 로켓으로 최고 속도가 3분의 2광속(光速)쯤 될 걸로 보이는데요? 천국 승용차 '날쌘 틀'의 2분의 1광속과 비교하면 정말 빠른 겁니다."

"광속 3분의 2라면 초당 20만 km, 그 속도로 지구까지 얼마나 걸

릴까요?"

안중근 총장의 설명을 듣고 정약종이 묻는다.

"현재 페르가몬 위치에서 지구까지 약 4광시 거리니까 6시간 전후 될 것으로 보입니다. 우리가 지금 추적해도 따라잡기 힘들겠네요."

"어떤 종류의 로켓인지 판별이 됩니까?"

"아주 소형입니다. 5, 6인용으로 더 타 봐야 한두 사람일 겁니다. 고속용 특별 제작 로켓인데 보통은 루시퍼나 아마토의 전용기로 쓰이지요. 전투 목적보다 긴급 이동 수단으로 보면 됩니다."

일동은 화면의 조그만 점 하나가 천국에 미칠 영향을 생각하며 잠시 침묵한다. 이런 긴급 유사시를 과거 천국은 겪은 일이 없다. 애써 비슷한 사태를 떠올려 봐도 대개는 하늘궁전의 지시에 따라 야고보 총리가 해결한 게 관행이었다.
그러나 지금은 다르다. 하느님 잠적 기간이 뜻밖에 길어지자 천국 곳곳에 삐걱대는 균열 음이 나기 시작했다. 비상조치가 나오고 총리가 탄핵당했으며 지옥군이 무서운 기세로 천국을 위협하고 있었다.

"하느님은 결코 우리를 외면하지 않습니다. 루시퍼 따위가 천국을 해코지할 수 없지요. 모두 기운 차립시다. 우리에게는 역전의 용사,

지혜로운 분, 선지자들이 많습니다. 어떤 난관도 헤쳐 나갈 저력이 있어요. 그래서 말인데 안 총장님, 저 화면의 루시퍼 로켓을 포획해서 본때를 보일 수 없습니까?"

정약종이 가라앉은 방안 분위기를 깨려는 듯 사기 진작용 발언을 했다. 이 말에 번뜩 일동이 활기를 되찾는다. 작은 웅성거림 가운데 안중근이 지휘봉을 들고 화면 앞으로 나가 설명을 시작했다.

"천국군 보유 로켓 가운데 광속에 근접한 최신형이 있지만 지금 출격시켜 적기를 나포하기에는 늦었습니다. 루시퍼도 이를 충분히 계산하고 떠났지요. 차라리 도착지 추적을 정확히 하고 루시퍼의 귀환 길을 노려야 할 겁니다."

그때 노크 소리와 함께 안중근 부관이 문을 열고 들어왔다. 양손에 쪽지 한 장씩을 들고 있다. 매우 흥분한 얼굴이다.

"긴급 보고입니다. 하나는 마가렛 소령에게서, 또 한 장은 지구 지옥에 파견한 특공대 여단장에게서 온 겁니다."

안중근 총장이 보고서를 받아 들고 한 장씩 읽어 내려간다. 일동은 침묵한 채 안 총장 얼굴을 살핀다. 그의 안색이 밝지 않다.

"뭡니까? 나쁜 일입니까?"

그예 제라르드 합참의장이 참지 못하고 묻는다.

"별로 굿 뉴스는 아니네요. 그렇다고 꼭 나쁜 것도 아닙니다. 우선 페르가몬 지옥별 이제벨 여왕 곁에서 작전 중인 마가렛 소령 보고서 인데요, 바로 저 화면에 떠있는 로켓 승선자가 루시퍼 사령관 맞답니다. 말씀들처럼 지구 지하 지옥 아마토 두목을 만나 지구 인간 세계를 먼저 공격시킬 계획이라네요. 어려운 천국 공략 대신 먼저 지구를 쉽게 점령한 뒤 협상을 벌일 모양입니다."

안중근 총장의 설명은 매우 충격적이었다. 지금껏 천국 방어 계획만 논의하던 것을 전면 수정해야 했다. 지구는 지옥군이 마음만 먹으면 쉽게 제압이 가능한 사실을 왜 방관해 왔을까? 요한 지하 지옥 감시부장 휘하 경비대와 천국이 파견한 일단의 특공대 실력만으로 엄청난 지옥군의 인해 전술은 감당키 어렵다.

게다가 지옥 악령 이외 지구의 살아있는 인간 사탄들까지 가세하면 걷잡지 못한다. 부의 불평등, 이념 투쟁 등 이유로 지구에 인간 사탄은 널려 있는 것이다. 역시 타락한 천사, 외람스럽게 자칭 하느님에 버금간다고 큰소리치는 루시퍼가 생각할 만한 양면 작전이다.

"지구 지하 지옥은 출입구만 철통 봉쇄하면 지옥군의 출전 자체가 불가능한데 무슨 걱정입니까? 그렇게 응급조치하고 천국 응원군을 증파하면 어떨까요?"

하비에르 국방위원장 말에 맥아더 함대 사령관이 고개를 흔들었다.

"글쎄, 그러려면 천국군 출동 시기부터 사흘 뒤가 아닌 지금 당장으로 당겨야 합니다. 또 지구 지옥군은 몇 백억 명인지 수적으로 가늠이 안 가요. 페르가몬과는 비교조차 안 되게 많습니다. 현재 지구 인구가 70억에 이르기까지 수많은 사람들이 나고 죽었습니다. 그중 지옥행 열차는 늘 만원사례였고요. 이들이 개미 떼처럼 쏟아져 나올 때 출구 봉쇄가 될까요? 어림없습니다."

이런 식의 지루한 설전을 보다 못해 정약종 아우구스티노가 인간 전쟁 우려를 제기, 장면 전환을 시도한다.

"이러다 악령과의 싸움이 지구에서 사탄 인간과 그리스도 신도 간 대결장이 될까 두렵습니다. 지상에는 타락한 자본가, 위장된 민주 선동가, 강남 좌파, 수전노 따위 인간 사탄들이 득시글대며 놀라운 결집력, 변신력, 공격력으로 세상을 좀먹고 있지요. 이들이 들고 나서면 지옥군 대신 인간끼리 전쟁이 벌어질지 모릅니다. 영혼 전쟁이 인간 전쟁으로 될 수 있다는 뜻이지요."

좌중에 잠시 침묵이 흐른다. 누구도 선뜻 발언하지 않는 가운데 안중근 참모총장이 두 번째 쪽지를 펴들며 입을 열었다.

"글쎄 이것 역시 좋은 소식은 아니네요. 지구 파견 특공대 보고에

의하면 오늘 새벽 영 시 경 영국 웨일즈 페나스 마을에서 지구 지하 두목 아마토를 생포 직전에 놓쳤답니다. 아마 루시퍼 페르가몬 사령관을 중간 영접하러 나오다 찍혔던 것 같은데요. 놓친 게 아쉽지만 거기에서 아마토를 발견한 것은 수확입니다."

"아니, 지구 지하 지옥 출입구는 원래 거기가 아니지 않습니까? 일본 규슈 북단 히라도 근처로 알고 있는데. 창세기 무렵 만들어진 고색창연한 사화산 분화구 아닌가요?"

우주센터 허셜 부소장과 함께 안보회의 옵서버로 참석 중이던 에드윈 허블 수석 연구원이 모처럼 대화에 끼어든다. 그에게는 천체물리학자들이 발명한 원자탄이 히로시마와 나가사키 시에 처음 투하된 게 제2차 세계대전의 전략적 우연이 아니라고 본다.

그 지역 지옥 출입구의 존재를 의식하고 의도적으로 때렸다는 것이다. 주변 도시인 히라도 성은 가톨릭 신도인 아마쿠사 시로 소년 장군이 장렬하게 전사한 상징성을 갖고 있기 때문이다.

"그러니까 이제벨 옆에서 작전 중인 마가렛 소령의 역할이 중요합니다. 지금까지 우리는 지옥 출입구가 히라도 한 군데인 줄로만 알고 감시해왔는데 지구 반대 쪽 영국 웨일즈에 제2 출입구 소재를 그녀가 빼낸 정보로 알게 되었지요. 아마토는 그동안 제2 출입구 존재를 이제벨에게도 숨겨 오다 하룻밤 사랑 놀음 끝에 지구 상공 비행데이트 도중 얼떨결에 자랑한 겁니다.

이를 알게 된 루시퍼가 현장 시찰 겸 지구에 귀환한 아마토와 재회, 최종 작전을 매듭지으려다 우리 특공대에 찍혔고요. 솔직히 카디프 지역 그 멋진 해안과 목초지, 구릉 어디에 지옥 출입구 존재를 생각하겠습니까?"

안 총장의 설명에 방안 모두 안타까운 탄성을 낸다. 동시에 아마토를 생포 직전 놓친 아쉬움과 지옥군 두목들의 치밀함, 허술한 지구 방어 취약성에 새삼 놀란 것이다.

"그렇다면 지금 비행 중 사라진 루시퍼와 아마토의 회합에는 아무 지장이 없겠네요. 도대체 이런 사실을 세례 요한 지구촌 관리위원장과 감시부장 요한님이 얼마나 알고 있는 겁니까? 그쪽에도 빨리 알려 대비시키고 그들 회합 장소를 알아내 덮쳐야 합니다. 안 되면 루시퍼의 페르가몬 귀환 길이라도 완벽히 차단해야겠지요."

하비에르의 압박이 심하다. 제라르드 합참의장과 맥아더 함대 사령관이 고소 짓는 가운데 안중근 총장이 결론짓듯 말했다.

"광활한 우주에서 특정 로켓을 나포한다는 것은 아주 어렵습니다. 철저한 감시로 정보에 의한 인지 타격이 최선이지요. 마가렛 소령의 추가 정보와 우리 정보부, 천국군 보안 부대 정보망이 최대한 가동 중이고 지옥 감시부장 요한님과도 긴밀히 연락하고 있으니 좋은 소식 있을 겁니다."

42. 삼청각 특사

　김성미 수녀는 지난밤 잠을 설쳤다. 마더 테레사 수녀의 전갈 때문이다. 이승훈 대배심법원 판사로부터 연락이 왔는데 오늘 법원 근처 식당에서 점심을 같이 하면 좋겠다는 것이다. 데클라 원장의 외출 허가를 받아 놓았으니 시간 늦지 않게 가보라고 일렀다.

　용건은 말해 주지 않았지만 정황상 나쁜 일 같지는 않았다. 남편이 체포된 이후 시름에 잠겨 있다 최근 천국군에 징발돼 장기인 컴퓨터 관련 일을 봐주며 편해진 것 같다는 소식에 그래도 기분은 나은 편이었다. 게다가 좋은 일일지 모른다니 잠이 제대로 올 리 없다.

　오늘 아침도 마찬가지다. 조바심에 약속 시간보다 한 시간쯤 당겨 베네딕토 수녀원을 나섰다. 물어물어 찾아간 식당은 전형적 한국 식 기와집에 마당 넓은 집이었다. 마치 세월이 켜켜이 쌓인 옛 종갓집 같았다. 수녀원 가는 길에 볼 수 있는 아담한 한국식 산골짜기에 이런 집이 있었다면 더 좋겠다는 생각을 절로 갖게 한다.

식사 좌석을 확인한 뒤 남은 시간 김성미 수녀는 주변 주택가를 산책하기 시작했다. 그리고 또 한 번 놀랐다. 넓은 길을 피해 골목길로 들어서니 마치 1960~70년대 서울 모습을 방불케 하지 않는가.

저녁 무렵이면 아이들이 골목길에서 숨바꼭질, 딱지치기를 할 것이고 이른 아침에는 앵두나무 우물가에 아낙네들 수다가 한창일 것이다. 영락없이 김성미 수녀가 나서 자라던 서울 서대문 금화산, 안산 주변 한낮의 졸릴 듯한 동네를 닮지 않았는가. 천국에 이런 마을이 있는 것을 모르고 살았다니 지난 세월이 참으로 아깝다.

"어머나, 김 수녀님, 여기서 또 뵙네요."

오래 못 듣던 한국말에 김성미가 깜짝 놀라 돌아보니 수녀원에 임시 머물고 있는 이채영 교수다. 우물 곁에 등 돌리고 서 있다 인기척을 느낀 모양이다. 그 옆에 또 엘리사벳 수녀가 배시시 웃고 있었다.

"수녀원 아침 식탁에서 뵈었다면 같이 오자고 할 것을 깜빡하고 그만 우리 둘이만 오게 되었네요. 이 교수님이 베네딕토 수녀원에 기숙하기 시작한 뒤 천국 구경을 시켜 드린다고 벌써부터 약속한 것을 차일피일 미루다가 오늘 실행키로 했거든요. 어디 갈까 망설였지만 한국분은 우선 한국식 마을부터 보여 드리는 게 좋겠다 싶어 이리 왔습니다. 헌데 김성미 님은 여기 웬일로?"

"저는 오늘 이승훈 판사님과 점심 약속이 이 근처에 있습니다. 이 판사님 참 세심한 분이시네요. 저도 천국에 온 지 꽤 되는데 이런 한국식 마을이 있는지 미처 몰랐거든요. 거기다 삼청각 이름의 제가 익숙한 고급 식당까지 예약하시다니 얼마나 고맙습니까?"

김성미가 대답하자 엘리사벳이 다시 말했다.

"천국에서 소문난 신사분이시죠. 학식과 인물, 지혜를 겸비한 이상적 배우자감이라고요. 이 베드로 판사님 한 번 스치고 나면 천국 모든 여자들이 흠모한다는 소문 헛말 아닌가 봐요. 저도 한번 식사 초대받아 보았으면 좋겠네요."

그러자 이채영 교수도 가만히 있지 않는다.

"그런 분을 한국에서는 옛날부터 선비 같다고 합니다. 매사 예의 바르고 여성에게 따뜻하되 일에서는 정석을 지키는 학문 높은 사람을 지칭하지요. 때로 정의를 위해 목숨도 불사하고 간언을 서슴지 않는 용기의 사나이입니다. 한국이 현대 국가로 융성하기 직전 조선 왕조에서는 이런 선비 정신이 퇴색, 나라마저 빼앗겼었지요. 하지만 원래 선비 정신은 고결했습니다."

엘리사벳이 또 한마디 비튼다.

"아무튼 이채영 교수님은 직업 근성을 버리지 못해요. 여기서도 강의식 발언하다가 김 수녀님이 우리를 따돌리면 어쩌려고 그러세요. 잘만 하면 이 판사님 식사 자리에 우리도 초대받을 수 있을지 모르는데……."

이 말에 김성미가 모처럼 픽 웃는다.

"아이 참, 떡 줄 사람은 생각지도 않는데 김칫국부터 마시네요. 정 그러시다면 제가 지금 알아는 볼게요. 혹시 이 판사님께 실례가 된다면 나중 뒷감당은 엘리사벳 님이 책임지세요."

엘리사벳이 활짝 웃음으로 동의를 표하는 동안 김성미가 곧 휴대폰 연락을 취한다. 몇 마디 말을 주고받더니 고개를 돌리며 손가락으로 OK 사인을 보낸다. 합석해도 된다는 뜻이리라. 엘리사벳과 이채영은 환호성을 지른다.

이윽고 세 여성은 주변 골목길을 돌아보다 약속 시간에 맞춰 삼청각 식당을 찾아갔다. 온통 한식으로 꾸며진 안내된 자리에는 이승훈 판사 이외 뜻밖의 손님이 또 한 사람 와 있었다. 영계 인간 마이클 박 목사였다. 지구에서 마침 임무차 온 것이다.

"아름다운 세 분이 입장하니 갑자기 주위가 환해집니다. 어서들 오세요. 김 수녀님 말고 두 분도 이 곳 한국 마을에 구경 오실 줄 알았으면 진작 초대했을 것인데 미처 몰라 결례가 컸네요. 아무튼 연락 주시고 이렇게 함께들 와 주시니 영광입니다. 저도 예정에 없던 손님 한 분 더 모시고 왔으니까 피장파장이지요.

이쪽은 지구 영계 인간 마이클 박 목사님이고요, 이쪽은 베네딕토 수녀원의 엘리사벳 수녀님, 김성미 권사님, 그리고 최근 저승에 오신 이채영 교수님 그렇습니다. 서로들 인사 나누세요."

이승훈 판사는 마이클 박 목사와 함께 자리에서 일어선 가운데 일일이 손으로 당사자를 지목하며 소개한다. 얼굴에 함박웃음이 떠나지 않는 것으로 보아 이날 돌연 합석이 기분 나쁘지 않은 눈치다.

"아, 이채영 교수는 진작 알고 있습니다. 제 친구 이채구 신부 동생인 걸요. 얼마 전, 지구에서는 갑작스런 사고로 타계했다고 모두 슬퍼했는데 천국에 이렇게 잘 있는 것을 보니 다행입니다. 반가워요, 이 교수. 처음 뵙는 두 분 수녀님께는 잘 부탁합니다."

마이클 박 목사도 두루 인사를 나눈다. 엘리사벳과 김성미 수녀는 박 목사를 이날 처음 보지만 그가 영계인간으로 선정되어 이미 활동하고 있다는 사실은 알고 있다. 당사자가 의외로 훤한 미남형이라 호감이 가는 인상이다. 이런 저런 눈치를 챘는지 이채영이 나서 김성미 수녀를 따로 소개한다.

"이분이 박 목사님 영계 인간 활동 지원을 맡고 있는 한국 후원회 이재준 목사님 어머니십니다. 그러니까 이훈락 장로님 부인이시기도 하구요. 이 장로님은 천국 제1의 컴퓨터 전문가로 현재 군에 차출돼 봉사하고 계시지요."

"아, 바로 이 목사 어머님이시구나. 뵙게 되어 영광입니다. 이번 천국 방문 직전에도 저의 핵심 후원자이자 친구들인 이채구 신부, 최동혁 신부, 이재준 목사님 등과 저녁 식사를 하며 제법 심각한 얘기 많이 했습니다.

선진국마다 부채 증가, 금융 위기, 청년 실업 급증, 빈부 격차 확대 등 경제 위기에다 지구 상황이 날로 악화하고 있어 뭔가 대책이 필요하지 않은가 열띠게 토론했지요. 그중에도 S교회 이 목사님 걱정이 컸어요. 한국 개신교계에서 할 일이 무엇인지 찾아 부지런히 활동하는 모습이 참 보기 좋았습니다. 훌륭한 아드님 두셔서 든든하시겠어요."

마이클 박 목사가 침이 마르게 칭찬하자 김성미 수녀 얼굴이 환하게 펴진다. 자식 칭찬에 녹아나지 않는 부모는 없다. 천국에 와서도 그렇다. 그동안 남편 구속과 K목사 사망 등 악재가 겹치면서 웃음이 사라졌던 그녀 얼굴에 모처럼 미소가 돌아왔다.

대화는 식사가 제공되는 동안 끊임없이 이어졌다. 이채영은 오빠 이채구 신부와 심지순의 관계, 작은 오빠 이채강 탐정의 신학 대학 입학 여부, 최동혁 신부 동정을 알아내기 바빴고 김성미는 아들 소식, 교회 소식, 아들의 여친 유무가 한없이 궁금했다.

엘리사벳은 한옆에서 이채영이 물어본 최동혁 신부의 동정에 주목하며 간혹 이승훈 판사의 거동을 살폈다. 무슨 일로 김성미를 보자 했는지 아직 감을 잡지 못한 것이다. 하지만 이승훈 역시 이따금 대화 베이스를 넣을 뿐 자신의 속내를 드러내지 않았다.

반면 마이클 박 목사가 전한 이채구 신부의 가톨릭 성직 반납과 이를 허용한 교구의 뒷얘기, 그가 성공회 신부로 재출발하며 곧 약혼식을 갖고 결혼한다는 소식에 이 판사는 이채영 못지 않게 흥미를 보였다. 언젠가 정약종에게서 가톨릭에 관한 전반적 개혁 자문을 받은 일이 생각났기 때문이다.

"우리 큰 오빠 곧 결혼하신대요? 언제 한대요? 살아 있었다면 제가 당연히 축가를 부르고 신부가 던지는 꽃다발을 받았을 터인데 이제 저승에 온 몸, 저에게는 모두 허망한 일장춘몽이네요. 작은 오빠는 어느 신학대학으로 간다고 정했나요?"

이채영 교수가 동시다발로 묻는 것을 박 목사는 측은하게 생각한다. 여동생 같은 발랄한 아가씨 교수가 어느 날 갑자기 벼랑 추락 사고로 죽은 것을 지금껏 이해하기 어려웠다. 자연스럽지 않았던 까닭이다.

뭔가 인과응보가 있을 것 같은데 그것은 하늘족보와 이채영만이 알고 있을 것이다. 그날따라 그녀가 점심을 먹으러 왜 안산에 갔고 거기서도 남들 다 서 보는 낭떠러지에서, 왜 떨어져 죽었는지 궁금했다.

"결혼은 사정에 따라 좀 늦추더라도 약혼만은 빨리 해두자고 당사자들이 합의했대요. 아마 대주교나 로마 교황청에서 제동 걸 수 있다고 걱정했는지 몰라. 신부직 사표 낸 것을 안 받아 주고 파문 조치라도 한다면 난감한 일이거든. 내가 지구로 귀환하면 이 교수 안부는 전해 줄게요. 천국에 아주 잘 있다고 하면 기뻐하겠지."

박 목사의 말에 이채영이 질겁한다. 자신의 저승 거주지가 어디인지 미정인 사실을 그가 알 리 없다. 천국은커녕 지옥에 당장 안 간 것만도 지금은 황감한 처지 아닌가. 엘리사벳과 김성미 눈치를 힐끗 본 뒤 짧막하게 말했다.

"괜한 말씀하지 마세요. 제 살 곳이 아직 확정되지 않았거든요. 다음 번 오실 때쯤 정해지면 말씀드릴 테니 이번에는 참아 두세요. 만났다는 말도 하지 말고요."

이때 이승훈 판사가 나선다. 식사와 후식까지 다 끝난 상태라 그만 자리를 파할 셈이다. 반주로 곁들인 매화주 향기가 아직 입가에 남아 있을 때다.

"자, 오늘 회식은 이 정도로 끝내지요. 오늘만 날이 아니니까 다음을 또 기약합시다. 어차피 길을 한 번 튼 이상 우리끼리 가끔 만나는 것도 나쁘지 않겠네요. 그럼 원래 약속했던 김성미 수녀만 잠시 남아 나와 따로 얘기하고 이만 헤어지지요. 대접은 약소했지만 만나 반가웠습니다. 잘들 가세요."

"다음에는 제가 한턱 쓰겠습니다. 한식 아닌 양식으로요. 아마 이탈리안 식당에서 고기 조금 곁들인 봉골레 스파게티, 피자 정도에 프랑스 보르도 와인으로 입맛을 돋우면 어떨까 싶어요. 더 비싼 곳은 가난한 수녀가 낼 수 없거든요. 아무튼 거절은 마세요."

엘리사벳의 인사말과 함께 마이클 박 목사, 이채영도 자리를 털고 일어섰다.

반면 와자지껄하던 식사 자리에 홀로 남은 김성미는 이승훈이 무슨 말을 하려고 단 둘의 시간을 갖자고 했는지 시간이 갈수록 애가 탄다. 조바심에 소화가 안 될 지경이다.

"좋은 일이니까 마음 놓으세요. 하지만 아주 중요한 일이기도 합니다. 천국과 지옥 모두에게 획기적 사업이 될 수 있거든요."

이윽고 먼저 손님 배웅을 마치고 돌아온 이승훈은 위로의 말과 함께 커피를 추가 주문한다. 날렵한 천사들의 서비스 때문인지, 커피 향의 마성 때문인지 아무튼 이승훈은 여유를, 김성미는 뛰는 가슴을 진정시킬 수 있었다. 다소곳이 이승훈의 입을 바라본다.

"S교회의 작고하신 K목사님을 뵈어야 할 일이 생겼습니다."

마침내 이승훈 판사가 용건을 말했다. 김성미 수녀의 진정되던 가슴이 다시 뛰기 시작한다. 사실 남편 구속 이후에 K목사의 이름은 듣고 싶지 않았다. 보은 차원에서 그의 무리한 부탁을 들어주다가 결국 남편은 영어의 몸이 되고 자신 입장도 풍전등화 격 아닌가.

사정에 따라 자신이라고 꼭 안심하란 보장은 없다. 아들 이재준을 양자로 입적시켜 친아들처럼 키워 주고 은퇴 후 S교회 담임 목사까지 시켜 준 은공이야 말할 나위 없이 고맙지만 이제 와서는 잊고 싶은 이름인 것이다. 그리고 그의 사망 뒤 ,소재도 알지 못했다.

"무슨 말씀이신지?"

김성미는 다시 긴장해서 되물었다.

"왜 김 수녀님이 수호천사로 맡아 일하시던 K목사님 말입니다. 생전에 천국 입국 자료 수정을 부탁한 비리가 드러나 지금 지구 지하 지옥에 머물고 있지요. 그분이 공헌한 점을 참작한다면 족히 천국에 와야 마땅할 사람인데 죄는 역시 죄라 그 값을 치르는 중 아닙니까?

여러 사정을 고려해 지금 계신 곳이 그나마 지옥에서는 최고급 거처인 춘망대(春望臺)라 다행이지요. 거기는 지옥 아마토 대왕 궁전이 있는 지옥답지 않은 지옥, 이름만 지옥이라 해도 과언이 아닐 정도의 괜찮은 주거집니다."

이승훈이 물 한 모금 마시는 사이 김성미가 파고들었다.

"말씀대로 K목사님은 훌륭하신 성직자입니다. 지옥에 계실 분이 아니지요. 가만히 계셔도 당연히 천국에 오실 분을 주위에서 부추겨 나쁜 결과를 빚었는데 어떻게 좀 나아질 방법이 없을까요?"

"그래서 김 수녀님을 만나자고 한 겁니다. 일전에 정약종 아우구스티노 원로원 의원과 이 문제를 논의했었지요. 어떻게 하든 K목사와 이훈락 장로는 원위치 시키는 게 하늘 도리에도 맞는 것 같다고 말했습니다.

문제는 방법인데 이왕 저지른 잘못은 잘못이고 이를 능가할 공덕을 쌓게 해야 한다는 거지요. 그래서 지금 이훈락 장로는 천국군 사령부에 징발돼 뛰어난 성과로 군 작전에 크게 기여 중인데 K목사의 경우 맡길 적당한 과업이 없어 고민입니다."

"K목사님 특기는 무에서 유를 창조하는 겁니다. 맨땅에 천막 교회로 시작해 역사적 대형 교회를 건축한 실적이 증거지요. 뭔가 창의적 기회를 준다면 성공할 텐데 지옥에 그런 일이 없을까요?"

김성미가 바싹 달려들자 이승훈 판사가 머리를 끄덕인다.

"바로 보셨어요. K목사가 할 만한 일을 생각하다가 떠오른 아이디어인데 그에게 지옥 교회를 세워 보라고 하면 어떻겠습니까? 개척 교회를 세우고 육성하는 게 바로 그의 장기니까요."

김성미 수녀는 무릎을 쳤다. 그러다 곧바로 시무룩해진다.

"어느 분 아이디어인지 감탄할 만하네요. 발상이 신선하지만 지옥 교회를 짓는 게 현실적으로 가능할까요? 온갖 사탄과 악령들 방해로 지어놓고도 문을 열지 못할 겁니다."

"물론 상식적으로는 불가능합니다. 교회에 출석할 악령이라면 지옥에 가지도 않았을 테니까요. 상식은 그렇습니다. 하지만 어려우니까 성공했을 때 천국 역사상 길이 남을 업적이 되겠지요. K목사에게 둘도 없는 기회입니다."

이승훈 판사의 대답에 절망이 순식간에 다시 희망으로 바뀐다. 동시에 이 아이디어는 충동적이 아니며 천국이 전폭 지지할 경우 가능하다는 믿음이 생긴다. 하지만 김성미의 의문은 계속된다.

"제가 자꾸 딴죽 거는 것 같아 죄송한데요, 저 자신 확신을 갖기 위해 여쭤 보는 겁니다. 말하자면 지옥 교회 건립이 K목사의 수완을 믿고 추진된다 해도 천국에서 이런 식의 악령 구제 사업을 반대하는 이가 없겠습니까? 지옥의 저항만큼 천국의 반론이 거세도 추진이 가능할지 의문입니다."

이번에는 이승훈이 놀란다. 이 수녀가 대단히 똑똑하며 잘만 하면 지옥 교회 사업이 성공할 수 있겠다는 믿음을 깊게 했다.

"정곡을 찔렀어요. 그 점을 처음부터 정약종 의원 역시 걱정했습니다. 그래서 아이디어 나온 것은 꽤 되었는데 지금까지 미뤄오다 K목사 관련 사건이 터지면서 다시 살아난 겁니다.

그러나 이제 기회가 왔어요. 분위기가 옛날과 분명히 달라진 겁니다. 영생과 부활 문제, 시대 변화에 맞는 교리 개정, 타 종교의 긍정적 수용, 협소한 우주관 타파 등 이런 점에 지금까지 천국 행정부는 너무 완고했지요. 관습에 묶여 개혁의 '개'자도 꺼내지 못한 분위기, 한마디로 천국에 때가 너무 두껍게 끼었었습니다.

이런 일련의 행정 이완 사태를 보다 못해 원로원이 야고보 총리를 탄핵하고 스테파노 총리 대행 체제로 가게 되었지요. 스테파노 대행은 매우 개혁적 인사입니다. 기존 룰에 얽매여서는 하느님 변화 뜻에 맞는 천국을 유지할 수 없다고 판단합니다. 창세기와 구약 시대를 거쳐 신약시대 2천 년간은 그럭저럭 견뎌 왔다 칩시다.

하지만 21세기 이후는 달라져야 한다는 개혁 분위기가 고조되고 있습니다. 지옥 교회 설립은 개혁 정책의 한 점일 뿐입니다. K목사가 거기 한몫 끼게 된 것은 어느 의미에서 행운이지요."

"그렇다면 제가 할 일은 무엇인가요? 그 일이 성공해서 남편이 예전 모습으로 되돌아오고 K목사님 처지가 좋아진다면, 그 결과 우리 아이 이재준 목사가 마음 부담을 덜고 목회 사업에 전념할 수 있다면 무슨 일이라도 할 겁니다. 맡겨 주세요."

김성미 수녀의 단호한 말에 이승훈이 만족한 미소를 지었다.

"잘 생각했습니다. 평소 나는 천국 주민들이 천국에 들어온 뒤 만족해서 매너리즘에 빠져 생활하는 것에 회의를 가져왔어요. 천국 주민증이 영원한 훈장은 아닙니다. 믿음 속에 뭔가 배우려는 의지를 갖고 자신과 주변에 좋은 일을 끊임없이 계속해야 영생 보람이 있는 겁니다. 의미 없는 생존에 영생이 무슨 가치가 있습니까?

그런 뜻에서 이번 스테파노 총리 대행 이름으로 발표된 제1차 비상조치법 1호 영생 관련 조항은 의미심장한 천국의 핵심 개혁 조치로 봐야 합니다. 낡고 병든 영혼, 의미 없이 숨만 쉬는 영혼은 죽어 없어지는 게 낫지요. 홀연 사라지는 게 멋지고 좋습니다. 아무튼 김 수녀님은 지옥의 K목사를 만나 방법을 찾는 게 시급합니다."

"K목사님 사후 수호천사 일자리가 없어져 실망이 컸는데 다시 일자리를 찾은 기분이네요. 지옥 어디로 가야 합니까?"

이승훈은 리필한 커피를 기분 좋게 음미하며 대답했다.

"물론 지옥 춘망대로 가야지요. 그런데 아까 좋은 생각이 또 떠올랐어요. 김 수녀님이 엘리사벳과 이채영 교수도 점심 합석이 가능한가 물어 왔을 때 퍼뜩 떠오른 건데 이번 지옥 여행에 이채영 교수와 함께 가는 겁니다. 두 분이 K목사님을 모시고 아마토 궁전을 방문해서 지옥 교회 설립 허가를 받아 내도록 하세요."

"제가 아마토 악령 두목을 만나 설득해야 하는 거군요. 이채영 교수와 함께 가서 말이지요. 그런데 만나는 줄까요? 또 이채영 교수의 역할은 무엇인지……."

"지구촌 관리 위원장 세례 요한에게 부탁하면 만나는 것은 크게 어렵지 않을 겁니다. 저쪽서도 우리의 만남 제의에 거절할 이유가 없어요. 무엇보다 지옥군과 천국군의 치열한 대치 상태국면에서 지푸라기 정보라도 얻는 게 이익이니까.

이채영 교수의 역할은 거기서 더 빛을 낼 겁니다. 보통 기지가 아니라서 지난번 페르가몬 지옥 별에 위장 침투했을 때 이제벨 여왕을 말솜씨와 춤, 노래로 완전 세뇌시킨 강심장 여인 아닙니까? 이제벨이 아직 페르가몬에 남아 있지만 지구 지하 지옥에 돌아와 전열을 가다듬고 있는 아마토는 지금도 그녀와 자주 통화하며 사랑을 속삭이고 대소사를 의논한답니다. 아마토는 이제벨의 포로나 다름없는, 좋게 보면 순정남, 나쁜 의미로 바보 수컷입니다."

여기서 김성미는 푹 웃음을 터뜨린다. 도대체 악령끼리 사랑의 포로가 된다는 게 납득되지 않았던 것이다. 영혼의 사랑 개념은 어디까지일까? 남녀 악령 간 사랑이 가능은 할까?

"저 혼자 그 무서운 지옥에 가지 않고 이 교수와 함께 가게 배려해 주신 것은 정말 다행입니다. 꼭 성공하도록 노력하지요. 다만 이 교수도 저처럼 응해 주실 줄은 모르겠네요. 페르가몬 지옥 별에 침투해서 아주 어려운 과업을 마치고 막 나와 쉬고 있는 참인데요."

"그분 성격이라면, 또 지금 처한 처지라면 거절 못 할 겁니다. 이 채영 교수도 한시바삐 공덕을 쌓아 저승 위치를 확고히 해야 해요. 그래서 정약종 의원이 이 교수에게도 기회를 만들어 준 거니까요."

천국 삼청각 식당에 오후 햇살이 기울고 있었다. 이승훈 판사는 서울 북한산 기슭 삼청각을 본 적이 없지만 이곳에 들르면 늘 말로만 듣던 그 한옥 식당 모습을 연상하는 게 즐거웠다.

때때로 천국 삼청각에서 정약종 아우구스티노와 식사하며 암울했던 조선 시대를 배경 삼아 현재 비약 중인 한국 모습을 오버랩 시키는 일은 더 좋았다. 물질적 성취 뒤에 숨은 도덕적 윤리적 타락은 지금부터 한국이 극복해야 할 가치였다. 선비 정신은 천주교와 통하는 바가 컸다. 김성미 수녀와 헤어져 사무실로 돌아가며 이승훈은 선비 정신에 의한 천국 개혁을 구상한다.

43. 주교 승진

　최동혁 신부는 설레는 마음으로 감사 편지들을 정리하고 있었다. 그 옆에 심지순 보좌관이 열심히 발신자 점검으로 바쁘게 움직인다. 그에게 주교 승진 통보가 온 것은 불과 사흘 전 일이었다. 겉으로 표현은 안 했지만 최신부에게 이 승진 통보는 매우 매력적 사건이었다. 최근 그의 어수선한 주변을 돌아보면 이해가 쉽다.

　한참 잘나가는 베스트셀러 저자, 명강사인 것만은 틀림없었다. 길을 걸어도, 대중교통을 타도 쉴 새 없이 인사 받기에 바빴다. 여기저기 원고 청탁, 강의 부탁에 시달리고 팬레터가 답지해도 답장할 겨를이 없었다. 그러니까 최근 그의 일상은 화려했다. 표면적으로 그랬다. 하지만 그의 생활 속내는 달랐다. 마음이 헛헛했다.

　우선 직접 말씀은 없어도 항상 손자 없음을 아쉬워하던 아버지가 티 나지 않게 얼마 전 세상을 떴다. 신부 아들에게서 무슨 손자 타령

이냐고 타박 주던 어머니도 아버지를 여의자 시름시름 하셨다. 거기다 친구 이채구 신부의 가톨릭 사제 반납과 성공회 이적, 나아가 결혼 발표는 그에게 큰 충격이었다.

또한 자기에게 노골적으로 연정을 표시한 이채영 교수의 돌연 사망은 참기 힘든 충격이었다. 늘 명랑하게 웃으며 농담 반, 진담 반으로 신부복 벗을 각오하라고 큰소리치던 그녀 모습이 장례 치른 뒤까지 계속 눈앞에서 어른거렸다. 하물며 우연을 가장했던 몽마르트 공원의 사실상 데이트는 잊을 수 없이 달콤한 추억인 것이다.

특히 중앙도서관 옆 돌계단에서 자칫 발을 잘못 디뎌 쓰러지듯 최동혁에게 안겨 오던 이채영 교수의 육감은 생각할수록 짜릿했다. 그 느낌 때마다 성호를 긋지만 그렇다고 잘 지워지지도 않았다.

점차 모든 것이 시들해졌다. 삶이 지루해졌다. 그럴수록 하느님께 매달리자고 기도, 봉사 생활에 팔 걷고 나섰으나 내심 힘들기는 여전했다. 이럴 때 주교 승진이라는 단비가 내린 것이다. 언젠가 되겠지, 막연한 기대를 해 오지 않은 게 아니지만 그 시기가 이처럼 갑자기 닥칠 줄은 미처 몰랐다. 처음 Y추기경이 전화로 이를 알려 주고 J주교가 임명장 수여 날짜 통고를 하고 나서야 실감이 갔다.

그리고 온몸에 짜릿한 기쁨이 흘렀다. 일반 사람들이 왜 높은 곳을 향해 몸부림치는지 알 것 같았다. 병석의 어머니에게 이 사실을 알렸을 때 뿌듯함은 참 인간적이었다. 반가운 소식에 모처럼 기뻐하는 어머니, 금방 파리한 얼굴에 화색 도는 모습을 보며 난생 처음 자식된 보람을 느꼈다.

유치하지만 진심으로 축하해주는 심지순에게 조금은 고고한 얼굴로 미소 짓던 일은 또 얼마나 맛깔났던가. 그 순간 '잘나가는 나를 떠나 다른 신부에게 시집을 간다니, 일단 실수한 거야.' 하는 치기까지 이는 것에 소스라치게 놀랐었다.

주교 승진이 이처럼 철저히 자기 믿음을 흩어 놓을 줄 몰랐다. 축하 인사가 마약 같았다. 생각이 혼란스러워질 때마다 최동혁은 교회 성체 조배실을 찾았다.

"주교님 되는 것도 그렇겠지만 대주교, 추기경 자리는 정말 하느님 뜻이겠지요? 개인 노력만으로 오르기 어려운 저 높은 곳."

일이 끝날 무렵 조용히 편지 정리에 골몰하던 심지순이 뜬금없이 말을 건넨다. 최동혁은 혼자 생각에 잠겨 대답이 없다. 기다리던 그녀가 다음 말을 잇는다.

"사제라면 누구나 한 번씩 그런 자리를 꿈꿀 거예요. 인간적, 세속적이라고 탓할 일만은 아니지요. 높이 갈수록 보다 신에 대한 외경심, 책임감을 갖고 성직에 열심히 매진할 수 있다면 말입니다. 하지만 교회 수와 성직은 한정되어 있고 서품 받는 사제는 계속 늘어나니 여기서도 경쟁이 불가피해요. 이 때문에 지나쳐서 욕심 부릴 때 불행의 단초가 열리겠지요."

그제야 최동혁 신부는 심지순의 말뜻을 알아챈다.

"끝까지 내 뒷배를 걱정해주니 정말 고맙네. 잘나갈 때 조심하라는 뜻은 충분히 알았어요. 많이 깨달은 사제가 더 높은 성직에 나가는 제도가 필요한데 현실은 달라. 종교계 역시 인맥과 학맥, 지연, 때로는 더한 일까지 동원되는 현실을 무시할 수 없지. 다행인 것은 가톨릭이 이점에서 타 종교보다 덜하다는 사실이오."

최동혁의 온화한 설명에 심지순이 한발 물러선다. 그러나 까칠한 기운은 가시지 않았다.

"최 신부님, 아니 이제 주교님으로 부르겠어요. 최 주교님은 한국 가톨릭 중흥의 기수라고 불릴 만큼 명성이 자자합니다. 평소 처신도 온화하고, 거절할 줄 모르고, 가난한 사람 돕기에 앞장서고, 모든 분야에서 봉사 정신을 발휘한 결과 오늘의 영광을 입은 겁니다.

그러나 그런 가운데 알게 모르게 개인적 홍보가 잘되어 국내는 물론 로마 교황청에까지 최 주교님 네임이 널리 알려진 게 사실입니다. 반면 어느 시골 작은 성당 신부님이 아무리 열심히 하느님을 경배하고 헌신한들 같은 기회가 주어질까요? 기회 균등 면에서 차이를 보면 높은 성직자라고 우쭐해선 안 될 것 같습니다. 오늘이 최 주교님과 마지막 근무하는 날인데 제가 너무 날이 섰나요?"

최동혁은 심지순의 진심을 느낀다. 하나도 겸손, 둘도 겸손, 무조건 겸손을 요구하고 있는 것이다. 모시고 있는 주인이 세속적 성공에 겸손을 잃고 있다는 사실을 그동안 진언하고 싶었던 모양이다.

덧붙여 혹시 절친이던 이채영 교수의 돌연사까지도 최동혁에게 일부 책임 있음을 지적하는 것은 아닌가? 간절히 원하는 애정을, 오죽하면 영혼까지 팔아 가며 애걸한 콧대 높은 여인의 구애를 단칼에 거절한 최동혁의 오만과 냉정을 꼬집는 것은 아닌가? 벼랑 끝 추락사로 결론 났지만 이채영의 죽음은 자살일지 모르는 것이다.

"고마운 충고, 천금의 가치로 알고 수용하지. 나는 오늘부터 새로운 사제로서 거듭날 것을 지난날, 나의 충실했던 동료이자 보좌관이었던 심지순 씨 앞에서 서약합니다."

최동혁이 갑작스레 자리에서 일어나 십자가 예수상 앞에 성호를 긋고 우렁찬 소리로 말하는 것을 심지순은 눈물 그렁그렁한 얼굴로 바라보았다. 이 남자, 잘하면 대주교, 추기경까지 갈지 모르겠다는 생각을 한다.

"너무 그러시면 제가 민망해집니다. 그만 미사 참례하러 가시죠. 이채구 신부의 마지막 가톨릭 미사 집전인데 함께 정성을 다해 축하해야지요. 11시 미사니까 지금 가면 시간은 딱 맞겠네요."

심지순과 최동혁은 사무실 정리를 마친 뒤 주차장으로 갔다. 심지순이 차를 가지러 간 사이 어느새 최동혁 귓가에 수호천사 엘리사벳의 목소리가 들렸다. 지난 밤 파랑새를 통해 타진한 면담 신청 결과가 이제 나타난 것이다. 최동혁 신부는 이채영의 말바위(안산) 추락사 이후 죄책감에 엘리사벳과 연락할 엄두를 내지 못했었다. 아예 틈을 주지 말았어야 한다는 뒤늦은 후회 때문이다.

"늦게 와서 미안해요. 파랑새 지저귐 연락은 진작 받았는데 어제는 저승에 온 이채영 교수 등 몇 요인과 만나느라 바빴습니다. 이따미사 끝난 뒤 회현동 페닌슐라 호텔 로비 커피숍에서 봐요."

엘리사벳이 말을 마치는 순간 최 신부 앞에 심지순이 차를 몰고 나타났다. 엘리사벳은 즉시 사라졌다. 그녀의 감미로운 음성만 최동혁의 귓가에 맴돌았다.
차를 타며 아쉬운 표정인 최동혁을 보고 심지순이 짐짓 놀려댄다.

"그새 이채영 영혼이라도 다녀갔나요? 떨떠름한 얼굴이 절친한 친구 마지막 미사 주례 보러 가는 사람처럼 보이지 않네요. 이채구 신부님이 앞으로 제 동반자, 남편이 되어서가 아니라 좋은 분인 줄 저보다 더 잘 아시니까 진심으로 축하해 주세요. 오늘로 그이는 로마가톨릭과는 굿바이 합니다."

최동혁은 너털웃음으로 허탈한 마음을 감추고 운전석 옆자리에 올라탄다. 빨간색 심지순의 개인 차량, 이걸 타고 서울은 물론 전국을 잘도 누비고 다녔다. 가톨릭 평신도 모임인 '사랑 심기 운동회'가 벌이는 사업, 예컨대 전남 광주 지체 장애자 수용 시설인 '테레사의 집', 충청도 '꽃동네', 나환자촌 소록도는 안 보고도 길이 훤하다.

사도 바오로가 이방 지역 선교 사업을 펼치면서 제자 디모테오를 가리켜 '나의 동업자'라고 한 것처럼 최동혁과 심지순은 사실상 동업자 관계였다. 이는 마치 한국의 3대 재벌 SK그룹의 작고한 최종현 회장이 공채 출신 전문 경영자 손길승을 '나의 동업자'로 부르며 그룹을 함께 키운 것과 비슷하지 않은가.

그리고 오늘 심지순은 최 신부 아닌 그의 친구 신부와 결혼하기 직전, 예비 남편이 주재하는 마지막 가톨릭 미사에까지 상급자이자 흠모하던 남자를 태우고 가는 것이다. 그것도 한국 가톨릭의 본산인 서울 한복판 명동 대성당 11시 교중 미사였다. 1898년 한국 근대화 상징으로 세워진 이 성당에 124위 옛 순교자를 시복차 2014년 8월 방한했던 프란치스코 교황이 강론한 유서 깊은 자리다.

"어머나, 오늘따라 대성황이네요. 이렇게 많은 신도들이 모이기 쉽지 않아요. 이채구 신부님 라스트 콘서트가 아니라 라스트 미사 집전인 걸 알고들 왔는지 모르겠어요. 저 엉킨 긴 줄 보세요."

성당 주차장에 차를 대고 본당 출입구 앞에 이르자 길게 늘어선 줄이 인파 속 질서를 과시하며 길을 막는다. 심지순의 흥분한 소리가 아니어도 최동혁 역시 감동 먹고 있는 중이다. '친구여, 행복하라.'

"아직 앞자리에 몇 석 비워 놓았을 테니 제단 가까운 문으로 들어가 조용히 앉읍시다. 예식 시작 30분 전, 늦진 않았어요."

최동혁의 지시대로 심지순이 잽싸게 앞장서 길을 튼다. 미사 참여 신도들은 물론 관광객들까지 밀려 일요일 명동 성당은 이 시간에 늘 번잡하다. 활기 넘치는 명동 대성당 오전 풍경이 보기에 좋았다.

　마침내 입당송과 집전 신부의 인사말, 참회의 고백 기도와 함께 시작 예식이 테이프를 끊었다. 이채구 신부의 주례복이 이날따라 황금색으로 밝게 빛나 보인다.

　심지순은 주요 대목마다 '아멘'을 울부짖듯 외쳤다. 특히 이채구 신부가 주요 성가와 기도를 그레고리안 성가의 운율에 맞춰 하늘을 향해 리드미칼하게 높은 음정으로 날릴 때는 감정에 흠뻑 빠진 심지순이 눈물을 마구 뿌렸다. 다른 신도들도 비슷했다. 가톨릭의 성스러운 의식을 한껏 뽐낸 클라이맥스를 느끼게 했으니까.

　특히 몸 안에 예수의 분신과 피를 나눠 갖는 영성체 의식이 주는 신과의 일체감은 가톨릭의 백미다. 1시간 남짓 걸려 이채구 신부의 굿바이 미사가 마침내 끝났다. 최동혁은 허탈해 하는 이채구 신부와 헤어져 명동 중심가 지나 남산 쪽 페닌슐라 호텔로 걸어갔다.

　호텔 로비 커피숍 구석 자리에 수호천사 엘리사벳은 벌써 와 있었다. 비록 다른 사람들 눈에 띄지 않아도 최동혁 눈에 새 하얀 천사복의 그녀는 대번에 광채로서 다가왔다.

"어땠어요? 이 신부님 집전 라스트 미사 모습은?"

앞 좌석에 앉기 바쁘게 엘리사벳이 물었다.

"성황이었습니다. 아까운 인재를 성공회에 빼앗긴 기분입니다. 웬만하면 이채구 신부도 소원대로 영계인간 시켜 주지, 천국에서 거절하니까 가톨릭 신부를 포기하고 성공회로 이적, 결혼 결심까지 한 것 아닌가요. 아무튼 역 작용이 커요.

그건 그렇고 엘리사벳님 소식이 감감할 때 수호천사들도 태업, 파업하는 게 아닌가 걱정이 들어요. 오늘처럼 말입니다."

최동혁이 조금 퉁명스런 목소리로 대꾸한다. 그동안 뜸했던 엘리사벳에 대한 투정 비슷하다. 그 마음을 알고 엘리사벳이 또 놀려댄다.

"괜히 주교 승진하신 것 멋쩍어 딴청하려 애쓰지 마세요. 진작 알고 있었어도 득달같이 축하하러 오는 게 마치 안 될 사람이 된 것 같은 기분을 줄까봐 참았으니까요. 아무튼 주교 승진 축하드립니다. 개인적 기쁨이자 가톨릭 교계의 홍복이라고 생각해요. 그만큼 짐도 많이 지게 됐으니 고달픈 인생은 그냥 계속되는 겁니다."

"자, 알았으니까, 그동안 지낸 얘기나 좀 해 봐요. 엘리사벳 님, 천국 생활은 늘 그런 것처럼 조용하고 편안합니까? 이채영 교수 안부도 좀 얘기해주고."

최동혁은 한시가 급하다. 그녀의 사후 저승 생활이 어떤지 엘리사벳을 통해 알고 싶은 것이다. 어디에서, 어떤 형태로 살고 있는지 궁금하다. 가톨릭 신부 옷 벗기기 내기 끝에 사고사를 당했으니 과연 천국에는 갔는지 걱정이다.

"주교님답지 않게 성급하시기는. 이제 평신부 아닌 주교님이신데 모든 행동거지에 좀 더 진중하셔야 합니다. 결론부터 말할게요. 이 채영 교수는 지금 천국에 저와 같이 잘 있습니다.

하지만 또 어려운 시험을 치르고 있는 것도 사실입니다. 잘못되면 나락으로 떨어질지 몰라요. 그래도 1단계 고비는 넘긴 것 같습니다. 천국의 어느 요인이 특별 관심을 갖고 보기 드물게 시험 기회를 주었으니까요. 이를 이 교수가 잘 소화했고 이제 2단계 고비를 맞았습니다. 천국이냐, 아니냐의 중대한 고비."

엘리사벳이 진지하게 대답한다. 최동혁이 재촉한다.

"그래서요. 두 번째 고비가 뭡니까? 제가 도울 일은 없을까요?"

"우선 들어보세요. 반드시 혼자만 알고 있어야 합니다. 하늘나라 비밀을 잘못 누설하면 어떤 봉변을 당할지 몰라요. 주교 승진 턱으로 특별히 말하는 거니까. S교회 K목사님이 지옥에 떨어진 것은 불가피한 일입니다. 그나마 K목사님은 생전 기독교 발전에 공이 큰 게 참작되어 지옥 최고 등급인 지역에 주거 배정을 받았지요. 모두 7개 구역으로 나뉜 지옥 풍경은 나중 따로 설명합니다.

먼저 이채영 교수의 2차 시험 과제인 미션부터 말하지요. 지옥의 K목사님과 생전 그의 수호천사였던 김성미 수녀를 도와 지옥에 교회를 세워야 합니다. 이번 미션이 성공하면 그 공로로 이채영 교수, K목사, 이훈락 장로 모두 사면될 수 있지요. 잘하면 신분 상승 기회까지 올지 모릅니다.

그러나 지금 지구 지하 지옥은 아마토 대왕의 지배 아래 천국과 일촉즉발의 대결 상태입니다. 멋진 지옥 교회를 만들려면 아마토 설득이 넘어야 할 1차 관문이나 지금 그런 말할 때가 아닌 게 고민이지요. 험난한 길인데 이 일을 이채영 교수가 주도하는 겁니다."

최동혁은 길게 한숨을 내쉬었다. 지옥 교회라니 꿈도 꾸지 못할 발상을 하고 그것을 이채영에게 해내라니 될 법이나 한가. 누군가 봐주는 척하며 더 구렁텅이로 몰아넣는 것 아닌가. 갖가지 생각에 최동혁 신부는 마음이 괴롭다.

"누가 그런 미션을 주고 생색내는 겁니까? 도대체 지옥 두목을 설득해 교회를 세웠다고 칩시다. 지옥 불신자가 거기 오겠습니까?"

"지나친 걱정은 이만 뚝, 다 이 교수를 진심으로 위하는 이들, 지옥에 떨어진 K목사의 처지를 긍휼이 여기는 분들의 고심 끝 작품이니까 어떻게 하든 도울 방법을 찾아야 합니다. 저는 이채영 교수의 능력을 믿습니다.

제 생각에 최 주교님은 서울에서 자나 깨나 기도하고 각종 저술 강연, 부흥회 등을 통해 한국 신자들이 얼마나 깊이 이들의 천국행을 기원하는지 하늘에 알려야 합니다. 개신교 쪽 김성미 수녀님 아들 이재준 목사도 마찬가지고요. 아니, 이채영 씨 큰 오빠인 이채구 신부, 영계인간 마이클 박 목사님 등 모두 나서 하늘과 직통길을 뚫어야 합니다. 아무튼 K목사 일행 돕기를 위한 무한성의 표시가 하늘 가득히 쌓여야 한단 말입니다."

머리를 끄덕이던 최동혁이 엘리사벳의 말이 미처 끝나기 전에 갑자기 앗 소리와 함께 무릎을 친다. 눈빛이 반짝인다. 뭔가 기발한 아이디어가 떠올랐을 때 보이는 최동혁의 버릇이다.

다행히 주변 좌석은 비어 있었지만 멀리서 웨이터가 돌연 소음에 흘낏 이쪽을 바라본다. 혼자 앉아 커피를 마시며 입속말을 하던 사람의 외마디가 좀 이상하기는 했을 것이다.

"뭐예요? 어디 아파요?"

엘리사벳이 놀란 눈망울로 물었다. 무안해진 최동혁이 얼굴을 붉히며 앞으로 머리를 기울여 엘리사벳 귀에 입을 가까이 댄다. 소곤소곤 몇 마디 속삭이자 이번에는 엘리사벳이 앗 소리를 지르며 무릎을 친다. 이번에는 웨이터가 돌아보지 않았다.

"바로 그거예요. 그럼 나도 좋은 생각 있어요."

이어 엘리사벳은 최동혁이 했던 것처럼 얼굴을 그의 귀 가까이 대고 또 뭔가 속삭였다. 최동혁은 역시 의자에서 풀쩍 엉덩이를 들며 외쳤다.

"이제 이채영은 살게 되었어요."

웨이터가 이쪽을 잠시 주시하더니 물 한 컵을 들고 걸어왔다.

44. 신임장

스테파노 총리 대행은 취임 후 모처럼 집무실을 방문한 정약종 아우구스티노 원로원 의원을 반갑게 맞았다. 하지만 차 한 잔을 하며 용건을 얘기했을 때 그의 얼굴은 곤혹스럽게 변했다. 머리를 갸우뚱하다가 결국 그의 제안을 유보한다는 듯 어렵게 입을 열었다.

"정 의원도 아시다시피 하느님 소재를 이제 겨우 파악한 마당에 새삼 난제를 제기, 평지풍파를 일으킨다는 게 시기적으로 좋지 않아요. 일단 말씀한 그 일은 시간을 두고 더 검토합시다. 당장 처리해야 할 일이 산더미 같습니다."

정약종 아우구스티노는 빙긋 웃었다. 피곤해 보이는 총리 대행에게 자꾸 어려운 주문을 내는 것이 미안하기는 했다. 야고보 총리를 원로원 의결로 탄핵한 뒤 대행 역을 맡은 스테파노 마음이 편안할 리 없다.

"그럼 그러시죠. 쉴 틈도 없이 일에 매달려 계신 총리 대행께 과도한 짐을 드려 미안한 마음 금치 못합니다. 하늘궁전 마티아 총괄 실장에게서는 아직 별 말 없습니까? 2천 년 재임한 야고보 총리를 탄핵했는데……."

정약종이 부드럽게 말하며 한발 물러서자 스테파노의 얼굴도 펴진다. 차 한 모금을 마신 뒤 다소 밝아진 음성으로 말했다.

"무소식이 희소식입니다. 우리가 저지른 일을 아무리 부재중이시긴 해도 하느님이 모를 리 없고 마티아 실장도 진작 보고드렸을 줄 압니다. 그런데 지금까지 침묵이라면 결국 탄핵 조치를 묵인하신다는 뜻으로 보고 싶네요. 우리가 추진 중인 개혁 과제들이 하느님 의중과 과히 동떨어진 것은 아니지 싶습니다."

"그래서 저도 쐐기 하나를 더 박자는 의미에서 방금 말씀드렸던 겁니다. 아마토에게 지옥 교회 설립 제안을 한다면 수용 여부는 차치하고 제안 자체가 또 하나 큰 개혁 바람이 될지 몰라요. 그런 화해 무드가 지옥군과 전쟁을 사전 방지할 수도 있고요. 여하튼 일에 우선순위를 따져 서둘지는 않겠습니다. 얘기 꺼낸 당사자들에게는 좀 기다려 보자고 설득하지요."

"하지만 지옥 교회 설립 얘기, 솔직히 좀 황당하지 않나요? 그걸 우리가 제안한다고 지옥 아마토가 응할 리 없고 설혹 응해서 번듯이 세운다고 칩시다. 거기에 신자 될 지옥 악령들이 모이지 않는다면 무용지물입니다. 지금은 더욱이 지옥군과 언제 격전을 치를지 모를 긴급한 전시 상황인데 그 말이 통하겠습니까?"

"물론. 백 번 타당한 말씀입니다. 하지만 해 보지 않고 싹둑 단정은 못 해요. 아마토 지옥 두목과 우리 입장은 다릅니다. 그렇다면 생각도 다르고 우리식으로 재단 못 할, 또 다른 사연과 배경이 있을지 몰라요. 그러니까 시켜 보자는 겁니다. 실패해도 해 봤다는 자부심은 남겠지요."

정약종이 물러나던 자세에서 다시 집요하게 나오자 스테파노 총리 대행은 꽉 쥔 오른손 주먹으로 탁자를 두어 번 두드린다. 오래 그를 보아 온 정약종은 그게 바로 긍정의 신호라는 것을 안다. 마침내 그의 설득이 주효한 것이다. 그만큼 평소 스테파노와의 관계가 돈독했음을 반증하는 것이기도 하다.

"나를 우유부단하게 보는 것은 참을 수 없어요. 내 자신이 야고보 총리의 그런 성격이 아쉬워 이번 탄핵 조치를 주도했으니까. 해요, 해 봅시다. 그러나 전제가 있습니다. 지옥에 가서 아마토를 설득할 당사자를 내가 직접 보고 최종 결심하게 해주세요. 그래도 상대 됨 됨이에서 확신을 찾고 싶군요."

정약종은 흔쾌히 승낙했다. 총리 대행과 김성미 수녀, 이채영의 면담 시간을 오후 시간으로 정하고 원로원 사무실로 돌아오자 바로 베네딕토 수녀원에 연락을 취한다.

그 시간 이채영은 엘리사벳 수호천사와 함께 플라워 가든을 방문 중이었다. 천국 어린이집이다. 고아와 위탁 자녀들이 오손도손 산다. 데클라 베네딕토 수녀원 원장이 까마득한 옛날 바오로 감사원장에게 부탁해 수녀원 직속으로 만들어 운영하고 있다.

여기에 아주 '특별한 아이'가 있다는 말을 오래전 마더 테레사에게 들었던 기억을 되살려 엘리사벳이 이채영을 데리고 온 것이다. 오전인데 플라워 가든 주변은 온통 꽃향기로 넘쳐 났다.

향기뿐 아니라 수천, 수만 가지 꽃송이들은 또 왜 그리 예쁘게 피어났는가. 그야말로 천국이 따로 없다. 천국 속의 천국. 멀리서, 가까이서 아이들 깔깔 웃음소리, 재잘대는 소리, 이따금씩 들리는 선생님 구령 소리가 꽃향기와 어우러져 정신을 노곤하게 만든다.

이채영은 '특별한 아이'를 데리러 간 엘리사벳을 계절 냄새 풍기는 목 백일홍 꽃그늘 아래에서 기다리고 있었다. 어떤 아이일지 궁금했다. 시집도 못 간 노처녀가 유별나게 아이들은 예뻐한다고 놀림도 많이 받았지만 천성이 그런 것을 어찌 하랴.

드디어 모습을 드러낸 '특별한 아이' 이름은 베아트리체, 열 살 남짓한 소녀 모습이다. 엘리사벳이 사전에 이채영에게 전해 준 아이 신상 정보와는 많이 틀렸다. 더 예뻤고 더 똑똑했다. 초롱초롱한 두 눈은 살아 있었다. 살짝 정신 지체아 같은 인상은 없었다.

엘리사벳의 말로는 예쁜 외모와 달리 좀 모자라는 아이, 그렇지만 알고 보니 나이 먹기가 정지된 천진난만한 아마토의 잃어버린 외동 딸이라는 것이다. 지옥 공주인 셈이다. 이런 사실을 플라워 가든 관계자들은 물론 천국을 통틀어 아는 이가 별로 없다. 마티아 하늘궁전 실장이 진작 극비 사항으로 처리했기 때문이라고 했다.

"안녕, 베아트리체. 아줌마와 얘기 좀 할까?"

이채영이 라일락 꽃 한 송이를 건네자 일명 '특별한 아이' 베아트리체는 함께 온 엘리사벳 손을 놓고 얼른 꽃을 받아 코끝에 갖다 댄다. 한마디로 인상이 밝은 소녀였다.

"아줌마 머리칼은 까매요. 엘리사벳 수녀님은 갈색인데. 나는 노랗고."

베아트리체는 대뜸 머리카락 색깔 시비를 한다. 그냥 눈에 보이는 차이에 관심이 크다. 마음이 유리창처럼 투명하다.

"왜 머리칼 색깔만 다른가? 내 눈은 검은데 너는 파랗고 엘리사벳 님은 갈색이고. 얼굴 색깔도 차이가 있어."

이채영이 처음 만난 소녀와 친해지기 위해 열심히 얘기하는 모습을 미소 띤 엘리사벳이 옆에서 흥미진진하게 지켜본다. 친화력이 대단하다고 느낀다.

"아줌마는 예뻐요. 엘리사벳 수녀님도 예쁘지만 아줌마는 귀엽게 예쁘고, 엘리사벳 님은 시원하게 예뻐요."

"꽃으로 비유하면 어떨까?"

"아줌마는 진달래, 개나리같이 수줍고 엘리사벳 님은 벚꽃처럼 화려해요."

"그럼 벚꽃이 더 좋잖아. 떨어질 때 함박눈처럼 화사하고."

"그건 그렇지만 보는 이 마음따라 차이가 있어요."

"내가 벚꽃 하고, 저 수녀님이 진달래 하면 안 될까?"

"원하시면 그렇게 하세요. 하지만 진짜가 가짜 될 수는 없어요. 아줌마 진짜와 엘리사벳 님 진짜가 뒤바뀌지는 않는다는 말씀이에요."

둘의 대화가 꽃 얘기에서 점차 현학적으로 번져 갈 기미를 보이자 지켜보던 엘리사벳이 참견한다. 여인과 소녀의 대화치고는 너무 은유적이라고 생각했다.

"예쁜 것은 겉보다 속이어야지. 마음이 예뻐야 진짜 예쁜 거야. 우리 예쁜 아줌마들은 모두 마음이 예쁘니까 그 얘긴 이제 그만하자.

너 어릴 때 어쩌다 부모님과 헤어졌지?"

"자세히는 몰라요. 아무튼 아주 어렸을 때 아버지와 대판 싸운 엄마가 집을 나갔는데 엄마 찾아 하염없이 헤매다 길을 잃었어요."

"그럼 엄마, 아빠에 대한 기억이 거의 없어?"

"엄마는 나빴어요. 아빠와 자주 싸우고 그럴 때마다 화풀이로 나를 혼냈어요."

"그런데도 엄마 찾으러 집을 나왔었다고?"

"엄마잖아요. 우리 엄마. 혼내긴 해도 엄마니까."

이 말에 이채영과 엘리사벳은 잠시 주춤한다. 혼내던 엄마를 못 잊는 소녀의 영혼이 애처롭다.

"아빠는 어땠는데? 좋은 분이셨어?"

이채영이 무언가 아마토에 대한 얘기를 들어야 할 것 같아 소녀의 애처로움을 덮고 물어본다.

"우리 집이 무척 컸어요. 어렸을 때 집 정원을 마구 뛰놀다 발을 더럽히고 들어오면 자주 아빠가 씻겨 주었는데 나보고 발이 너무 아빠 닮아 예쁘다고 그랬어요. 심지어 발바닥에 큰 점 있는 것까지 어떻게 그리 쏙 빼닮았느냐고 웃었거든요. 그러다 간지러워 발을 빼면 목말을 태워 주셨어요. 아, 아빠 보고 싶어요. 이젠 커서 목말 타기 어려울 거예요."

"발바닥에 점이 있구나. 얼마나 예쁜지 한번 봐도 될까?"

"그럼요. 제 자랑거리인데요."

베아트리체는 서슴없이 주저앉아 양발을 들고 발바닥을 보인다. 거기 앙증스런 점을 보자 엘리사벳과 이채영은 동시에 깜짝 놀란다. 우선 색깔이 보통 점처럼 검지 않고 파르스름하다. 모양은 꼭 하늘의 별처럼 오각형이다. 잠깐 들여다보는 순간 반짝이기까지 한다. 별이 반짝이는 것은 별빛이 대기 상공을 통과할 때 공기와 부딪히는 마찰 때문이라는데 베아트리체의 발바닥 별은 그냥 반짝반짝 빛났다.

"너 참 대단한 별 점을 가졌구나. 그게 바로 행운의 표시야. 너는 앞으로 천국에서 큰일을 하게 될 거야."

"저도 그렇게 생각해요. 누군가 꿈속에서 저에게 말해 주었어요. 아직 나타나지 않았지만 제 나이 꽉 차서 어른이 되어야 하면 남들이 못 할 신통한 영력을 발휘할 것이라고요. 저는 그 말을 믿어요.

언제 꽉 찬 나이가 될지 모르고 늘 지금 모습대로 살고 싶지만 가브리엘, 미카엘, 라파엘 대천사처럼 큰 천사가 될 꿈도 꿀 거예요. 아줌마들은 제 별점이 행운의 표시라고 축하했으니 나중에 제가 잘되면 저도 잘 해드릴게요. 저만 믿으세요.”

이채영은 깔깔 웃으면서 자기도 모르는 새 베아트리체를 두 팔로 안아 하늘로 치켜 올렸다. 오랜만에 확 터진 웃음이다. 제법 묵직했지만 무거운 줄 모르겠다. 아무튼 나이를 먹지 않는 이 예쁜 특수 소녀 때문에 자기가 지옥에 가서 아마토를 만날 일이 반드시 성공할 수 있다는 자신감을 갖게 된 것이다.

당초 엘리사벳이 지옥 교회 설립 얘기, 이를 위한 아마토 두목 면담 계획을 제의했을 때 이채영 교수는 거의 자포자기 상태로 반승낙을 했다. 천국은커녕 연옥에도 가기 어려울 것이다.

죽기 살기로 해 보는 것이다. 형식은 김성미 수녀가 지옥의 K목사와 함께 지옥 교회 설립 추진 전면에 나서는 것을 이채영이 옆에서 돕는 조력자 역할이다.

하지만 성패는 결국 이채영의 아마토 면담 솜씨에 달려 있다. K목사는 지옥 거주자 입장이고 김성미 수녀는 그의 생전 수호천사로서 공모자격, 당당하지 못하다. 그렇다면 사실상 이채영이 주연이다.

이 사정을 잘 아는 엘리사벳이 비장의 무기인 아마토 지하 지옥 악령 두목의 숨겨진 딸까지 만나게 한 것이다. 슬쩍 지나는 말로 최동혁 신부의 조언이 있었음을 곁들여 이채영을 자극하기도 했다. 페닌슐라 호텔 커피숍에서 귓속말로 깜짝깜짝 놀라게 했던 일이다.

베아트리체와 한동안 즐긴 그들은 아쉬운 마음으로 헤어져 베네딕토 수녀원에 돌아오자 바로 데클라 원장에게서 정약종 의원의 전갈을 듣게 된다. 오후에 급히 총리실로 김성미 수녀와 함께 가서 스테파노 총리 대행을 만나라는 것이다. 김성미 수녀는 이미 대기 상태였다. 엘리사벳은 수녀원에 남고 지옥에 파견될 김성미 수녀와 이채영 교수만 승용차 '날쌘 틀'을 타고 시간이 갈세라 최고 속도로 달렸다. 기다리던 총리 대행과 즉시 면담이 가능했다.

　　"어서들 오세요. 반갑습니다. 중요한 얘기라 만사 제쳐놓고 두 분부터 만나기로 했습니다. 김 수녀님이 한국의 유명한 K목사 생전에 수호천사를 했다고요. 아직 그분과 지옥 교회 설립에 관한 얘기는 나눈 적 없지요?"

　　"네. 그분 작고한 이후 한 번도 뵌 일이 없습니다. 바로 지옥으로 가셨기 때문에 연락할 길이 없었지요. 이번에 가서 지옥 교회 설립 말씀을 드리면 아주 좋아하실 겁니다. 한국의 개척 교회 원조로서 아무리 어려워도 돌파를 즐기시는 분이라 K목사님은 두말없이 승낙하실 테지요. 저도 최선을 다하겠습니다."

　　김성미 수녀는 뜻밖에 천국 총리 대행 앞에서 당당했다. 남편 이훈락 장로의 운명이 걸린 일로 마음을 단단히 먹은 듯했다. 스테파노 대행 역시 격식 따지지 않고 바로 본론으로 들어갔다.

"아이디어는 아주 훌륭합니다. 지옥에 교회를 세워 악령들을 구제한다니 누구도 생각하지 못했던 다이아몬드를 캐어 낸 심정이지요. 그런데 각론으로 들어가면 글쎄 하는 생각이 듭니다. 아마 그 얘기를 듣는 천국 누구도 그런 느낌을 받을 겁니다. 추진할 구체적 계획을 말해 주겠습니까?"

김성미 수녀의 얼굴이 다소 곤혹스러워진다. 수녀원에서 데클라 원장, 마더 테레사, 엘리사벳 수녀 등과 그간 의견을 나눈 적이 있지만 사실 뾰족한 수는 없었다. 일단 K목사를 만난 뒤 그의 지혜를 빌려 세부 내용을 짤 수밖에 없다는 결론이었다.

"큰 틀의 아이디어만 있지 아직 구체적 계획은 갖고 있지 않습니다. 다만 교회는 지구 지하 지옥 최고 거주지인 '춘망대'에 세우되 K목사님을 담임으로 하고 천국 천사 몇 명이 파견 형식으로 나가 보조하게 되지요. 요는 아마토 두목이 교회 설치를 허용할 것인가가 관건입니다. 적어도 그에게 득이 되는 어떤 미끼를 주어야 하는데 그걸 좀 총리님께 부탁드리려고요."

"그렇군요. 그렇다면 어떤 미끼를 원합니까?"

"아마토에게 경우에 따라 천국 여행을 허용한다거나 전반적인 지옥 환경 개선, 넉넉한 금품 제공, 미인계 등 그가 좋아할 항목들을 다 뽑아봐야지요."

김성미의 말에 스테파노가 잠깐 얼굴을 찡그린다. 이어 단호하게 잘라 말했다.

"뒤의 말, 그러니까 금품, 미인계 얘기 등은 못 들은 것으로 하겠습니다. 지옥궁전의 환경 개선 문제도 지옥이 죄지은 자에 대한 징벌 장소라는 점을 생각하면 곤란하지만 차츰 이들의 협조 상황을 보아가며 확대할 수는 있겠지요.

아마토의 천국 여행 허용은 제한적으로 가능할지 검토시키겠습니다. 루시퍼 수괴처럼 그도 한때는 천국 주민이었으니까 아마 향수병 자극에 유효할 테지요. 타락한 천사들의 고향 생각은 더 유별납니다. 그런데 이쪽 이채영 교수님 의견은 어떻습니까?"

갑자기 스테파노 총리 대행 눈길이 자기에게 미치자 이채영은 잠깐 당황한다. 하지만 곧 안정을 되찾았다. 지옥 여왕 이제벨 앞에서도 심청가로 마음을 돌려놓은 강심장의 소유자 아닌가? 강한 인상의 네모난 총리 대행의 턱이 그녀를 더 자극했는지 모른다.

그럴수록 이채영의 투지도 살아난다. 어제 플라워 가든에서 베아트리체와 헤어져 돌아오며 엘리사벳과 나눈 말이 이채영의 마음을 다잡는다. 최동혁 신부, 아니 이제 주교 승진 예정자가 안부를 걱정하며 이채영에게 전하라고 한 총리 신임장 얘기는 확실히 묘책 같았다.

"총리님 신임장을 저희에게 써주셨으면 합니다. 이 자리에서 이것 저것 방법을 나열해도 막상 아마토를 만났을 때 확실히 대처할 임기

응변 수단이 없다면 무기 없이 전쟁에 나간 것과 같아요. 말하자면 대표로서의 자율성이지요. 그게 느껴지면 아마토는 바로 저희를 대화상대로 인정해 성공 가능성을 높일 겁니다."

스테파노의 눈이 순간 번쩍 빛났다. 너무 당돌하지 않는가. 처음 보는 천국 총리에게 신임장을 당당히 요구하는 것이다. 예의와 상식은 저리 가라다. 그런데 괘씸하기보다 믿음이 더 간다. 이게 바로 이 여인의 매력인가. 스테파노는 즉시 마음을 굳혔다.

"놀랍네요. 총리 신임장 한 장으로 천국 전권 대사 자리를 한 번에 꿰차는 솜씨가 여간 아닙니다. 그러나 지옥 아마토 두목은 그리 만만치 않을 겁니다. 여하튼 얘기 오래 끌 것 없이 써 드리죠. 또 뭐가 필요합니까?"

"어머나, 총리께서 이처럼 시원시원하신 줄 미처 몰랐네요. 괜히 마음 졸였지 뭡니까. 하지만 자꾸 어려운 부탁드렸다가 총리님 눈밖에 나면 안 되지요. 다만 총리님 신임장에 관해 확실히 하고 싶은 게 있는데요, 저희가 아마토와 교섭해서 결론 낸 것 가운데 특별히 이상한 것 이외 모두 추인한다는 재량권이 포함됐으면 합니다."

이채영 교수가 겁 없이 연타를 날리자 스테파노 총리 대행은 또 한 번 껄껄 웃는다. 이런 여인이 천국 주민이 될 경우 다른 천사들 성격처럼 온순 단순할지 의문이 든 것이다.

매번 톡톡 튀지는 않더라도 재미있는 천국을 건설하는 것 역시 앞으로 주요 개혁 과제로 삼고 싶다. 무미건조한 종교로부터의 해방이다. 엄숙하고 경건한 그리스도교를 재미있고 경건한 가톨릭, 개신교로 변화시킨다면 수많은 불신자, 냉담자들이 하느님 품으로 몰려올 것이다. 스테파노는 문득 겁 없는 이채영 교수에게 지구 신학생들끼리 오간다는 '썰렁 개그' 하나를 건네 본다.

"이 교수님, 가톨릭 신자였다니 하나 좀 물어봅시다. 예수님께서 부활하시고 제자들 모임에 나타나 처음 한 말이 뭐였지요?"

"평화를 빕니다."

"그 말 다음에는?"

"당연히 모르지요. 성경에 없으니."

이채영이 떨떠름하게 대답하자 스테파노가 이제 되었다는 듯 의기양양하게 말했다.

"내 조위금 얼마 들어왔지?"

이채영과 김성미 수녀가 배를 움켜쥐고 깔깔 웃음을 참지 못하자 신이 난 스테파노는 연타를 친다.

"그 다음 말도 있는데. 당연히 알겠지요?"

"아뇨. 정말 알아도 몰라요."

"베드로, 유다, 너희 둘 다 죽었다. 내가 부활할 줄 몰랐지?"

마치 예수님이 배신한 제자에게 복수하는 듯한 말투의 스테파노 능청 떨기는 가히 일품이었다. 이채영과 김성미는 두 눈에 눈물이 고일 정도로 웃었다. 예수님이 십자가에 못 박혀 돌아가셨을 때 감히 조위금 얼마 들어왔는지를 물었다니 불경하지 않은가? 유다는 예수를 팔아넘겼고 베드로는 새벽닭이 울기 전 세 번씩 예수를 부인했던 사실을 들춰내 안주 삼아 웃자고 즐기는 신학생 사이 '심심풀이 땅콩'식 농담이 이날 면담 분위기를 한껏 돋우었다.

45. 페르가몬

앨러리 헤일 과학 센터 소장이 모처럼 안중근 도마 천국군 참모총장실을 방문했다. 하느님 계신 '재너머 별'에서 천국으로 돌아오자마자 우주 센터에 들러 대기하던 윌리엄 허셜과 에드윈 허블을 대동하고 온 것이다. 스테파노 총리 대행은 취임 후 헤일의 우주 센터 소장 겸직을 해제, 부소장 허셜을 소장으로 임명했다. 수석 연구원 허블이 부소장에 승진한 것은 물론이다.

"멀리서 오시느라 수고 많으십니다. 헤일 소장님은 한동안 안 보여 걱정이 많았는데 '재너머 별'에 가 계셨다고요. 거기 여러분들 모두 안녕하시지요?"

안중근 총장은 반갑게 세 과학자를 맞이한다. 오늘 아주 요긴한 대화가 이뤄질 것이다. 계획대로라면 천국군과 지옥군은 맞대결 없이 이번 전투 고비를 넘길지 모른다. 그런 기대로 안중근은 오늘 헤일 소장과 이훈락 심사부 요원, 페르가몬에서 일시 귀환한 여군 장교 마가렛 소령까지 총장실로 소집해 놓았다.

"여전히 건강한 모습들 뵈니 적이 안심됩니다. 천국 안팎이 어수선한데 얼굴 표정이랑 너무 밝으셔서 공연히 가슴 졸이며 먼 길을 왔나 봅니다. 야고보 총리님 하야 이후 행정부가 잡음 없이 잘 굴러가고, 덕분에 저희 '재너머 별' 과학자들이 모두 맡은 일에 최선을 다하고 있네요."

앨러리 헤일 과학 센터 소장은 가슴을 내밀며 대답한다. 연구 성과가 있을 때 자신도 모르게 나타나는 그의 특징이다. 허셜 우주 센터 소장과 허블 부소장은 헤일이 자리를 잡자 그 양옆에 나란히 앉는다.

"이제 겁 없는 지옥군 난동만 막으면 아무 걱정 없습니다. 그 비장의 무기들을 오늘 이 자리에 갖고 오셨으니 사뭇 기대되네요. 오늘 세 분 과학자 이외에 특별한 두 분도 모셨습니다. 격의 없는 토론으로 좋은 계획안이 만들어지기 바랍니다."

안중근이 여기까지 얘기했을 때 노크 소리와 함께 비서실 부관이 문을 열고 이훈락 요원과 마가렛 소령을 안내했다. 약간은 긴장된 두 신입자가 문가에 엉거주춤 서 있자 안 총장이 재빨리 자리를 지정해준다. 드디어 오늘 회의 참석자 6명이 모두 모인 셈이다. 각자 소개가 빠르게 오고 갔다.

"이훈락 요원은 천국 제1의 컴퓨터 전문가라고 들었습니다. 저희가 미국에 살던 1890년 전후만 해도 컴퓨터는 사실상 개념조차 모호했지요. 그런 것을 90년쯤 뒤인 20세기 후반기 늦게 시작한 한국 컴퓨터와 IT업계가 세계를 석권하게 된 게 바로 이분 같은 선구자 때문이라고 하더군요. 덕분에 천국 컴퓨터와 이동통신 체계 역시 체질 개선을 거듭, 오늘의 긴박한 전쟁 상황에서 기여하게 된 것을 같은 과학도로서 축하드립니다."

헤일 소장의 인사말에 이어 허셜 우주센터 소장도 초를 친다.

"저는 헤일 소장님보다도 한 세대 앞선 1780년대 인생이라 컴퓨터의 '컴'자도 모르고 살았지요. 그때 만일 컴퓨터 응용력을 알았다면 저는 천왕성 발견 정도가 아닌 더 놀랄 천체 신비를 많이 찾아냈을 겁니다. 그런데 좀 쑥스런 질문이지만 한국 반도체 업계에서 한때 유행한 '황의 법칙'이란 게 도대체 뭡니까?"

"6개월에 한 차례씩 한국 이동통신 수준을 배가시킨 삼성그룹 황창규 전문 경영인 얘기입니다. 그런 우수한 전문가가 많았기 때문에 이 요원 같은 수재가 나온 것은 당연합니다."

에드윈 허블까지 이처럼 칭찬 대열에 가세하자 이훈락은 계면쩍어 몸 둘 곳을 모른다. 긴장된 순간순간을 살고 있는 안중근 참모총장 역시 모처럼 한국 출신이 천국 최고 과학자들에 의해 치켜세워지는 게 싫지 않은 모양이다. 한때 망중한을 보내는 셈 치고 그들 대화를 잠시 즐기고 있다. 때때로 여백이 삶에 활력을 준다면 이를 낭비로 여길 게 아니다. 충전 시간이다.

"제가 대선배 과학자님들 앞에서 감히 분에 넘치는 칭찬을 들으리라 꿈에도 생각하지 못했습니다. 세 분들이야말로 제가 평소 존경하던 천체 물리학자로서 멘토로 삼고 싶었던 분들인데요. 오늘 뵙게 되어 정말 영광입니다."

이훈락은 다시 기립, 허리 숙여 큰 절을 하며 최대한 몸을 낮춘다. 그때서야 여군 장교 마가렛을 의식한 안중근 총장이 황급히 그녀를 소개한다.

"참 여러분들은 여성에 대한 예의가 전혀 없군요. 여기 마가렛 소령은 잊어버린 겁니까? 네 분 남성들끼리 서로 치켜세우다 보면 지구에서처럼 남성 우월주의로 비판받습니다."

"직업과 달리 너무 고우셔서 선뜻 말 붙이기 어려워 그렇지 남성 우월은 당치 않습니다. 어떻게 저런 미인 장교가 특공대장으로 위험천만한 지옥 악령 소굴에 침투, 혁혁한 성과를 올렸나 놀랐을 뿐입니다.”

윌리엄 허셜 소장이 안중근 총장 말을 받아 칭찬 일변도이자 일동은 모두 한바탕 웃어는다.

“천국에 남녀 성별 차이가 있기는 있는 겁니까? 부부 가정이 많아 보이지만 대개는 지구에서 연장된 경우이지요. 지구 커플이 천국 부부로 계속된 겁니다. 천국에서 새로 맺어진 부부는 드물어요.
남녀 간 사랑보다 초월적 사랑을 지향해야 할 우리가 새삼 남녀를 구분해 이러쿵저러쿵하긴 쑥스럽네요.”

웃음 끝에 갑자기 평생 일벌레 별명의 앨러리 헤일 과학센터 소장이 이처럼 제동을 걸고 나서자 방 안 분위기가 싹 바뀐다. 우주의 암적 존재 페르가몬 지옥 별을 제압할 계획과 신무기 개발을 집중 거론키로 한 이날 모임에서 쓸데없는 농담은 잠시라도 그에게 질색인 것이다. 안중근 총장도 다시 정색하고 본론을 꺼냈다.

“그렇습니다. 천국의 부부 또는 남녀 관계 말씀들은 재미있는 화제지만 막간 소극으로 치고 오늘 모인 목적, 당면 과제를 논의하지요. 우선 헤일 님부터 스타트를 끊어 주시기 바랍니다.”

“‘재너머 별’ 과학센터에서는 그동 블랙홀 중력 끈의 제조와 활용 방안에 관해 총력을 기울여 연구해 왔습니다. 핵융합 미사일과 핵폭탄 사용은 아무래도 다른 별, 나아가 천체 운행 전반에 영향을 주지만 중력 끈으로 페르가몬 별을 견인, 블랙홀 속에 가둔다면 부작용 없이 처리할 수 있기 때문이지요. 현재 결과는 1광시 거리에 사용 가능한 투명 끈을 개발했는데 이 정도로 이번 전투에 도움을 줄 수 있을지 알고 싶습니다."

"그 자체로 획기적 성과입니다. 오늘 관계자 몇 분을 급히 여기 모신 것도 바로 그 응용 해법을 찾기 위해서지요. 사용 거리가 아직 짧다 해도 전략상 대안이 있을 겁니다. 이훈락 요원 의견은 어때요?"

순간 이훈락은 침을 삼킨다. 회의 시작 전 안중근 총장이 단거리 중력 끈 사용과 관련한 전략적 가치를 물어 왔을 때 그는 서슴없이 대단히 유용하다고 대답했었다.

"페르가몬 지옥 별을 견인할 따끈한 새 정보를 이번에 마가렛 소령님이 또 가져왔습니다. 중력 끈을 걸 고리 위치와 주 기관실 설계도에 작동 법까지 파악했으니까 기관실에 침입만 하면 필요한 장소, 그러니까 중력 끈을 사용 가능한 1광시 거리까지 제가 운전해 가지요.

거기서 우리 특공대는 탈출하고 페르가몬을 중력 끈으로 끌어다 블랙홀에 풍당 빠트리는 겁니다. 일단 거기 갇히면 시지프스 신화처럼 쳇바퀴 돌리는 다람쥐 신세가 되지요. 그것으로 전쟁이고 뭐고 없어집니다. 작전 끝이지요."

안중근 총장이 만족한 듯 여군 장교에게 시선을 돌린다.

"물론 페르가몬에 고리를 걸 장소와 주 기관실까지 가는 길 안내는 저희 군에서 담당합니다. 안전 문제 역시 마찬가지고요. 마가렛 소령 발언하세요."

한쪽 구석에 다소곳이 앉아 있던 마가렛 소령이 지목받자 씩씩하게 나선다.

"저희 특공팀은 언제나 대기 중입니다. 어떤 적도 물리칠 준비와 능력을 갖췄다고 자부하지요. 잠입 루트와 기관실 및 고리 위치, 거기까지 안내, 작업 시 안전은 저희에게 맡겨 주시면 됩니다."

마가렛 소령의 이런 자신감이 곧 방안을 활기차게 만든다. 안중근도 덩달아 싱글벙글한다. 갑자기 에드윈 허블이 손을 번쩍 들고 발언 신청을 했다. 그의 트레이드마크인 트렌치 코트의 넓은 소매 자락이 펄럭였다. 늘 손에 달고 다니는 파이프 담배는 보이지 않는다.

"마가렛 소령님 역할이 이렇게 큰 줄 몰랐습니다. 안 총장님, 성차별은 아니지만 여군도 저렇게 용감히 천국 안보에 나서는데 저도 그 기관실 접수팀에 끼면 안 되겠습니까? 평소 말로만 듣던 페르가몬 지옥별, 사실상 거대한 자연 우주선을 타보고 싶습니다. 복잡한 엔진 다루기 등 기관 운전법에 취미가 많아 문외한도 아닙니다. 이훈락 요원이 설계도 설명을 해주면 괜찮은 조력자가 될 겁니다."

"글쎄 저보다 견인 지휘 책임자인 마가렛 소령과 이훈락 요원의 직접 허락을 받으시지요. 어떠세요? 두 분 의견은?"

안중근의 시선을 받은 이훈락과 마가렛의 표정이 엇갈린다. 마가렛은 크게 손사래를 치고 이훈락이 그사이 얼른 자리에서 일어나 허블을 향해 깊이 허리를 숙인다. 감사의 표시다.

"저로서는 더없는 영광입니다. 허블 님은 천국과 지구 천문학의 전설이지요. 우주에 수없이 많은 별과 은하계 존재의 가설을 증명했는가 하면 우주 망원경도 쏘아 올렸습니다. 찬반 시비가 컸던 우주 팽창론도 더 이상 이론이 없게 만들었고요. 그런 분을 제가 모신다면 대단한 영광이자 임무에 큰 도움을 받을 겁니다."

안중근 참모총장이 여기서 이날 모임 결과를 종합했다.

"오늘 논의한 저희 계획을 정리하겠습니다. 개발된 중력 끈이 아직은 충분한 거리를 확보하지 못했다, 그래서 이훈락 요원 등 일단의 특공대가 페르가몬 기관실에 침투, 우리의 작전 가능 지역인 1광시 거리까지 끌고 간다, 거기서 고리에 중력 끈을 걸고 블랙홀에 끌어다 영원히 가둔다 하는 게 요지입니다. 이로써 페르가몬 지옥별은 우주 바다를 떠돌며 해적질하던 운명의 최후를 맞는 거지요."

46. 베아트리체

　지구 지하 지옥 대왕 아마토는 느닷없이 날아든 한 장의 전통문 때문에 아까부터 마음속 갈등이 심하다. 천국 지하 지옥 관리위원장 세례 요한이 아주 정중한 문체로 협조 요청서를 보낸 것이다. 전례 없던 일이라 무시하면 그만이었다.

　하지만 그럴 경우 응분의 대가를 치를지 모른다. 지옥 밖 출입 통제가 보다 엄격해지고 산소 공급량이 주는가 하면 열기, 냉기, 소음, 악취, 노동, 암흑의 강도가 높아질지 모른다. 다시 말해 천국 지옥 관리위원회에서 지하 지옥 여건을 전반적으로 나쁘게 조절할 수 있는 것이다.

　그러지 않아도 그는 요즘 루시퍼의 행태 까닭에 기분이 좋지 않았다. 사랑하는 여인 이제벨의 속임수로 납치되어 그에게 충성 맹세까지 한 것은 지구 지하 지옥에 귀환한 날부터 후회막급이었다. 루시퍼가 관장하는 일개 작은 별, 우주선 비슷한 페르가몬 지옥보다는 자신의 지옥 영역이 보다 광대하고 악령 수도 압도적 아닌가. 그럼에도 2인자를 인정한 것은 억울했다.

대가로 이제벨을 얻었으나 그녀는 아직 페르가몬에 머물고 있다. 그녀 대신 갑자기 루시퍼가 지구 주변에 날아들어 지하 지옥 입국을 꾀하다 천국군 경비병에 쫓긴다는 보고를 받았다. 그가 지금 돌아갔는지, 아직 지구 주변을 헤매고 있는지조차 불분명하다. 그를 마중 나갔다가 하마터면 잡힐 뻔한 것은 생각할수록 끔찍하다.

아마토는 이마에 내천 자를 그리다 마침내 결심했다. 천국 사절 일행을 일단 만나보기로 한 것이다. 세례 요한과의 과거 인연을 생각해서라도 최소한 예의는 차리기로 했다. 악령이 되기 이전 아마토의 천국 거주 시절 둘 사이는 나쁘지 않았다. 특히 갑작스런 아내 가출 당시 그가 수소문에 적극 동참했던 기억은 고마움으로 남아 있다. 아내의 행방이 지금껏 오리무중인 것은 그의 책임이 아니다.

전통문은 여성 천사 2인이 K목사와 함께 아마토를 곧 방문할 티인 즉 사양하지 말라는 내용이다. 또한 이들의 협의 사항을 가급적 수용하고 이들이 지옥에서 보고 싶다는 곳에 갈 수 있는 편의도 부탁했다. 반면 그들의 방문 목적은 전혀 언급하지 않았다.

아마토가 천국 사절단과의 면담을 허락하자 이채영 교수와 김성미 수녀는 지구 지하 지옥 제1 출입구 일본 규슈의 히라도 관문을 통과했다. 천국 경비병들 안내로 지옥 입구에 들어선 순간 이채영은 부르르 몸을 떤다. 으쓱했다. 천국 경비병들이 어스름한 빛 사이로 그들에게 손을 흔들고 떠나가자 지옥 병사 차림의 악령들이 멀찍이 뒤로 따라붙어 관찰했다.

하지만 직접 검문하지 않는 것은 상부 지시를 받았기 때문일 것이다. 한 번 지옥에 들어와 본 일이 있다는 김성미 수녀가 지도를 들고 앞장서 걷는다. 개울가를 따라 한참 내려가서 달랑 오두막집 한 채에 이르니 거기가 K목사 거처였다. 작은 쪽문을 두드렸으나 응답이 없다. 주위를 살피던 김성미 수녀가 개울가 한쪽을 가리킨다. 한 늙은 사내가 낚시질을 하고 있었다. 뒷모습이 무척 쓸쓸했다.

"K목사님, 저 김성미 왔어요. 이재준 엄마요."

K목사가 천천히 고개를 돌린다. 희망이란 눈곱만치도 보이지 않는 죽은 자의 창백한 얼굴이다. 개울가를 따라 내려오기 시작했을 때 사라진 지옥 병사들 얼굴보다 나을 게 없었다. 푸르스름하다 못해 검은 반점까지 군데군데 보였다.

지구에서 S교회를 이룩할 때 그 기개, 야망은 다 어디로 갔나. 김성미 수녀는 금방 눈에 눈물이 고였다. 놀라기는 이채영 교수도 마찬가지다. 가끔 바람이 나면 가톨릭 성당을 벗어나 개신교 유명 목사의 설교를 들으러 소문난 교회를 찾아 다녔던 그녀다.

그때 보았던 S교회 K목사는 그녀에게 영웅이었다. 무에서 유를 창조해낸 기적의 사나이, 목사이기보다 부흥사 기질이 강했던 그는 폭포수처럼 쏟아 내는 강력한 설교와 재벌 못지않은 경영 능력을 발휘, 반세기 이내 한국 최대 반열의 거대 교회 주인이 되었다. 늘 당당하고 자신만만했다. 천국까지도 임의 통과할 수 있다고 믿고 김성미 수호천사를 통해 자신의 신상 자료 조작을 지시했을 정도 아닌가.

"아니, 김 권사님이 여기 웬일로?"

돌아본 K목사의 쉰 목소리가 검게 흐르는 개울물에 실려 떠내려
간다. 한낮 햇볕을 받으며 지옥문을 통과했는데 여기는 어스름 저녁
같다. 음산한 기운이 가득 차 얼굴이 시리다. 이런 데서 낚시로 무엇
을 잡을까 궁금해진다. 어느덧 개울둑으로 올라온 K목사 바구니를
들여다 보니 망둥이 비슷이 괴상하게 생긴 고기 두세 마리가 허옇게
배를 내놓고 죽어 있다.

"이걸 요리해 잡수시나요?"

김성미가 묻자 K목사는 맥없이 픽 웃는다.

"할 수야 있지만 맛과 냄새가……. 그러니까 그림의 떡이지요."

"그런데 왜 잡나요?"

"안 잡으면 할 일이 없습니다. 주변을 보세요. 여기서 뭘 할 수 있
겠습니까?"

K목사는 지친 얼굴이지만 김성미와 이채영의 방문이 몹시 반가운

표정이다. 화색도 돌아오고 무료함에서 벗어났다는 해방감이 충만하다. 도대체 대화 상대가 근처에 전혀 보이지 않는 것이다. 괴괴한 정적만이 공간을 가득 메울 뿐이다. 홀로 사는 은둔자의 그림자 모습이다.

"아니, 이분은 또 누구인가? 이채구 신부님 동생 이채영 교수, 맞지요. 젊고 고운 분이 이렇게 일찍 저승에 올지 몰랐네. 사고였나요? 아니면 마이클 박처럼 영계인간이라도 된 것인지, 종잡을 수 없군. 아무튼 여기는 절대 올 곳이 못됩니다. 혹시 지구에 돌아가면 사람들에게 절대 죄짓지 말고 지옥가지 말라고 전하세요. 무지의 소치로 지옥 존재를 무시하는데 알고 보면 끔찍한 곳이니까."

"지옥의 모습이 다 이런가요? 썰렁하고 으스스하고 어슴푸레하고 도처에 음산한 기운 나돌고, 기분이 좋지 않네요."

이채영의 단도직입적인 질문에 K목사가 담담히 말했다.

"엄살을 부렸지만 좀 있으면 견딜 만합니다. 달리 빠져 나갈 방법도 없고. 설명하자면 긴데, 여기는 그래도 지옥에서는 최상 1급 주거지입니다. 춘망대(春望臺)라고 이름도 그럴듯해요. 뜻풀이를 하자면 비록 지옥에 있지만 마음은 봄, 그러니까 천국을 향한 희망의 장소라는 말입니다.
여기에 지옥 대왕 아마토의 궁전이 있고 그 근처에 가면 제법 화려한 거리 면목이 그럴싸합니다. 북한 수도 평양을 닮았다 할까, 다만 일이 없는 게 흠이지요. 일없이 시간을 죽이는 게 얼마나 힘든지 경험하지 못한 사람은 이해 못 합니다. 심심하고 무료한 곳, 좋게 말해서 '무위(無爲)의 방'이라고 할 수 있지요."

"그럼 두 번째는 어디인가요?"

"그게 여기와는 정반대입니다. 죽어라 일을 해야만 해요. 예컨대 땅을 파고 다시 묻고, 또 파고 또 묻고 등 반복되는 일입니다. 로마시대 노예들에게 빵 한 덩어리 던져 주고 채찍 아래 일 시키던 것은 약과이지요. 개인 성취욕과 생산성은 상관없습니다. 잠도 못 자고 일만 하는 영원한 '노동의 방', 여기가 두 번째 지역입니다."

"왜 호사스런 사람들 말에 '운동 중독'이란 말이 있지요. 헬스, 마라톤, 테니스 등 격렬한 운동을 주기적으로 하는 사람들 가운데 이를 중단하면 금단 현상이 나타나는 경우 말입니다. 가령 마라톤은 30분에서 1시간쯤 달리면 몸에서 엔도르핀이 나와 마약 먹은 효과, 황홀 지경을 경험한대요. 반대로 그런 사람이 운동을 끊으면 괴로워지고요. 만일 노동을 주기적으로 시켜 엔도르핀이 펑펑 나오는 지경에까지 이르게 한다면 그건 반드시 나쁘지만은 않을 겁니다."

이채영의 웃자고 하는 반론에 K목사가 즉시 폭소로 대꾸한다. 실로 오래간만에 찾은 웃음이다. 역시 고향 지인들 만나니 마음이 푸근해진다.

"이 교수 해학적인 것은 저승에 와서도 변하지 않았네요. 지금 말한 것 하나도 틀리지 않는데 그렇게만 된다면 지옥이 아닙니다. 엔도르핀이 나올 정도 일만 시키면 오죽 좋겠습니까? 의미 없는 똑같은 일의 반복이 바로 중노동이고 '노동의 방' 일이 다 그런 겁니다. 미국의 자동차 왕 포드식의 분업 체계, 벨트의 한 부속품 말이지요."

"마치 로봇 같군요. 자유의지를 말살당한 로봇. 그럼 세 번째는 어딥니까?"

김성미 수녀가 갈 길이 바쁜 듯 다음 순서를 재촉한다.

"지옥이 1급지인 '춘망대'를 비롯해 7단계로 나뉘어져 있지만 1급지 빼놓고 큰 차이는 없어요. 모두 인간 세상에서 죄를 짓고 하느님을 거역하다 벌 받아 온 것이니 당연합니다. 다만 고통의 형식에 따라 미세한 차이가 있는데 당사자 선택권은 물론 없지요. 그럼 순서대로 말해 볼까요. 3번은 '어둠의 방', 4번 '비명의 방', 5번 '악취의 방', 6번 '열기의 방', 7번 '냉기의 방'인데 하나하나가 이름값의 극치를 달린다고 보면 됩니다. 한 치 앞도 안 보이게 깜깜한 곳, 언제나 비명 소리 가득한 곳, 고약한 냄새 진동하는 곳, 뜨거워 어디고 앉을 수 없는 곳, 추워서 덜덜 떨기만 하는 곳들이지요. 아, 번호조차 없는 8번 방 밑바닥은 그냥 상자 곽이라고 불러요. 악령들을 차곡차곡

포개 쌓아 눈동자만 깜빡깜빡하는 곳입니다. 두 분 보고 고르라면 어디가 낫겠어요?"

친절히 설명하던 K목사의 갑작스런 질문에 이채영과 김성미는 질겁하고 소리친다.

"여기서 고를 데가 어디 있어요?"

"에이, 우문현답 했군요. 그런데 여기는 무슨 일로 왔습니까? 반가운 김에 인사말이 너무 길어졌네요. 지옥에 들어올 때 누가 따라붙지 않았습니까?"

"처음 천국 경비병들이 안내할 때까지 멀리서 뒤쫓더니 그들이 가고 나서 곧 철수하던데요. K목사님 거처로 올 때는 아무도 안 보였습니다. 우리가 지도 보고 찾아왔으니까."

김성미 수녀의 말에 K목사는 고개를 흔든다.

"아마 그들이 곧 찾아올 겁니다. 처음에는 아마토 궁전에서 두 분을 그냥 감시만 하라고 지시했을 테지요. 여기 나한테 온 줄도 벌써 CCTV로 다 보고 있고요. 그러니까 그들이 오기 전에 우선 용건부터 알아 둡시다."

K목사가 갑자기 급해진다. 조만간 닥칠 지옥 병사들과 입씨름할 자료가 필요했다. 타당한 이유가 아니면 지옥 밖 인사들과의 대화는 원천 금지되어 있는 까닭이다.

"우리는 K목사님을 지옥에서 구출하기 위한 특사로 왔습니다. 천국 행정부 공식 파견단 형식이지요. 그러니까 걱정하실 필요 없어요. 다만 K목사님이 지옥에서 벗어나려면 그만한 공을 세워야 하니까 작전 논의차 찾아 뵌 겁니다. 우리는 특정 미션을 갖고 왔어요. 성공해야 우리 모두 살 길이 생깁니다."

K목사는 김성미 수녀 말이 왜 이리 늑장인지 조바심이 난다. 지옥 탈출, 천국행 승차 기미가 보인다면 어떤 일도 해낼 각오가 되어 있다. 능력도 의심하지 않았다. 그 옛날 장화 신고 서울 강남 논밭, 산과수원 사이를 누비며 부동산을 점찍어 사 놓았던 것이나 마침내 거기에 한국 굴지의 대형 교회를 건축한 추진력은 아직 충분하다고 믿는다.

"내 할 일이 뭐요? 숨 넘어 가겠는데 빨리 좀 시원하게 말하면 안되겠소?"

K목사의 다그침에 이채영이 나섰다.

"지옥에 교회를 짓는 겁니다. 멋진 지옥 교회, 이름을 뭐라 지을까요? 여기 지명처럼 봄을 기다리는 '춘망교회'가 괜찮겠네요. 완공되면 자리 잡을 때까지 K목사님과 저희들이 힘을 합쳐 목회하고 그 덕에 천국행 열차를 타는 것이지요. 어때요, 해 보시겠어요?"

K목사는 말이 채 끝나기 전에 우와하며 소리를 내지른다. 그에게 지금 선택의 자유는 없다. 모든 가능성을 다 두드려야 할 처지다.

"아, 두말하면 잔소리지. 하고말고요. 그런데 어디다, 어떤 규모로 지을지 생각해 봤습니까? 자재와 인부 동원, 교회 적지 선정, 신도들 모으기 등 만만치 않은 난제인데. 지옥에서 마땅한 설계사, 건축업자 찾기도 쉽지 않을 테고."

"그런 것을 지금부터 K목사님과 상의해야 하지요. 제일 중요한 것은 지옥 아마토 궁전의 허락을 받아 내는 일입니다. 허가만 나오면 물자는 우리가 천국에서든, 지구에서든 조달하고 인부는 제2 구역 '노동의 방'에 가서 구하면 되겠네요."

"지옥에 교회를 세운다, 그런 멋진 생각을 왜 지금까지 아무도 못했을까? 고정관념 때문이지. 지옥에 온 악령들이 할렐루야를 부르며 교회에서 찬송과 기도를 드린다고 생각하면 훨훨 춤이라도 추고 싶습니다. 그런데 막상 판을 벌여 놓고 보니 정작 내가 할 일은 별로 없군요."

펄펄 날던 K목사 얼굴이 갑자기 사그라진다. 지옥 나락에 떨어진 자신을 이제 절실히 체감한 것이다. 이채영이 위로했다.

"지옥에 계신 분께 무리한 부탁드릴 수야 없지요. 우리가 아마토를 만날 때 함께 가서 원로 목사의 면모를 보여 주고 지옥 교회에서의 K목사님 설교가 앞으로 지옥 악령들 갱생에 큰 도움을 준다고 잘 설득하시면 됩니다."

"그 정도면 가능하지요. 아마토 설득은 물론 신도 확보에도 최선을 다할 것입니다."

K목사 생기가 다시 살아나려 할 때 문에서 똑똑 노크 소리가 들렸다. 지옥 보안군들이었다. 아마토 궁전에서 모시러 왔다고 했다. 무표정하게 딱딱한 자세였지만 아마토의 손님으로서 응접 태도가 정중했다. 일행은 지체 없이 자리에서 일어났다.

아마토 궁전은 춘망대서도 제일 높은 고지대의 비교적 빛 밝은 곳에 위치했다. 그 일대만이 하루 2시간 정도 햇볕이 들었다. 그 반사 빛이 제1 지역 일대를 가냘프게 비추는 동력원으로 작용했다. 덕분에 궁전 내부 정원은 짧은 햇볕에 견딜 만한 키 작은 관목과 화초가 그런대로 볼 만하게 가꾸어져 있었다. 만일 여기에 30분 햇볕이 더 쪼인다면 더 큰 나무, 더 예쁜 화초가 자랄 것이다.

또 공기는 영혼에게 절대적이 아니지만 식물 성장에는 영향이 컸다. 춘망대 산소 농도가 아주 엷은 것에도 이채영 교수는 주목했다.

연옥의 이제벨 부모를 방문했을 때 저산소 증세로 고생한 일이 있는 그녀에게 이곳 대기 사정은 더 나빴다. 탄산가스, 질소, 산소 등 농도가 들쑥날쑥하기 때문에 나무와 화초 재배 폭이 훨씬 제한되고 있는 것이다. 정원을 살피며 걷던 이채영은 관목 숲에서 갑자기 튀어나온 작은 새 한 마리의 푸드득 소리에 정신이 번쩍 들었다.

아, 새도 있구나, 지옥이라고 펄펄 끓는 불가마와 시베리아 바이칼 호수보다 더 추운 한랭지대만을 생각했던 이채영에게 날아오르는 새 한 마리 존재는 가능성을 주었다. 자세히 살피니 K목사 주거지 근처 개울물에서 잡은 검은 물고기의 괴상한 모양과는 달랐다. 예쁘고 온전했다. 햇볕과 대기는 이처럼 생물 성장에 결정적 영양소인 것이다. 그렇다면 빛과 공기 농도 조절 등 환경 변화에 따라 나무와 풀, 꽃, 물고기, 새들이 궁전 밖 더 넓은 지역에서 다양한 모습으로 살 수 있음을 의미한다.

궁전 실내 풍경은 소박했다. 페르가몬 지옥 별 루시퍼 궁전에서 이제벨의 거처를 이미 본 적 있는 이채영에게 이런 모습은 신기했다. 루시퍼 궁전의 화려함을 생각했던 그녀는 새삼 아마토란 악령 두목의 됨됨이를 재고하지 않을 수 없다. 그는 루시퍼보다 상대하기 편할지 모른다. 합리적 사고의 소유자라면 막무가내 고집쟁이를 설득하기보다 쉽다.

하지만 지옥에 와서 꽤 시간이 흐른 K목사는 슬그머니 겁이 난 눈치다. 자신의 거주지와 너무 동떨어진 화려한 궁전 모습에 기가 죽은 것이다.

"어서들 오시오. 뜻밖의 천상 손님들을 맞아 사실 좀 당황하고 있소. 하지만 여기는 내가 관할하는 지옥이요. 당신들이 이상한 소리를 하면 당장 잡아다 저 아래 6번 지역 '열기의 방'이나 7번 '냉기방', 아니면 그 밑창 유리 상자 곽에 꼼짝 못 하게 유폐시킬 테니 주의를 바라오."

문득 전면 높은 단상에서 칼칼한 소리가 퍼져 나온다. 주위 관찰에 여념 없던 일행이 고개를 들어 보니 아마토가 자못 의젓하게 앉아 있다. 뿔 달린 귀신인가 싶었는데 웬걸 허우대 멀쩡한 노신사의 천국 사절단을 맞는 자세가 그럴듯하다. 하지만 저변에 감도는 유머러스한 기운은 어쩌지 못한 채 우스꽝스런 분위기를 자아낸다.

"저희는 천국 총리 대행 스테파노 님의 신임장을 소지한 특명 전권 대사입니다. 소중한 시간 내주셔서 감사드립니다. 바라옵건대 대등한 입장에서 정중히 저희 제안을 검토해 주시기 바랍니다."

바싹 얼어붙은 K목사와 김성미 수녀를 대신해 이채영 교수가 나선다. 주변 시녀들이 일제히 쉿 소리를 내며 이채영에게 함부로 나대지 말라고 주의를 준다. 감히 아마토 대왕 앞에서 첫마디에 대등하게 대하라고 윽박지르다니 불손하게 본 것이다. 하지만 이채영은 아랑곳하지 않고 계속 말을 이었다.

"여기 저희 신임장이 있습니다. 그리고 저희와 대화하려면 일단 좌석부터 정리가 필요할 것 같군요. 너무 멀찍이 높은 곳에 앉아 계시니까 말씀드리기 영 불편합니다. 아예 저희가 그 단상으로 올라가 앉을까요?"

그러자 단상의 대왕 옥좌에 앉아 있던 아마토가 큰 소리로 웃었다. 주변 시녀들이 또 이채영을 제지하려다 그 웃음에 멈칫한다.

"여봐라, 저 아래 회의 탁자에 내 의자를 갖다 놓아라. 내가 내려가지. 숙녀들에게 올라올 수고를 끼칠 수는 없어. 그럼 됐나?"

"너그러우십니다. 하지만 한 말씀 더 올려도 되겠습니까?"

이채영은 어차피 빼어 든 칼이라고 생각해 연타를 날린다.

"하하, 벌써 할 말, 안 할 말 다 하면서 새삼 내 허락은 왜 받으려는가? 말해 보라."

"말씀을 자유롭게 드리기 위해 주변을 물리쳐 주셨으면 합니다. 연약한 여성 2명과 연로한 노인 한 분뿐인 저희가 두렵지 않으시다면 말이지요. 일이 성사되기 전에 저희 말이 새어 나갈 우려도 있습니다. 그게 좋겠습니다."

여기서 아마토가 버럭 소리를 지른다. 웬만큼 참았다고 생각한 모양이다. 아니면 주위 시종들에게 면목을 세우려는가.

"보자 보자 하니 못하는 소리가 없구먼. 당신 도대체 천국에서 뭐 하는 친구야? 특명 전권 대사쯤 하려면 상당한 지명도가 있을 법한 데 당신 이름도, 성도 몰라. 나도 원래 천국 출신이거든."

"전권 대사와 만남은 대등한 자격이 원칙입니다. 구태여 상대 신분을 따지는 것은 본인이 자신 없음을 간접적으로 표현하는 셈이지요. 굳이 격을 말씀하신다 해도 저희는 천국 대표 자격으로 이 자리에 온 겁니다. 여기 천국 총리 신임장이 바로 그 증거지요. 폼이 아닙니다."

이채영은 여기서 밀리면 끝이라고 생각해 계속 맞선다. 최동혁 신부 옷을 벗기기 위해 악령에게 영혼까지 팔았다가 실패하고 저승에 온 전력의 소유자가 갈 길은 분명하다. 아마토 지옥 대왕 상대로 당당하게 지옥 교회 설립 허가와 지원을 받아 내는 것이다. 안되면 7번 방, 또는 상자 곽에 갈 수밖에 없다.

"궤변이야. 지옥 대왕을 만나는 사절이라면 거기 걸맞는 신분의 인사라야 하지. 아무나 내가 만난다고 생각하나? 그게 또 관례인 줄도 모르나? 신임장 한 장 달랑 들고 온 주제에 큰소리 치기는 참, 정신 좀 차리게 해줄까?"

아마토의 기세등등한 소리에 K목사가 얼른 끼어들었다.

"저희는 오직 대왕님께 간절히 상의드릴 게 있어 찾아왔을 뿐입니다. 천국 총리 신임장과 지구촌 관리 위원장이신 세례 요한님 부탁을 감안하셔서 부디 저희에게 용건을 말씀드릴 기회를 주시기 바랍니다. 노여움을 풀고 얘기부터 들어 보시지요."

"너희 얘기 따위 듣고 싶지 않다. 지금 지옥군과 천국군이 예리하게 대치 상태다. 전시 상황이라는 것도 모르나? 그런 판에 감히 내가 접견하는 자체를 고마운 줄 모르고 건방진 말대꾸를 한다니 될 말이야? 당신, 겁 없이 말 잘하는 친구, 신분을 대지 않을 거면 당장 돌아가라고. 안 가면 잡아 처넣을 거야. 다 필요 없어."

아마토의 노기는 좀처럼 풀릴 기세가 아니다. 드디어 이채영이 결심한다.

"그래요. 밝히지요. 저는 저승에 온 지 얼마 안 돼 아직 주거지를 확정받지 못한 처지입니다. 이승의 불미한 일 때문에 자칫 대왕님의 지옥에 떨어질 가능성도 배제 못 하고요. 하지만 다행스럽게 천국 지도층 여러분이 저에게 대왕님을 만날 미션을 만들어 주었습니다. 지옥 교회 건립 얘기지요.

아마토 대왕님에게 이 과업을 잘 설득해 성사시키면 저의 신분 상승은 물론 지하 지옥에도 여러 가지 혜택이 가능하다는 겁니다. 양쪽 다 천재일우의 기회지요. 그래서 신임장 한 장 청해 들고 감히 왔어요. 천국 총리 신임장이면 다 된다고 생각했는데 여기서 그게 안 통하네요. 천국 과신의 제 잘못입니까, 신임장 따위 무시한다는 대왕님 잘못입니까?"

이채영이 아직 떠돌이 영혼에 불과하다는 말을 겁 없이 하며 맞서자 아마토는 물론 K목사, 김성미 수녀 모두 기함하고 만다. 이제 일은 다 틀려 버렸다.

"가라, 얘기는 더 들어볼 것도 없다. 신분도 불확실하고 정처도 없는 자와 무슨 말을 하느냐? 신임장을 자꾸 들먹이는데 그게 진짜인지 내가 어찌 믿어. 잡담 제하고 너희는 즉각 추방이다. 여봐라, 이들을 당장 쫓아내라. 별 하찮은 것들이 내 시간을 뺏었구나."

아마토 고함에 주변 시종들이 몰려든다. 이채영은 흔들리지 않았다. 꼿꼿이 선 자세로 아마토를 똑바로 바라보며 또박또박 되받아쳤다. '모 아니면 도'라는 절박감이 온몸을 짜르르 흐른다.

"베아트리체, 별 점, 아, 그리워라!"

47. 새 총리 후보

베드로 원로원 의장이 야고보 전 총리 사저를 찾았다. 주변은 2천 년 재임의 천국 총리 주택에 걸맞은 풍경으로 아늑했다. 마치 중동 지역 베다니아와 예루살렘 사이 올리브 산 중턱의 작은 마을 뱃파게를 떠다 놓은 듯싶다. 뱃파게는 예수님이 예루살렘 입성 때 나귀를 빌려 오라고 제자를 보냈던 성경 속 긍지에 찬 마을이다.

야고보 마을에 들어서는 순간 베드로는 갈릴레아 호숫가 자기 고향을 떠올렸다. 조만간 자신도 동생 안드레아와 함께 귀거래사를 읊을 날이 올 것이다. 그때 야고보처럼 꾸미고 살 것인지 생각하다 머리를 흔든다. 지상은 지상 생활로 끝내야 한다.

예수께서 하느님 율법대로 사는 유태인들이 기특해 예루살렘 지역에 오신 것은 이해하지만 그렇다고 그 일대가 지상 낙원일지는 여전히 의문이다. 오죽하면 평생 독신 신학자로, 역사학자로 강단에 섰던 대한민국 Y대 K교수가 다음과 같은 우스갯소리를 했을까.

"여러분, 그 옛날 모세가 귀가 좀 어두웠다는 사실 잘 모르지요? 이집트에서 무리를 이끌고 탈출해 광야를 헤맬 때 하느님은 젖과 꿀이 흐르는 '카나다'로 가라고 하셨어요. 그런데 귀 멍멍 모세가 그만 '가나안' 소리로 잘못 듣고 엉뚱한 이스라엘, 팔레스타인 지역에 무리를 끌고 간 겁니다. 갈릴레아 호수, 요르단 강줄기 따라 펼쳐진 사막지대, 오아시스 끼고 겨우 살아가는 가나안이 무슨 젖과 꿀이 흐르는 땅일까요?"

한국에서 막 천국에 왔던 어느 목회자와의 면담에서 이런 농담을 듣고 베드로는 한바탕 웃었던 기억이 지금도 생생하다. 설마 하느님과 직통했던 선지자 모세를 가리켜 귀 멍멍이라니, 불경하다 싶으면서 실정을 알고 나면 그런 농담이 전혀 틀린 것은 아니라고 생각했다. 가나안 지역보다 살기 좋은 곳은 지구에 널려 있다.

베드로 원로원 의장이 야고보의 집에 도착하자 미리 약속했던 바오로 원장은 벌써 와 있다. 바로 전에 그물과 낚시 도구를 챙겨 물가에 가려던 야고보 전 총리를 그가 붙잡아 세웠다는 것이다. 이 말에 베드로도 부쩍 고기잡이 생각이 간절해진다.

야고보와 요한 형제, 베드로와 안드레아 형제 모두 어부 출신 아닌가. 예수님이 베드로에게 '사람 낚는 어부가 되어라.'라고 말하기 이전 그들은 출중한 고기잡이 어부들이었다. 내친 김에 베드로가 야고보에게 물었다.

"여기서 호수가 가깝습니까? 집에서 얘기하기보다 물가에서 그물 치고 고기잡이하며 건네는 한담이 기분도 풀고 나을 듯싶은데. 바오로님 어떠세요?"

"아, 좋지요. 이런 날씨에 집안에 틀어박혀 구수회의 해본들 뾰족한 수 없어요. 마침 안식일, 쉬는 날이기도 하니 우리 자리를 옮깁시다. 야고보 님 그물, 낚시 솜씨도 볼 겸 당장 떠나요."

바오로가 동의하자 천국의 세 기둥이 앞 다퉈 어망, 어구 챙기기에 잠시 부산해진다. 처음 이들의 방문을 떨떠름하게 여기던 야고보도 물가에 도착, 옛날 솜씨를 뽐내고 싶어 하는 베드로의 허심탄회한 모습을 보고 차츰 마음을 연다. 누가 많이 잡나 경쟁심도 들었다. 바오로는 물론 문외한이다. 세금 담당 관리였다가 나중에는 천막 업자 경력이라 고기잡이와는 무관했던 것이다.

얼마쯤 시간이 흘렀을까, 처음 열기가 대강 식을 때쯤 또 반가운 두 손님이 호수가로 찾아 왔다. 야고보 집에 갔다 고기잡이한다는 말에 쫓아 왔다는 것이다. 세례 요한과 스테파노 총리 대행이다. 바오로는 이들과도 사전 약속을 해 두었었다. 야고보에게 신참들의 인사치레가 끝나기를 기다려 바오로가 비로소 방문 목적을 밝힌다.

일단 야고보를 방문하기 전에 용건의 핵심은 일행과 상의해 두었었다. 언제까지 대행 체제로 갈 수 없으니 후임 총리 후보를 야고보, 바오로, 베드로, 세례 요한, 스테파노 5자 회동에서 잠정 논의해 보자는 것이다. 마냥 하늘궁전 처분만 기다리는 것은 중심 사도들에게 부끄러운 일로 생각되었다.

야고보 탄핵 후 시간이 꽤 흘렀는데 하늘궁전은 계속 조용했다. 마티아 총괄 실장에게 총리 탄핵에 대한 의견, 하느님 뜻을 물어도 신통한 답변이 없다. 후임 총리 인선 의견을 물어도 마찬가지였다.

이는 하느님 침묵의 간접 표현이다. 그렇다면 대표급 사도들이 먼저 나서 일을 추진하는 게 옳을 것이다. 12사도 회의, 7인 봉사자 회의 플러스 안보 회의 등 천국을 움직이는 기타 핵심 모임에는 이들 원로 현인 5인의 결정을 추후 통보, 양해하는 형식이다.

"그러니까 후임 총리 선정은 야고보 님 의견을 최대한 존중하기로 우리는 여기 오기 전에 대강 합의를 보았습니다. 총리직을 물러날 때 미리 말씀 못 드린 것은 죄송하지만 사정이 그렇게 되었어요. 대신 후임 총리 복안을 말씀하시면 그대로 따를 생각들입니다. 이런 일 갖고 우리끼리 다투고 오래 나쁜 감정이면 하느님이 노여워하실 겁니다. 부디 고견을 말씀해 주세요."

바오로가 정색하고 야고보에게 요청했다. 베드로 원로원 의장도 거들었다.

"다 내 부덕의 소치입니다. 우리가 갈릴레아 호숫가에서 고기잡이할 때 이런 복잡한 생각 따위 해 보기나 했습니까? 늘 웃고 마음에 있는 것 다 털어 내 얘기하고 모든 게 투명했었지요.
하지만 야고보 당신은 천국 총리, 나는 부족하나마 원로원 의장직을 맡으면서 사실상 천국 양두마차가 되고 보니 예전 같은 소박한 관계를 유지하기는 힘들었어요. 얽히고설킨 일이 좀 많습니까? 탄핵이란 극단 수법을 쓴 것은 유감이지만 그럴 수밖에 없었던 저간 사정을 야고보 당신도 모르지 않아요. 이제 그만 노여움을 풀고 천국의 대사를 위해 우리 다시 진지해집시다."

오랜만에 고기잡이 솜씨를 뽐내어 어지간히 화를 푼 야고보가 멋쩍게 대답했다.

"허허, 자꾸들 그러면 내가 더 면목 없어집니다. 영생 문제나 천국군 출동, 비상조치 제1호 발표 지연과 영계 인간 선정 늑장 등 개혁 대소사를 내가 소극적으로 대처한 것은 사실이고요, 아무튼 지금 생각하면 당할 일을 당했던 겁니다.

탄핵 초기 좀 야속도 했지만 내가 재임 2천 년을 넘긴 총리로서 알아서 먼저 사직했어야 합니다. 때가 낀 줄 모르고 뭉갰었던 게 잘못이지 여러분 때문이 아니에요. 주님 뜻입니다."

"그렇게 이해하니 감사합니다. 저야 하느님을 환시로밖에 보지 못했지만 여기 계신 여러분들은 주님 생전에 공생활을 함께 하신 분들입니다. 자리 갖고 아옹다옹할 사이가 아니지요. 아까 말씀대로 총리는 대행 체제로 오래 가기 힘든 막중한 자리입니다.

오늘 그 후임을 이 자리에서 각자 천거했으면 합니다. 야고보 님, 베드로 님, 세례 요한 님, 스테파노 님, 네 분은 모두 천국 최고 원로로서 적극적 의견을 낼 의무가 있어요. 그럼 세례 요한 님 의견부터 들어볼까요? 연장자로서 첫 제안, 부탁드립니다."

바오로 감사원장이 조정자 역할을 하고 나선다. 12사도에 앞서 사실상 그리스도의 세계화, 체계화를 추진했던 예수의 분신이나 다름없는 바오로 말에는 힘이 실렸다. 천국 누구나 이를 인정한다. 바오로는 예수를 예수답게 만든 제2의 예수였다.

"제 의견보다는 야고보님 견해가 더 먼저인 듯합니다. 2천 년 경력자로서 이 시대에 알맞은 총리 깜이 누구일지 잘 아실 테니까요."

세례 요한이 버튼을 넘기자 야고보가 사양하지 않았다.

"더 양보하다가는 총리직에 연연하다는 소리 나올 것 같아 그냥 생각을 말하지요. 저는 프란치스코 하비에르 원로원 국방위원장을 천거합니다. 예수회 창립 멤버로, 동방 선교 개척자로 생전 활약과 지금 원로원 활동이 매우 활발합니다. 연륜도 16세기 인물이니까 개혁 시대에 적당하고요."

곧 세례 요한이 그 말을 받았다.

"어떻게 저와 의견이 똑같습니까? 하비에르라면 죽음의 항로를 거쳐 인도 고아에 가서 선교하고 나중에 일본까지 지평을 넓혔지요.

일본 규슈 지역 가톨릭교회가 그를 중심으로 창립되고 아직 곳곳에 그의 흔적이 남아 있습니다. 당시 군웅 할거하던 일본 영주들에게 실망, 중국 선교로 돌아섰다가 병사해 동방 선교의 위대한 꿈은 무산되었지만 그의 정신은 지금껏 신화로 살아 있어요."

"또한 그의 '썩지 않은 시신'은 기적 중의 기적입니다. 사망 즉시 시신에 석회 가루를 뿌려 부식을 빠르게 조치했는데도 사후 460년이 지난 아직까지 거의 온전하게 보존되어 인도 봄 지저스 대성당 '성 프란치스코 채플'에서 많은 관광객 심금을 울리고 있습니다."

베드로 의장까지 이렇게 거들자 이날 얘기는 간단히 끝날 조짐이었다. 그때 스테파노 총리 대행이 조심스럽게 제동을 걸었다.

"여러분들 의견이 대체로 집약되어 반갑습니다. 하지만 차제에 반드시 짚고 넘어가야 할 것은 과거 기적보다 앞으로의 능력과 개혁 성향이라고 봅니다. 천국은 지금 수천 년, 수만 년 세월의 때가 잔뜩 끼어 있어요. 지구 바티칸 교황청에서도 제266대 프란치스코 새 교황 취임과 함께 개혁 바람이 불고 있는데 천국이라고 예외는 아닙니다. 지금까지 하늘궁전 측이 총리 대행 체제라는 큰 변혁에도 불구하고 조용한 이유가 뭘까요? 묵시적 개혁 주문 아닐까요? 하지만 과거 기적을 과소평가하자는 건 아닙니다."

"바오로 원장님 의견을 아직 듣지 못했습니다. 여기서는 특정 인사 한 분보다 다양한 인물, 아이디어의 난상 토론 결과를 집약, 최선을 택하는 게 바람직해요. 서두르지 말고 천천히 갑시다."

베드로가 스테파노 대행의 개혁 성향 후보 거론에 일단 바오로의 의견 청취를 구실로 사족을 붙인다. 일사천리로 달리던 회의 진행이 잠시 멈칫한다. 탄핵 주체로서 미안한 마음에 야고보 의견에 덥석 동조했지만 총리 대행 스테파노 입장을 무시할 수 없다고 중재를 원하는 눈치다. 바오로가 피식 웃으며 대답했다.

"천국의 변화 필요성은 여러분 모두 동의할 줄 압니다. 아브라함 이후 4천 년 묵은 때를 벗으려면 획기적 개혁이 필요하겠지요. 그 점에서 스테파노 대행 말씀은 맞습니다. 그런데 우리가 천국에 온 날짜로 보면 야고보님은 2천 년 전이고 하비에르님은 1552년 입주니까 천국 나이로 아주 젊은 축입니다.
그런데다 하비에르 님은 16세기 초 예수회 창립을 주도한 당시 누구보다 개혁적 인사였습니다. 능력 문제 역시 원로원 국방위원장직을 맡아 정력적으로 잘해 왔고요. 사상 첫 지옥군과의 전면전 위험을 앞둔 현재도 군부와 협력해 적절히 대응하고 있습니다."

군더더기 없는 바오로 원장 말을 듣고 베드로 의장이 박수를 쳤다. 자기 의사를 그대로 대변했다는 의사 표시다. 만족한 야고보가 이쯤에서 베드로에게 그동안 참아 왔던 불편한 속내를 슬쩍 드러낸다. 총리 탄핵 의사봉을 두드린 장본인 아닌가?

"뭐야, '게파'는 내가 말하기 이전 벌써부터 하비에르 의원을 차기 총리로 내정하고 있던 것 아냐? 속내 시커멓기는 예나 지금이나 마찬가지인가 봐. 어쩐지 나를 탄핵하는 의사봉을 두드릴 때 소리가 유난히 컸어. 진작 그럴 생각이었으면 미리 귀띔하지. 내가 알아서 물러났을 텐데 우리 사이에 너무 하지 않았나."

베드로의 별명 '게파'는 예수님이 생전에 그를 부른 애칭이다. 흔들리지 않는 '바위'라는 뜻을 가졌음에도 베드로는 위기의 순간 세 번씩이나 예수를 모른다고 부인했다. 그런데도 무한 사랑을 베풀고 바티칸 대성당 초대 교황에 베드로 옹립을 허용하셨다. 야고보는 그 사실을 지금 살짝 꼬집고 있는 것이다.

"자, 지난 일 갖고 오래 얘기하면 신선미가 떨어집니다. 지금 생각하니 '게파' 님을 계승한 현재 로마 바티칸 교황도 2013년 취임과 더불어 이름을 프란치스코로 바꿨네요. 몇 차례 추기경 모임인 콘클라베에서 그의 교황 선출이 확실해지자 옆자리에 앉았던 한 추기경이 문득 '가난한 사람들을 잊지 마세요.'라고 충고했답니다.
그 바람에 원래 이름을 버리고 아시시의 성 프란치스코 이름을 따왔는데 충고 한마디 듣는 순간 빈자의 영원한 대부 성 프란치스코를 기억해낸 순발력은 대단하지요."

세례 요한이 현재 개혁 깃발을 높이 든 프란치스코 로마 교황의 명칭 변경 경위까지 설명하자 좌중 분위기가 완전히 하비에르 쪽으로 기울었다. 스테파노는 이때 다시 하비에르의 일본 체류 2년 여 동안 일본 야마구치 영주와의 면담 과정에서 빚어졌던 일련의 실수를 지적할까 하다가 바오로 감사원장 발언을 듣고 입을 다물었다.

"로마 프란치스코 교황의 개혁 바람이 만만치 않습니다. 주거와 전용차, 복장 등 허례허식을 과감히 제거하고 바티칸 재정 개혁에 착수하는가 하면 이탈리아 마피아를 파문, 그들과 대결을 불사했어요. 또한 개혁 8인 자문단이 구성돼 교황청 조직을 단순화하고 형법을 강화, 성추행 등 고질적 범죄 척결에도 나선 겁니다.

솔직히 교황청 인사 개혁을 추진하다 취임 33일 만에 의문사한 요한 바오로 교황 1세를 생각해 보세요. 개혁은 목숨 건 투쟁 아닙니까? 하비에르님이 이름도 같은 프란치스코 교황처럼 개혁 마인드를 가졌다면 후임 총리로 더할 나위 없습니다."

바오로의 말은 쐐기나 다름없었다. 이로써 신약시대 제1대 총리 야고보를 이을 천국 2대 총리는 거의 정해진 것처럼 보였다. 핵심 실세 그룹들에게 이 사실을 알리고 원로원 의결로 선출하면 될 터이다.

후임 총리 윤곽이 잡히는 동안 일행의 고기잡이 행사는 끝났다. 역시 전직 어부 출신 야고보와 베드로의 솜씨가 뛰어났다. 천국 양 거두 광주리에 수북이 쌓인 물고기 요리는 초대교회 시절 빈자들에게 음식 나눠 주기 봉사자였던 이방인 7인 봉사자회의 출신 스테파노 총리 대행 담당이 확실했다.

48-1. 지옥 교회

"게 섰거라. 방금 한 얘기, 다시 해 보아라."

이채영 교수가 지옥 궁전 아마토 대왕의 추방 명령에 굴하지 않고 되받아친 베아트리체 관련 고함은 10초쯤 시간이 흐른 뒤 효과를 나타냈다. 명령대로 물러 나가는 이채영 일행을 향해 돌연 아마토가 소리 질러 멈추게 한 것이다. 이채영이 이 말을 못 들은 채 계속 뒷걸음치자 아마토가 의자에서 벌떡 일어나 달려왔다. 이채영의 팔을 우악스럽게 잡아 쥐고 다시 채근했다.

"당신, 조금 전에 무슨 말을 한 거야? 다시 한 번 말해 봐."

이채영은 살포시 웃고 속삭였다.

"베아트리체, 별 점, 아, 그리워라. 다시 보고 싶네."

아마토는 즉각 주위 시종들에게 퇴장을 명령했다. 동시에 K목사, 김성미, 이채영 등 천국 사절단 일행을 탁자로 되돌아와 앉게 했다. 아마토의 몸시중을 드는 궁녀 혼자 남아 이들에게 지옥 최고급 차를 권했다. 향기가 생각보다 좋고 맛이 깔끔하다.

"베아트리체, 그 이름을 어디서 들었소? 내가 아직 천국의 착한 주민이었을 때 애지중지하던 하나밖에 없는 귀여운 딸인데. 내가 정떨어져 내쫓은 어미 찾아간다고 집 나간 이후 지금껏 많은 세월이 흘렀어도 생사조차 모르는 딸이오. 어디 있는지, 어떻게 컸는지, 부디 자세한 정황을 말해 주기 바라오."

아마토는 이제 지옥 대왕으로서가 아니라 한 귀여운 딸자식의 아버지로서 간절히 말하고 있었다. 일행에 대한 존칭도 살아나고 이들의 요구 조건을 다 수용할 수 있다는 간절한 자세다. 이채영은 회심의 웃음을 웃고 새삼 마더 테레사에게 고마움을 갖는다. 미리 이런 일이 있을 줄 예상하고 천국 극비 사항 하나였던 숨겨진 아마토의 딸 얘기를 해준 게 결정적 반전 계기가 된 것이다.

"베아트리체는 구원의 연인상이지요. 단테를 천국에 안내한 소녀 천사도 그 이름이었던가요? 그런데 대왕님 딸이 같은 이름이라니 믿기지 않네요."

이채영은 아직 뜸을 들이고 있다. 아마토의 애가 끓을 때까지 끓게 내버려 둘 심산이다. 이제 '갑을'의 입장이 바뀌었다고 자신한다. '갑'이 자기고 아마토가 '을'이다. 톡톡 몇 마디 던지고 미소를 띤 채 차 한 모금 홀짝, 향기를 음미한다.

"남 속 타는 줄 모르고 왜 그리 늑장이오? 그러다가 벌 받고 지옥 갑니다. 부녀지간 애달픈 이별 사연을 재미로 즐긴다는 게 얼마나 큰 죄인지 모르는 모양인데 지옥 불구덩이, 냉탕에 빠트리기 전에 당장 베아트리체 소식을 전하시오."

아마토의 엄포는 그러나 힘이 없다. 이채영의 고삐는 아직 팽팽하다. 여전히 미소 지은 채 '여기가 바로 지옥인데 또 지옥가나' 낮게 종알대며 여유 있게 K목사를 돌아본다. 대신 말해 달라는 뜻이다.

"저희가 여기 온 용건을 다시 한 번 분명히 말씀 드리겠습니다. 아까 이채영 교수가 잠깐 언급했던 바와 같이 저희는 지옥, 바로 여기 춘망대에 멋진 교회를 지어 하느님 복음 선교 사업을 하고 싶습니다. 이를 허락해 달라고 찾아 뵌 겁니다."

K목사가 기회를 놓치지 않고 재빨리 말했다. 아마토의 두 눈이 대번에 자동차 헤드라이트처럼 번쩍 커진다. 이자들은 완전 놀라움의 연속이다.

"지옥에 교회라니 말이 되는 소리인가. 교회당 나와 예배 참여할 사람들이면 애당초 지옥에 오지도 않았을 거야. 설사 지어 놓는다 해도 어느 누가 예배를 볼 것인가? 그렇다고 나를 찬미하라는 말은 아니겠지. 이치에 맞는 소리들 하시오. 어림도 없네."

아마토는 칼로 무 베듯이 싹둑 잘라 버린다. 이채영 교수가 담담하게 딴전을 피운다.

"따님은 참 예쁘게 컸더군요. 해맑은 얼굴로 주위를 행복하게 만드는 재주가 놀라웠어요. 아버지를 보고 싶다고도 말했습니다."

아마토의 얼굴이 일그러지다 말고 새삼 기대에 차오른다. 방금 냉정해졌던 표정과는 백팔십도 반전이다. 고삐를 잡아당긴 효과다.

"어디서 그 애를 보았소? 나는 그 애를 잃고 백방으로 찾았지만 흔적도 발견할 수 없었는데. 내가 천사에서 지옥 악령으로 타락한 원인 중 하나가 아내 가출과 베아트리체의 실종임을 모르시나? 말인즉 쫓아냈다고 했지만 나는 지금도 내 아내가 왜, 무슨 일로 나를 배반하고 종적 없이 사라졌는지 이해할 수가 없소. 거기다 베아트리체까지 나에게서 빼앗아 가다니 내가 정상적으로 살기는 힘들었지. 제발 그 애를 본 곳만이라도 알려 주기 바라오."

아마토는 애원했다. 이채영이 그 말에는 직답을 피하고 이번에는 김성미 수녀를 돌아보며 말했다.

"혹시 지옥 교회가 세워질 경우 천국 베네딕토 수녀원에서 지옥을 위해 할 수 있는 일이 뭐 없을까요? 지옥 교회에 간호 봉사자들이 와서 병든 악령을 치료하던가, 아예 지옥 수녀원을 지어 영적 위로 장소로 삼던가, 예능단을 보내 웃음과 활력을 주던가, 방법이 여럿 있을 것 같은데요."

아마토를 회유해 보라는 뜻인 줄 눈치채고 얼른 김성미가 순발력을 발휘한다.

"수녀원 차원을 넘어 생활 개선을 고려할 것도 많지요. 가령 천국 환경 동력부에 요청, 지옥 햇볕과 공기 공급량을 확대하는 것은 지옥 춘망대의 생활 여건은 물론 생물 성장을 획기적으로 돕는 겁니다. 한마디로 보다 쾌적한 생활이 가능해 진다는 것입니다. 10분, 20분 정도의 햇볕, 약간의 산소량 증가만으로 나무와 풀잎은 훨씬 잘 자라고 덩달아 공기 청정도가 높아집니다. 아까 들어올 때 보았던 이곳 궁전의 키 작은 관목 넝쿨이 어느덧 우람한 숲으로 변할 것을 생각하니 정말 행복해지네요."

김성미가 기지를 발휘해 말하는 동안 아마토는 시종 눈을 감고 있었다. 호통치던 그 모습도, 애원하던 간절함도 다 접은 듯 했다. 이때다 싶어 이채영은 회심의 마지막 화살을 시위에 걸었다.

"베아트리체는 천국 플라워 가든에 잘살고 있습니다. 아까도 말씀 드렸지만 그렇게 예쁘게 클 수가 없지요. 지옥 교회 첫 예배를 볼 때 데리고 오면 부녀 상봉이 가능할 겁니다. 베아트리체의 발바닥 별 점도 여전히 아빠를 닮아 빛나고 있더군요. 푸른빛의 북두칠성. 서슴없이 두 발바닥 높이 들어 보여 주던 베아트리체 귀여운 모습이 지금도 내 망막을 떠돕니다. 지옥 교회를 세워 악령들 영혼을 순화시키면 언젠가 아마토 님도 천국에 귀환할지 모릅니다."

이채영의 말이 끝나기 무섭게 K목사가 자리에서 일어섰다. 그는 양손을 벌리고 하늘을 향했다. "기도합시다."

이채영 교수, 김성미 수녀가 성호를 긋고 무릎을 꿇는다. K목사의 간절한 기도 소리가 아마토 궁전의 넓은 홀에 메아리친다. 혼신의 힘을 다 쏟아 넣은 그의 기도에 하늘과 땅이 흔들리는 듯했다. 세 사람 모두 각자 처한 입장이 서러워 눈물을 펑펑 쏟았다. 아마토 악령 두목까지 눈을 감고 골똘히 생각에 잠겼다.

"그리하여 이제 하느님 곁으로 한 발자국 다가선 아마토 대왕에게도 사랑의 손길을 사양하지 마시고 그가 그토록 절실히 원하는 귀여운 딸 베아트리체를 만나는 기쁨을 누리게 하소서. 하느님 이름으로 세워지는 지옥 교회 헌정 예배에 아마토 대왕과 사랑하는 딸 베아트리체 부녀가 함께 참석하도록 허용해 주소서. 우리 주 예수 그리스도를 통하여 간절히 기도합니다. 아멘."

K목사가 기도 마지막 멘트에서 자신의 이름을 거론하자 아마토의 얼굴에 진땀이 흐르기 시작했다. 동시에 '아멘'을 외친 이채영, 김성미의 얼굴 역시 땀으로 흠뻑 젖었다. 그들은 잠시 지옥에 와 있다는 것을 잊는다. 무아지경 속에 자신들의 임무도 잊었다.

"내 딸 베아트리체를 첫 헌정 예배에 데려 온다는 조건으로 지옥 교회 건립을 허용하겠소. 단 교회 신자들은 자발적 참여자에 한하고 지옥 내 선교 활동은 원칙적으로 금지요. 하지만 부활절 사순 시기에는 당신들 역량을 시험해보는 의미에서 제한적으로 허용하겠소. 내 영역 내에서 나에게 반하는 족속들이 늘어날 여지를 내가 무조건 줄 수는 없지. 어때, 그만하면 나도 할 만큼 한 것 아니오?"

아마토가 마침내 잠에서 깨어나듯이 눈을 뜨고 사뭇 호혜적 말투로 제안했다. 모르는 새 성령이 오셨다 간 것이다. 이채영은 두 손을 가지런히 모아 아마토 악령 두목에게 감사의 뜻을 표했다.

"시원시원하신 대왕님 결정에 감사드립니다. 아울러 지금까지 제 말이나 태도에 건방진 점이 있었다면 사과드리고 차제에 역시 시원스럽게 용서해 주셨으면 바랍니다. 한 가지 청이 더 있는데 어떨지 좀 망설여지네요."

"뭐요? 그게, 아무렴 지옥 교회보다 더하겠소. 말해보시오."

아마토는 이제 대양처럼 넓은 마음이다. 베아트리체를 만난다는 기쁨과 '시원하다'는 이채영의 칭찬 한 마디가 악령 두목을 이처럼 변화시킨 것이다. '칭찬'은 영혼까지도 춤추게 한다. 칭찬은 행복을 준다. '가장 중요한 때는 지금이고 가장 중요한 사람은 지금 만나는 사람, 가장 중요한 일은 지금 만난 사람을 행복하게 하는 것'이라는 톨스토이 행복론이 새삼스럽지 않다.

"괜찮으시다면 지옥을 샅샅이 구경하고 싶습니다. 이쪽 풍토와 관습을 고려한 교회를 세우기 위해서지요. 대충 지어 놓고 그게 여기에 맞지 않는다면 교회 설립 효과가 반감합니다. 천년, 만년의 기념비적인 교회로 만들기 위한 사전 준비라고 보시면 됩니다."

"좋아요. 지금 당장이라도 떠나시오. 내가 안내원은 붙여 드리지. 춘망대 이외 지역에 가면 너무 처참하다고 놀랄 수도 있지만, 그래서 지옥인 거니까 잘 보고 와요. 7개 구역마다 험상궂은 문지기들이 지켜도 통과증과 안내원이 있으면 불편 없을 테지. 나중 다녀와서 다시 얘기합시다."

K목사와 김성미 수녀, 이채영 교수는 한결 밝아진 기분으로 아마토 궁전을 빠져나와 다시 개울가 오두막집으로 갔다. K목사가 두 손님이 묵을 방에 촛불과 이부자리를 준비한다. 저녁 식사는 아마토 궁전에서 성찬으로 때웠어도 웬일인지 허기가 졌다. 아마토와 씨름하며 긴장한 탓이리라.

"이럴 때 한국에서 먹던 라면 한 봉지 풀어 살살 끓이고 잘 익은 김치 한 보시기 해서 어석어석 먹었으면 딱 좋겠지요. 베네딕토 수녀원에 비슷하게 제가 만들어 놓은 게 있긴 있는데 깜빡했어요. K목사님, 나중 교회 다 짓고 우리가 자주 여기 와서 봉사하게 되면 그때 맛있는 김치 듬뿍 가져올게요."

김성미 수녀의 말에 K목사는 입을 쩝쩝 다신다. S교회 시절 주일 강론을 열나게 한 뒤 눈치 빠른 이재준 목사가 끓여 온 라면 국물로 원기를 되찾던 기억이 새로웠기 때문이다. 엄마한테 배운 요리 솜씨인지 유달리 맛이 있었다. 다 꿈 같은 얘기들이다.

이제부터 교회 사업에 열중해서 또 다른 세상을 개척해야 한다. 밤이 깊도록 단출한 지옥 교회 개척자들은 다음 날 지옥 여행과 교회 건축, 신자 확보 등 당면 문제 토의에 여념이 없었다. 개울가에 개구리, 맹꽁이가 합창, 밤의 적막을 깼다.

48-2. 지옥 답사

이튿날 이른 아침에 아마토 궁전에서 안내원이 왔다. 첫인상이 남달랐다. 수려한 용모에 지적인 냄새를 풍기며 살짝 다리를 저는 하얀 살결, 푸른 눈의 소유자였다.

"오늘 제가 여러 분의 지옥 여행을 도와줄 가이드입니다. 가고 싶은 곳, 알고 싶은 것은 지체 없이 말해 주기 바랍니다. 갈 길이 머니 지금 바로 출발하지요. 제 이름은 바이런입니다."

안내원의 자기소개를 듣자 이채영이 화들짝 놀라다 말고 깔깔 웃었다. 이제 누군지 알겠다는 표시다.

"그러니까 영국의 저 유명한 시인 바이런이란 말씀이죠? 조지 고르돈 바이런 경. '차일드 해롤드'란 장시를 쓰고 나서 '자고 나니 하루아침에 유명 인사가 되었다'라고 당대 명언을 남겼던 대시인, 독일 문호 괴테와 편지를 교환하던 그분 맞습니까?"

이채영의 단도직입적 물음에 바이런도 망설임이 없다.

"네, 맞습니다. 제 이름을 들으면 흔히 사칭하는 줄로 아는데 당장 믿어 주시니 영광입니다. 그래서 속담에 '아는 데까지 세상이 보인다.'는 말이 나오겠지요. 지상에서는 술과 여인 속에 지새다 결국 지옥으로 떨어졌지만 다행히 아마토 궁전에 근무하며 안내 도우미 역할을 맡고 있지요. 어디부터 모실까요?"

바이런은 활달했다. 김성미 수녀가 대답한다.

"골라서 가기보다 2지역, 3지역 등 순서대로 다 볼 겁니다. 진행에 문제만 없다면 말이지요. 저희 순방 목적은 지옥 교회를 세울 경우 예배드리러 나올 신자가 얼마나 될지 사전 조사하는 겁니다."

"지옥 교회를 세우다니 참 놀라운 일을 하는군요. 그럼 '노동의 방' 먼저 갑니다. 교회 건축 일꾼도 구할 겸 좋겠네요. 거기 악령들은 욕심이 많아요. 죽어라 일만 하면 뭐가 생긴다는 생각에서 벗어나지 못합니다. 한마디로 일벌레들이 사는 곳이죠."

바이런이 앞장서고 그 뒤를 세 사람이 따라간다. 아침이 밝았는데
도 주위는 저녁 어슬녘 같다. 아직 햇볕 공급 시간이 안 된 탓이다.
일행이 개울을 건너 산 구비를 돌아서자 거대한 동굴이 나타났다.
두꺼운 철문은 언제 열렸었는지 녹이 잔뜩 슬어 있다. 바이런이 힘
껏 주먹으로 문을 두드린다. 잠시 후 쪽문이 열리고 문지기가 나타
났다.

"아마토 대왕님 손님들이다. 여기 통과증을 보아라."

바이런이 건넨 증서를 확인한 문지기가 비켜서자 일행은 호기심
가득히 안으로 들어갔다. 하지만 첫발을 내딛는 순간 호기심은 멀리
사라지고 대신 온몸이 오그라드는 기분이다. 개미 떼처럼 엉킨 수많
은 노동자들이 땀과 열기, 노동 구호, 기계 벨트가 돌아가는 마찰음
속에 대책 없이 일을 하고 있는 것이다.

"이 속이 얼마나 크기에 이처럼 많은 일꾼 악령을 다 수용하나요?
여기 숫자가 엄청나겠네요?"

K목사와 이채영이 동시에 묻는다. 1지역 춘망대는 한적해서 오히
려 쓸쓸한 느낌인데 2지역 동굴은 보기에도 비좁다.

"보기에 좁지만 일꾼들이 밟고 선 일터 설계가 층층이 몇 만 겹인
지 아는 사람은 아마 아마토 대왕뿐일 겁니다. 지금 우리 눈에 정상

크기로 보이는 저 일터와 일꾼들은 사실 몇 백, 몇 천분의 1로 축소되어 작업을 하지요. 개미 떼와 같습니다. 그러니까 수십 억 악령들이 여기서 지낼 수 있는 거죠."

바이런의 대답은 상상을 초월하는 것이다. 그렇다면 일행은 지금 환시를 보고 있는 셈이다. 김성미 수녀가 일부터 챙긴다.

"혹시 저 일꾼들 중 몇몇과 인터뷰 가능할까요?"

"아, 그럼요. 당장 몇 명 데리고 오지요."

바이런이 달려가더니 남녀 한 쌍의 악령과 함께 돌아왔다. 가까이 와서 보니 놀랍게도 한국인들이다. 바이런이 기지를 발휘해 책임자에게 말해 특별히 선발해 온 모양이다.

"두 분은 지상에서 무엇을 하던 분들입니까?"

K목사가 먼저 질문했다. 힘쓰는 노동자 출신은 아닌데 여기 와서 얼마나 고생이 많은지 몰골이 초췌했다. 때 묻은 한복 차림 남자가 대답했다.

"우리는 작가들이지요. 겉으로 노동자와 약자 돕는 글 쓴다고 하면서 내면으로는 재벌 못지않은 생각과 탐욕과 행동으로 호의호식하다 지옥에 온 겁니다. 지상에서 거짓말로 잘 지냈으니 지옥에서는 평생 진짜 땀 흘리며 가난하게 살라고요."

"무슨 책들을 썼는지 작품 예를 들 수 있습니까?"

이채영이 재차 물었다.

"가령 한국동란 직후 남쪽에서 산으로 쫓겨 들어간 빨치산들은 의협심 많은 애국자로, 이를 쫓는 경찰관은 비겁하고 악랄한 권력의 주구로 표현한 겁니다. 거기 얽힌 재미있는 일화들을 소개하며 약자 편드는 모양새를 취하니 소설이 잘 팔렸지요.

또 노동과 빈민 운동가는 항상 옳고 이를 탄압하는 기업주와 부자는 악덕 인간의 표상으로 쓰면 역시 인기 만점이었습니다. 실제 급성장하는 대한민국에 그런 졸부와 모리배, 불의 정치인이 많았기 때문에 우리는 멋대로 난도질을 해도 영웅이 되는 세상이었죠."

대담한 여류 작가는 미인이었다. 많이 본 듯한 얼굴이라고 생각, 신원을 물어 보려는 찰라 김성미가 남자에게 말했다.

"악덕 졸부가 있는 반면 창조적 발상으로 열심히 애국 애민한 기업주가 더 많아 한국이 발전한 것은 왜 소설에서 다루지 않을까요? 형평성에 문제가 있었군요. 과거는 그렇다 치고 만일 우리가 춘망대에 교회를 지을 경우 여러분은 주일마다 나와 예배 볼 의향이 있습니까?"

남자가 고개를 흔드는 가운데 여자가 다시 나섰다.

"제 경우 지상에서 가톨릭 신자였습니다. 하지만 가짜였지요. 인간적 오만과 편견 때문에 충실하지 못한 것은 물론 때로는 종교를 소설 속 도구로 이용한 경우도 없지 않았습니다. 이제 와서 다시 교회 예배를 드린다고 처지가 나아질 것 같지 않습니다."

남자 작가도 동의했다.

"제가 좌파적 소설가로 매진하고 성공한 것을 탓하기에 앞서 우파, 내지 보수파 소설가들의 재미없는 글쓰기를 먼저 시정해야 합니다. 좌파적 소재보다 우파 소재가 약한 테마인 것은 인정합니다. 우파는 사회 안정 중심의 현상 유지 글을 쓰기 마련이라 이념과 평등 같은 거대 담론을 담기 어렵지요.

그렇다 해도 보수파 작가들 역시 재미있는 스토리를 많이 발굴해야 삽니다. 게으르고 능력 없으면서 무조건 좌파 작가 비난은 곤란해요. 그런 처지로 우리가 지옥 교회에 가서 지구처럼 부자 장로, 십일조 헌금 위주 성직자들의 횡포를 보게 된다면 무슨 의미가 있겠습니까? 교회다운 교회라야지."

여기서 안내자 바이런이 말을 끊는다. 갈 길이 바쁘다는 것이다.

일행은 황급히 2지역 '노동의 방' 소속 두 작가와 헤어져 3지역 '어둠의 방'을 향해 걸었다.

1788년 명색이 귀족의 자손으로 태어나 1824년 불과 36세 나이로 병사한 바이런은 이복 누나와 근친상간까지 불사한 평생 바람둥이에 술꾼이며 이탈리아, 그리스 전쟁에 참가한 시인, 모험가로 명성을 날렸다. 하지만 종교 면에서 어떤 신이고 철저히 부정한 불신자 생애로 일관했다. 그런 처지에 지옥 작가들과 계속 교회 및 작품 얘기를 나누는 게 불편했던 모양이다.

다시 산모퉁이 하나를 돌아가자 거기는 철저히 암흑세계, 바로 '어둠의 방'이다. 문도 없이 긴 터널처럼 생긴 캄캄한 공간에 수많은 깜빡이들이 빛나고 있었다. 마치 반딧불을 보는 것 같다.

"여기 악령들은 어둠에 익숙해지기 위해 모두 박쥐 생김새입니다. 날개, 몸통, 눈이 밝은 데서 보면 박쥐처럼 생겼지요. 역시 작게 압축되어 있어요. 하지만 여기서 벗어나면 바로 지상 인간 모습으로 돌아갑니다."

바이런의 설명이 시작되려 할 때 박쥐 한 마리가 이쪽으로 날아 왔다. 재빨리 바이런이 그의 날개를 붙잡는다. 비명을 지르는 박쥐.

"왜 이러세요. 나는 그저 못 보던 영혼들이라 호기심에 왔을 뿐인데. 놓아 주세요. 혹시 먹을 것 있으면 좀 나눠 주시던가."

박쥐의 가녀린 말에 바이런이 주머니에서 모이 비슷한 먹이 한 줌을 꺼내 그에게 준다. 이 때 김성미가 박쥐에게 물었다.

　"여기 어떻게 왔지요?"

　"여기는 범죄가 악랄하고 끔찍한 흉악범들이 오는 데가 아니고 사기범, 성추행, 뒷담화하던 음흉한 인사들 집합처라 저마다 변명이 가능합니다. 기일 내 빌린 돈 안 갚아 사기가 되고, 사랑하다 간통했고, 남의 흠 눈에 보여 소문냈을 뿐입니다. 아, 참 그러면서 속죄를 거부했으니 그게 죄네요."

　박쥐 말이 끝나기 무섭게 이채영이 물었다.

　"마치 마트에서 물건 그냥 갖고 나오며 '외상이오.' 소리 안 했다는 좀도둑, 시골 장터에 떨어진 동아줄을 주어 갖고 집에 왔더니 고삐 꾀인 황소 한 마리가 절로 따라와 있더라는 소도둑 얘기하고 비슷하네요. 죄를 죄인 줄 몰랐다는 발뺌인데 혹시 여기 교회가 생긴다면 와서 속죄하고 구원받을 생각은 있어요?"

　"글쎄, 댁이 하느님이면 모를까 이미 지옥에 떨어진 우리를 누가 구원할 수 있나요? 밑져야 본전인데 짓기만 하세요, 이 빌어먹을 어둠 밖에 나가고 싶어서라도 가보기는 하지요."

바이런이 또 갑자기 '어둠의 방'에 등을 돌리고 앞장서 걷는다. 다음 질문을 준비하던 이채영 일행은 영문을 모른 채 뒤를 따른다. 지상에서 평생을 밝고 화려하게 살았던 바이런에게 어둠이 곧 무서움이라는 것을 알 리 없으니까.

어둠 속에서 계속되는 교회 얘기가 그의 두려움을 배가시키는 아킬레스건인 것은 더 알 수 없다. 여인과 술, 명성 속에 살며 성질나면 곧 결투 신청을 불사하던 제멋대로 바이런 아닌가. 하지만 주객이 전도된 그의 돌출 행동은 곧 응분의 대가를 받는다.

4지역 '비명의 방'은 가파른 산등성이 길을 기다시피 올라간 분지 한가운데 있었다. 위에서 내려다보니 네모진 시멘트 벽과 둥근 지붕이 길게 전개된 거대한 보물 함 같다. 외피가 하도 단단해 내부 어떤 비명 소리도 새어 나올 수 없게 보인다. 바이런이 문설주에 달린 초인종을 누르려 할 때 이채영 교수가 일단 제지했다.

"먼저 바이런 님이 아셔야 할 게 있습니다. 당신은 우리를 위한 지옥 가이드입니다. 아무리 18세기 유명 시인이고 '나는 신을 반대한다, 시인은 신앙에 매이지 말아야 한다, 당시 세계 인구 8억 가운데 하느님을 믿지 않는 6억 명은 어떻게 되느냐' 등 반그리스도적 발언으로 인기를 끌었다 해도 지금 처지는 지옥 안내자 역할을 할 뿐이죠. 하느님 믿는 우리를 함부로 보고 시찰지에서 멋대로 먼저 출발하는 따위 돌출 행동은 삼가기 바랍니다."

바이런은 처음 흠칫했지만 이 말을 경청했다. 사실을 바로 지적했기 때문이다. 다 듣고 난 뒤 사절단 일행에게 깊이 허리를 굽혔다.

"죄송합니다. 저승에 온 지 꽤 지났는데도 아직 정신을 못 차렸습니다. 저라는 놈이 원래 그렇게 못되었지요. 오죽하면 사탄학파의 두목 칭호를 받았겠습니까? 하지만 남은 것은 보잘것없는 시와 희곡 몇 편이고 이제 지옥에 떨어져서 여성들이 저에게 반하는 일도 없게 되었지요. 당장 이채영 교수님께 꾸중 듣는 그런 처지, 앞으로 가이드 역을 충실히 하겠습니다."

"제가 너무 직설적으로 말해 미안합니다. 바이런 님도 한때 '가톨릭 신도로 태어났으면 좋았겠다, 나보다 더 기독교도적인 사람 있으면 나와 봐라, 천국과 지옥 중간에 연옥이라는 불신자 구제 기구를 만든 가톨릭을 다른 종교들이 왜 닮지 않는지 모르겠다.' 등 꽤 괜찮은 말들을 했었지요. 그 생각이 지금도 유효하다면 지옥 성당이 완성되는 날 초대 강연자로 모셨으면 합니다만…….."

이채영의 퉁 치는 말로 두 사람 사이 어색한 모습이 사라졌다. 일행 모두 크게 웃는 가운데 바이런이 이윽고 '비명의 방' 초인종을 누른다. 문이 요란스럽게 열린다. 이름값을 하는 모양이다. 누가 나올까? 이윽고 나타난 주인공은 늑대 탈을 썼다.

"누가 이른 아침부터 소란을 떠나. 혼 좀 나야 정신 차리겠느냐?"

다짜고짜 고음의 반말 투로 예의라고는 눈곱만치도 없다. 보름달이 환하게 비추는 아메리카 대륙 서부 황야 인디안 지역 언덕에 한 마리 두목 늑대가 우짖는 실루엣처럼 건방진 모습이다.

"우리는 아마토 대왕 허가를 받고 지옥을 시찰 중인 천국 사절단 일행이다. 너는 누구냐?"

비위 상한 바이런도 만만치 않다. 마치 자신도 천국 소속인 것처럼 나댔지만 이번에는 이채영이 살짝 웃고 만다. 바이런은 여행증을 높이 흔들며 문지기를 밀어 제치고 안으로 일행을 안내한다. 서슬 퍼렇던 늑대 탈이 비실비실 꼬리를 감춘다.

"이곳은 세상에서 큰소리치며 살던 악덕 정치가, 부패 관료, 무능 교수, 고문 수사관 등 권력기관 종사자 집합소입니다. 모아 놓으니 비명 소리 요란하지요. 자신들이 국민을 겁주고 고문하고 악쓰던 그대로 살아 보라는 뜻입니다."

바이런은 설명과 함께 마침 지나던 허우대 멀쩡한 늑대 탈 하나를 손짓으로 불렀다. 백옥처럼 흰 얼굴의 소유자 미남 바이런에게 경의를 표하며 그가 다가왔다. 일행 앞에 서자 늑대 탈을 벗는다. 대머리가 반쯤 까진 멋진 양복 신사다.

"존경하는 시인 바이런 님, 이곳까지 웬일이십니까?"

대머리 신사는 말씨가 느릿느릿 점잖기 짝이 없다.

"나를 아시오? 뭐하던 사람이오?"

바이런이 당황해서 묻는다.

"저는 영문학 교수를 하다가 큰소리치고 살고 싶어 국회의원으로 변신을 했었지요. 소원은 이뤘는데 국민을 사기 친 혐의로 지옥에 왔습니다. 한때 바이런님 시를 줄줄이 외우며 여성들을 홀리기도 했지만 목청 높였던 것만큼 비명 소리 듣는 신세가 되었군요."

대머리 악령 말은 처량했다.

"그렇다면 교수님은 지옥 교회를 세울 경우 주일마다 예배 보며 참회할 생각은 있나요? 또 뇌물과 고문 기술자 친구들 참여를 설득도 하고요. 저 역시 지구에서 대학 강단에 서 있던 몸입니다만."

이채영이 안된 마음에 동류의식을 발동한다. 주변에서는 계속 참기 어려운 각종 비명, 울음소리가 요란하다. 멀리서 들려오는 코요테의 길고 긴 우짖음처럼, 남자에게 배반당한 여인의 한풀이 비명처럼, 톱니바퀴의 엇물린 금속 마찰음처럼 한 묶음으로 귀청을 때린다.

"여기 오래 있으면 요령이 생깁니다. 나름 비명의 '장, 단, 고, 저'

를 조절해 음악으로 변형해 듣는 기술을 터득하지요. 지금 들리는 고음 일색의 비명이라도 생각하기 따라 편곡이 가능하단 말씀입니다. 중국말이 대체로 고음이라 시끄럽죠. 하지만 1성(聲)인 '도, 레, 미, 파'의 다음 고음인 '솔'과 '올라가는 2성', '오르고 내리고'의 3성, '내리고' 4성이 적당히 조화되어 미인의 입에서 흘러나올 때 아름다운 언어로 변하지요. 그 원리로 보면 됩니다.

어쨌든 여기에 교회를 만드신다고요? 이래 보여도 저는 지상에서 교회 장로였습니다. 교회 돈에 자주 손댄 죄를 지었지만 구국 기도회 열성 참여자였고, 성가대, 연령회, 레지오 활동 등도 제법 했지요. 교회 생기면 예배 참여는 당연합니다."

대머리 악령의 반죽 좋은 말에도 불구, 일행은 비명 때문에 한시바삐 그 자리를 뜨고 싶다. 이번에는 입장이 바뀌어 모두 바이런을 바라보며 떠나자는 눈치를 보였지만 본체만체 자기 할 말을 한다.

"영문학 교수가 언제 중국말 4성 공부를 그렇게 했소? 나의 대표시 '헤럴드 차일드의 순례'도 중국말로 번역한 것을 보았소?"

온몸이 오그라드는 굉음에 바이런의 고함성 질문까지 가세하자 이채영이 더 참지 못하고 맞고함을 지른다.

"바이런 님 시집은 중국말은 물론 한국말로도 번역되어 잘 팔리고 있어요. 자, 갈 길이 빠듯하니 이제 그만 출발하세요. 여기서 귀청

떨어지면 나중 지옥 교회 초대 강사 바이런님 강연을 듣지 못합니다.”

일행은 한바탕 폭소 뒤 바이런 등을 떠밀다시피 4지역을 벗어나 5지역 '악취의 방'을 찾아 간다. 원래 등성이를 올라갔으니 급하게 내려갈 법한데 완만한 내리막을 30분쯤 지나니 이게 웬일인가. 거기 꽤 넓은 강이 흐르고 주변 샛강에는 갈대숲이 우거지고 그 사이로 낡은 쪽배 몇 척이 떠 있다. 바이런이 휙 하고 날카로운 휘파람을 날리자 어디선가 쪽배 한 척이 쏜살같이 달려 왔다.

“어디로 모실까요?”

사공 목소리가 칙칙하다. 수호지의 양산박 수적 같다.

“여기서 배 타면 갈 곳이 뻔한데 묻긴 뭘 물어?”

바이런이 퉁명스럽게 대답한 것은 일행을 안심시키기 위해서다. 각자 배 안에서 조심스럽게 자리를 잡고 앉자 예비 설명을 시작한다.

“5지역은 섬입니다. 하도 악취가 심해 외딴섬에 투명한 냄새 방지막을 치고 수용했지요. 그래요, 여기는 마치 북한식 정치범 수용소처럼 살벌하게 꾸몄습니다. 갑질 즐기는 간악한 지도층들, 사회 환원에 인색한 재벌들, 세금 빼먹으려 형식적 기부하는 악덕 기업인들이 수용되었지요. 여기 수용자들은 너구리같이 능청 떨며 잘 속이기 때문에 외양도 너구리입니다."

말하는 사이 쪽배는 갈대숲을 돌아 꽤 큼직하게 보이는 섬 나루에 도착했다. 뱃전이 부두에 닿는 순간 악취가 코를 찌른다. 일행이 내리자 정말 얼굴이 너구리 형상인 어부 몇이 그물을 들고 다가왔다.

"뭐하러 가세요?"

K목사가 말을 걸었다. 눈이 가늘고 입술이 얇은 친구가 나섰다.

"썩은 물고기 잡으러 갑니다."

"썩은 고기 잡아 뭐합니까?"

"썩은 고기를 썩은 영혼들이 먹으면 새것이 될지 모른다는 착각 때문이지요. 아무튼 내가 벌었으니 나 혼자 먹겠다는 졸부, 자본주의, 민주주의 핑계로 돈을 곳간에 쌓아 놓기만 한 부자들은 썩은 고기까지 내 것으로 확보해야 마음을 놓거든요."

"지옥에 와서까지 그럴 필요 있습니까?"

"천성이 그런 걸 어쩝니까? 또 여기서 더 나빠지지는 않겠지요. 우리도 이제 막가파로 갑니다."

K목사와 너구리의 대화가 너무 살벌하다. 이채영이 예쁘게 웃으
며 끼어들었다.

"희망이 없으시단 말씀인데 만일 지금보다 조건이 나아진다는 희
망이 생기면 남을 좀 배려하는 생활로 바뀔 수 있을까요? 가령 여기
환경을 개선한다든지, 제1지역 춘망대로 간다든지……."

너구리가 긴 한숨을 쉬었다.

"우리에게 그런 희망은 진작 사라졌습니다. 날이면 날마다 저만
잘났다고 아우성인데 배려는 얼토당토않지요. 지구에서 폼 재던 각
급 관료, 판검사, 변호사, 입법 로비와 출판기념회로 뇌물 먹는 국회
의원, 엉뚱한 칼럼, 기사 쓰는 언론인, 제자가 논문 대필하는 교수,
안보 장사하는 썩은 군인들이 제각각 모여 너구리처럼 능청을 떠는
광경은 가관입니다. 그런데 희망이라니요?"

김성미 수녀가 달랬다.

"그래도 희망은 있습니다. 하느님이 창조한 생물은 회개하고 사랑
으로 주변을 감싸면 반드시 보상받아요. 저희가 기회를 드릴게요.
교회를 세워 여러분에게 회개할 장소와 기회를 주는 겁니다. 오시겠

습니까?"

너구리 서너 마리가 그 자리에 펄썩들 주저앉았다. 그리고 이구동성으로 말했다.

"우리는 죽을 때 재산을 모두 유산으로 물려주고 왔습니다. 결과는 형제자매, 친척들 싸움만 조장했지요. 어려운 사람 돕는 배려 정신이 부족했던 점을 깊이 반성합니다. 우리가 좀 더 많이 사회에 환원했더라면 훈기 도는 사회를 만들고 천국에 갔겠지요. 만일 지옥 교회가 생긴다면 열심히 예배에 참석, 속죄할 겁니다."

악취를 견디다 못한 바이런은 어느새 포켓에서 브랜디 병을 꺼내 주둥이째 마셔 대고 있었다. 이채영과 김성미도 더 이상은 참기 어려웠다. 그만 가자는 신호로 먼저 쪽배에 오르자 K목사와 바이런도 뒤를 따른다.

배가 부두에서 떨어지는 순간 악취는 사라졌다. 부두와 수면 사이에 쳐 있던 투명막에서 금방 벗어난 것이다.

"다음 방문지 6지역 '열기의 방'과 7지역 '냉기의 방'은 강둑너머 바로 있습니다. 수직 갱 지하인데 처음 10분쯤 가파른 계단을 걸어 내려가면 6지역과 7지역이 갈라지는 교차지가 나오지요. 왼쪽이 6지역, 오른쪽이 7지역이고 거기서부터 두 군데 다 승강기로 반 시간씩 하강해야 합니다."

안내자 바이런의 설명을 듣고 세 사람 모두 난감한 표정이다. 지나온 지옥 표정들이 한결같이 끔찍했다. 이제 또 유황과 불길이 펄렁대는 뜨거운 열기 지옥과 북풍한설 차가운 냉기 지옥을 봐야 한다는 게 쉽지 않았다. 눈치 빠른 바이런이 대안을 제시한다.

"교차 지역까지만 내려가면 거기에 양쪽을 볼 수 있는 전망대가 각각 설치되어 있습니다. 거기서 보는 거나 직접 가서 보는 거나 매한가지이지요. 전망대 안에서 6지역 열기와 7지역 냉기까지 거의 완벽하게 보고 느끼게 설계되어 있으니까요."

K목사가 얼른 이 제안을 접수했다. 이채영과 김성미도 지친 기색이 역력하다.

"그렇게 합시다. 교차지에서 한꺼번에 보기로 하지요. 직접 방문은 나중에 또 기회를 만들기로 하고. 두 분은 지옥에 아직 익숙하지 못해 피곤할 겁니다. 지옥 온 지 꽤 지난 나도 피곤한데……."

이채영이 끝맺음을 야무지게 한다.

"어차피 결론은 났어요. 만난 이들마다 교회 생기면 참석하겠다고 했으니. 상식적으로 그런 견디기 어려운 환경에서 교회 핑계로 잠시라도 춘망대의 빛과 공기를 쐴 수 있다면 누가 마다할까요. 오히려 넘쳐날까 걱정입니다. 이제는 교회 부지 선정, 건축 양식과 교회 운영을 어떻게 할지 소프트 면을 생각할 때라고 봐요."

"그래요, 한꺼번에 다 보려고 욕심을 내다가는 오히려 잘못 볼 수 있어요. 찬찬히 나중 또 보게 남겨 두는 여유도 괜찮습니다."

김성미도 질세라 말을 보탠다. 교차지 시찰로 끝맺자는 데 의견 만장일치다. 이후 바이런에게 교회 참석과 첫 목회 강연을 몇 번이고 다짐받은 일행은 그와 헤어져 검은 개울가 K목사 집으로 돌아갔다.

49. 깜짝 총리

원로원 의원 총회 참석차 천국군 본부 사무실을 나선 안중근 도마 참모총장 어깨가 모처럼 가볍다. 그동안 밤잠을 설치게 하던 전쟁 위험이 사라진 때문이다.

"어서 오세요. 모든 의원들이 참모총장님의 승전 보고를 열렬히 기대하고 있습니다. 제가 안내하겠습니다."

황송하게도 베드로 원로원 의장이 현관까지 마중을 나왔다. 안중근 이하 제라르도 합참의장, 맥아더 함대 사령관등 군부 수뇌 10여 명이 내빈석에 착석하기를 기다려 베드로 의장이 개회를 선포했다.

"바쁘신 가운데 전원 참석하신 의원 여러분께 우선 감사드립니다.

오늘 우리는 두 가지 주요 의제를 논의할 것입니다. 하나는 천국을 위협하던 지옥군이 사실상 항복했다는 승전 보고를 접수하는 것이고 다른 하나는 천국 제2대 총리를 정식 선임하는 안건입니다. 그럼 먼저 안중근 참모총장의 승전 보고부터 듣기로 하겠습니다."

베드로 의장이 인사말과 함께 안중근 도마 참모총장 쪽에 사인을 보낸다. 지명받은 안중근이 자리에서 일어나 사회석을 향해 절도 있게 걸어 나갔다. 의원들은 우레 같은 박수로 그를 맞이한다.

"존경하는 의장님, 그리고 총리 대행 각하, 의원 여러분, 부디 오늘을 기억하고 축하해 주십시오. 저는 오늘 신약시대 2천여 년 만에 가장 큰 기쁨을 전하는 천주님의 은혜를 입었습니다. 아시다시피 천국은 하느님 은총을 받아 총리와 원로원, 몇 개의 현인 그룹들이 사랑과 배려로 협의 운영하는 평화 체제를 유지해왔습니다.

하지만 얼마 전부터 루시퍼와 아마토 악령 두목들이 감히 천국을 향해 도발하던 가운데 최근 상황은 천국 안보를 위협하는 사태로까지 번졌던 것입니다. 당연히 천국군은 이에 대처, 전면전 준비를 하는 한편 적진 교란 및 설득이란 양면 작전을 병행해왔습니다.

그 결과 우리 특공대는 놀랍게도 두목 루시퍼를 생포했고 아마토 지하 지옥 수괴에게서는 전쟁 포기 약속을 받아낸 것입니다. 이로써 천국을 불안케 하던 전쟁 위협이 완전 해소되었음을 주님 이름으로 보고 드리는 바입니다."

여기서 터진 의원들 박수 소리에 말이 잠시 끊긴다. 안중근 도마는 묵묵히 박수가 끝나기를 기다려 다시 말을 계속했다.

"저희는 처음 지옥 악령들의 연합 공격 소식을 접했을 때 크게 놀랐던 게 사실입니다. 지구 지하 지옥뿐이라면 우리 감시관리하에 있는 까닭에 움직임 포착이 쉽지만 페르가몬 지옥 별이 가세할 경우 얘기가 달라집니다. 왜냐하면 페르가몬 별은 우주선처럼 수시 이동이 가능, 포착이 쉽지 않은 데다 고정된 제1 전선과 움직이는 제2 전선을 동시 타격하는 작전은 분명 한계가 있기 때문이지요. 이에 따라 천국 군부는 이들을 상황별 분리 전략으로 대응해 왔습니다.

더불어 '싸우지 않고 이기는 게 최선의 승리'라는 목표 아래 전쟁과 회유라는 이원화 전략을 추진했지요. 지루하게 계속되던 전선의 밀고 당기는 이른바 '밀당' 상태가 깨진 것은 우리 포섭 전략이 약효를 드러내면서부터입니다. 특히 지구 지옥 아마토 수괴의 정인인 이제벨 여왕을 기적처럼 회유, 아마토 면담 구실로 루시퍼 페르가몬 사령관을 기지 밖으로 유인하고 생포한 것은 전적으로 우리 민군 합동 특공대 공로지요.

당초 1차 루시퍼 생포 작전은 너무 서둘다가 실패했습니다. 낙심이 컸지만 천국 제1의 컴퓨터 전문가 이훈락 요원의 면밀한 도주 경로 검색으로 2차 시도 끝에 무난히 생포한 겁니다."

안중근이 잠시 물 한 모금으로 목을 축이는 사이 의원들의 두 번째 박수가 터졌다. 소리가 잠잠해질 때쯤 의원석 어디선가 들려온 마이크 없는 한마디의 육성 질문이 날카롭게 의사당에 울려 퍼진다.

"그렇다면 무주공산인 페르가몬 지옥별과 고립된 지구 지하 지옥 운명은 어찌 됩니까?"

안중근 참모총장이 활짝 웃으며 마이크 앞에 다시 선다.

"네, 바로 그 점을 지금부터 말씀드리겠습니다. 우선 사실상 우주선인 페르가몬 지옥별은 천국 과학센터가 발명한 최신예 중력 끈으로 견인, 저 멀리 블랙홀에 폐치시켜 악령들의 한낱 암석으로 만들고자 합니다.

다음, 지구 지하 지옥 아마토 두목에게는 앞으로 천국군이 비상조치법 1호 '영생불멸 수정 원칙'에 따라 저항하는 불량 악령은 존재 자체를 말살한다고 경고한 대로 처리할 것입니다. 다만 아마토가 항복했기 때문에 다소 변화는 불가피합니다. 지옥에서라도 죽지 않고 살고 싶은 것이 그들 진심이었고 여기서 아마토는 백기를 들고 만 겁니다. 비상조치법 1호를 공포하신 스테파노 총리 대행께 거듭 감사드립니다."

여기서 다시 한 번 의원들의 기립 박수가 터졌다. 잠잠해지기를 기다려 베드로 의장이 마이크를 잡았다.

"공식 보고 절차는 이것으로 끝났으면 합니다만 추가 질문을 짧게 받겠습니다. 뒤이어 총리 선출 안건이 있으니 질문은 가급적 짧게 부탁합니다."

여기저기에서 손이 올라갔다. 안중근이 한쪽을 지명한다.

"제가 알기에 페르가몬 지옥별은 궤도와 상관없이 자유자재로 운행 가능한 거대한 별 우주선입니다. 얼마 전 천국 근처까지 접근, 동정을 살펴 안보 라인이 총 비상사태에 돌입했었다고요. 페르가몬은 빅뱅 당시 태어난 악조건의 작은 별 중 하나지만 루시퍼 특유의 발명품인 견고한 차단막과 핵 추진 엔진 등을 뽐내는 놀라운 성능이라고 들었습니다. 그럼에도 어떻게 견인이 가능한지, '중력 끈'이란 최신 무기가 그렇게 강력한지 좀 더 상세한 설명을 바랍니다."

안중근 총장이 대답했다.

"신무기 '중력 끈'은 광속보다 더 빠르게 잡아당기는 블랙홀의 초광속 중력을 역으로 이용한 투명 동아줄입니다. 블랙홀이 왜 검게 보입니까? 블랙홀 속의 빛이 중력 때문에 빠져나오지 못한 결과지요. 하지만 우리 과학자들이 초광속 '중력 끈'을 발명, 페르가몬의 견인과 블랙홀 영구 매몰이 가능했던 겁니다."

베드로 의장은 안중근 총장이 설명하는 동안 마음이 급한 듯 연신 시계를 보았다. 이쯤해서 질의를 끝내자는 표시지만 의원들 호기심은 여전하다. 특히 지하 지옥 두목 아마토 공략과 항복도 큰 관심사다. 맨 앞줄의 정보위원회 소속 의원이 다시 마이크를 청한다.

"듣기에 지하 지옥 수괴 아마토에게 천국 총리 신임장을 가진 민간 사절단이 파견되어 설득했다고 합니다. 창세기 이래 지옥에 간 첫 천국 사절단, 그것도 민간 사절단이라니 대단한 일이지요. 참모총장께서는 비상조치법 1호와 루시퍼 생포 등을 통고함으로써 아마토가 손들었다고 간단히 말했지만 그 이면에 사절단을 통해 어떤 회유 선물, 일종의 뇌물이 주어진 건 아닙니까? 목적이 좋아도 과정이 나쁘면 묵과할 수 없지요. 진실을 밝혀 주기 바랍니다."

마이크를 통해 이 말이 울려 퍼지자 원로원 총회장이 잠시 술렁거렸다. 안중근 총장이 곤혹스런 표정을 지을 때 스테파노 총리 대행이 나선다. 그의 자신만만한 표정이 장내를 안정시켰다.

"존경하는 의원 여러분, 오늘처럼 경사스런 날에 우리가 손톱만큼의 의혹도 덮고 가면 안 되지요. 방금 질문은 참모총장님보다 제가 답변하는 게 맞는 것 같습니다. 네, 사절단을 보낸 것 맞아요. 또 이는 전쟁 종결에 간접 영향을 미쳤는지 몰라도 결정적 요인은 아닙니다. 사절이라 해야 한국 출신 수녀님과 지구에서 막 저승에 온 여성 교수 단 두 분입니다.

이들에게 제가 신임장을 써 준 것은 일의 내용이 너무 획기적이고 개혁적인 복음 사업인 까닭이지요. 우리가 지옥군과 일촉즉발의 대치 상황에 빠져 있을 때 이들이 저에게 와서 밝힌 계획은 참으로 신선하고, 어찌 보면 웃음이 나올 정도였습니다. 그게 뭐냐? 바로 지옥에다 교회를 세우겠다는 겁니다. 의원 여러분, 지옥 교회 말입니다.

누구도 생각하기 어려운 발칙한, 아니 창의적 발상을 갖고 와서 아마토가 자신들 신분을 인정 할만한 신임장을 써 달라는데 도리 있습니까? 망설이다 써주었지요. 결과는 대박이었습니다. 아마토가 전쟁 종결 선언 직전 지옥 교회 설립과 선교 사업에 대폭 지원을 약속한 거죠. 여러분, 이런 일 상상이나 갑니까?"

원로원 총회장은 다시 '와' 소리와 함께 박수가 쏟아지며 감격에 잠긴다. 지옥 교회를 세워 악령까지 구제한다는 발상은 기독교 사상 최초의 넘치는 사랑 정신 아닌가. 얼마 전 공포된 비상조치법 1호 2항, 다시 말해 다문화 종교라도 유일신을 믿는 한 인정한다는 혁명적 취지조차 아직 의원들에게 충격으로 남아 있다.

이것이야말로 그리스도 제2중흥의 발판이라고 생각했던 의원들에게 지옥 교회 얘기는 또 다른 충격이었다. 여기서 의원들의 까탈과 호기심은 주저앉을 법하지만 명색이 민의 대변자로서 비트는 재주는 천국이라고 다르지 않았다. 보충 질문이 계속된다.

"정말 놀라운 일을 해냈습니다. 지옥 교회가 성공한다면 그리스도교의 외연은 악령 세계까지 확대될 수 있겠지요. 진심으로 경하드립니다. 하지만 그렇다고 혹시 그 대가를 지불했는지 여부를 밝혀 달라는 질문이 무시되지는 못합니다. 예스냐, 노냐를 분명히 해 주세요."

"뇌물, 아니 선물이라니 당치 않습니다. 다만 민간교섭단이 아마토 두목과 실랑이하는 가운데 지옥 교회 설립을 허용하고 지원한다면 지옥의 환경 개선은 다소 가능할 것이라고 비쳤답니다. 예컨대 햇볕과 공기 따위 공급을 늘리는 것 말입니다. 저는 그 정도는 양해했지요.

덧붙여 아마토가 지금까지의 대결 자세를 접고 순종할 경우 본인은 물론 이제벨 여두목까지 현재 위상을 보장한다는 점도 추인했습니다. 이것 역시 전쟁 위험을 막기 위해 불가피한 조치라고 생각하는데 그것도 뇌물 범주에 넣어야 합니까?"

스테파노 총리 대행의 차분한 설명과 더불어 장내 분위기가 가라앉자 베드로 의장이 얼른 의사봉을 두드린다. 승전 보고는 이것으로 충분하다. 지금부터 천국 2대 총리 선임 안건을 처리해야 한다. 누구로 할지는 이미 지난 밤 바오로, 야고보, 세례 요한, 바르나바 및 스테파노 총리 대행 등 원로 현인 회의에서 합의한 바 있다.

"여러분, 승전 보고는 이걸로 마치고 마침내 또 다른 천국의 당면 중대 과제를 해결할 순간이 왔습니다. 지금부터 천국 제2대 총리 선출 안을 공식 제의하는 바입니다."

베드로 의장의 말이 떨어지기 무섭게 의사당 내부가 다시 웅성대기 시작한다. 총리 탄핵이란 전대미문의 사건 이후 대행 체제가 계속되는 동안 후임 총리가 누가 될지는 의원 모두의 관심사였던 것이다. 더욱이 초대교회 사도 출신들 이외의 의원 대부분은 지금까지 총리를 뽑은 경험이 없어 더 그랬다.

　몇몇 입후보자 상대로 투표, 많은 표를 얻은 인사가 당선되는 게 지구식 민주주의 절차라면 천국 방식은 어떤가? 1대 야고보 총리 선임 당시 일부 의원들 말고는 잘 모른다. 이때 돌연 야고보 전 총리 동생인 요한 지구 지하 지옥 감시부장이 발언권을 요청했다.

　"존경하는 의장님, 외람되지만 천국 원로원 구성 멤버가 2천 년 전과는 크게 달라졌음을 기억해 주시기 바랍니다. 당시 원로원은 72명 정도 작은 조직에 불과했으나 지금은 300명이 꽉 찬 거대 원로원이 되었습니다. 총리 선임을 해본 경력 의원들이 적고 따라서 궁금증도 쌓인 게 당연하지요.

　2천 년 전 신약시대 1대 총리로 야고보 사도를 선임할 때 전말을 제가 잠시 소개하는 것을 허락해 주시기 바랍니다. 당시 천국 원로 및 현인들은 거듭 숙고와 사전 논의 끝에 3명의 후보를 선정, 하늘 궁전에 보내 재가를 받은 뒤 이 자리에서 투표로 결정했었습니다. 저는 그 방식이 하느님 뜻과 천국 통치 체제의 원활한 운영에 맞는다고 보고 오늘도 그대로 따를 것을 제안하는 바입니다."

　잇달아 세례자 요한이 마치 광야에서 구원자 예수 도래를 예언하듯이 큰 소리로 동의를 외쳤다.

　"천국 총리는 성령 임재하에 결정될 것입니다. 저는 방금 요한 형제님 제안이 옳다고 정중히 동의합니다."

더 이상 추가 발언이 필요 없었다. 쏟아지는 재청, 삼청 소리가 의사당 안을 가득 메운다. 천국은 현인 정치의 표본이다. 누가 봐도 합당한 깊은 신심과 지혜, 덕망, 경험을 겸비한 지도자들이 총리 후보 선출 같은 주요 안건을 사전 심의, 원로원 추인으로 끝내는 것이다. 그 후 하늘궁전 보고는 요식 행위였다. 베드로 의장이 다시 의사봉을 잡았다.

"그럼 원로원 사무국은 각종 현인 회의에서 제안한 총리 후보자 명단을 전면 스크린 게시판에 올려 주기 바랍니다. 의원님들은 그중 합당한 후보에게 자유의지로 투표하는 겁니다. 후보 모두 적격자가 아니라면 기권해도 됩니다. 바로 실시해주세요."

베드로 의장이 사무국 요원에게 지시하자 의원들은 일제히 전면 전광판을 주시한다. 긴장 끝에 침 넘기는 소리가 요란하다. 어떤 후보들이 나올까? 마침내 새까만 글자가 한 자 한 자 나타나 전광판을 메운다. 동시에 '와', '이럴 수가', '어째 이런 일이' 등 함성이 터졌다.

「프란치스코 하비에르」

단독 후보였다. 더 이상 후보자는 없었다. 잠시 소동이 가라앉기를 기다려 베드로 의장이 다시 말했다.

"1인 후보니까 투표는 총리 자격 유무를 묻는 '가부' 형식이 됩니다. 만일 '부' 표가 많이 나오면 후보자 선정은 재작업에 들어가겠지요. 투표 전에 야고보 전 총리께서 후보자 선정 경위를 간략히 설명하겠습니다. 야고보 님, 수고해 주세요."

야고보 전 총리가 천천히 자리에서 일어나 단상으로 나간다. 베드로 의장은 온갖 성화가 그려진 채색 천장을 쳐다보고, 바오로 감사원장은 야고보의 얼굴을 똑바로 주시한다.

"존경하는 의원 여러분, 오늘 총리 후보로 선택된 하비에르 님의 선정 경위에 관해 직전 총리로서 설명하게 된 것을 무한의 광영으로 생각합니다. 또한 제가 원로원 탄핵 결의로 총리직을 물러났지만 다행히 후임 총리 선임 작업에 참여케 하고 경위 설명까지 맡겨 주신 의장님께 거듭 감사의 말씀을 드립니다.

지난 며칠 동안 천국 원로회의는 두 가지 기준을 정하고 최종 선택 작업에 착수했습니다. 첫째시대, 변화에 따라 적어도 15세기 이후 천국에 온 젊은 분이고 둘째, 개혁 성향이 뚜렷해야 한다는 것입니다. 신약시대와 더불어 구약 시대 인사들이 물러났듯이 초대교회 주역들도 이제 물러날 때가 된 거지요.

이런 기준 아래 여러분이 검토되었습니다. 그중 두 분이 마지막까지 경합을 벌여 오늘 회의에 올라갈 예정이었으나 이왕이면 단독 후보로 힘을 실어주자는 의견에 따라 결국 16세기 예수회 창립 7인 멤버의 일원인 프란치스코 하비에르 님을 선정한 것입니다."

야고보가 발언하고 있는 동안 하비에르는 표정 없이 사회석을 응시하고 있었다. 야고보와 세례 요한이 자신에게 호의를 갖고 있는 것은 평소 알고 있지만 베드로 의장과 바오로 감사원장, 스테파노 총리 대행까지 지지했다는 게 잘 믿겨지지 않았다. 경합자는 십중팔구 정약종 의원일 것이다. 이게 하느님 섭리인가. 곧 형식적 가부 투표로 총리가 된다면 취임 인사말이 불가피할 것이다.

머릿속으로 바쁘게 그 준비를 하고 있을 때 갑자기 원로원 의사당 안이 환하게 밝아지며 표현하기 어려운 향기가 감돌기 시작했다. 심지어 머릿속이 황홀해지고 가슴이 벅차오른다. 하비에르는 이런 현상이 당초 자신에게만 일어난 줄 알았다. 이렇게까지 내가 총리직을 은근히 바라고 있었나 하는 생각에 얼굴까지 화끈거렸다.

하지만 그게 아니었다. 별안간 낭랑한 음성이 의사당 천장에서 울려 퍼지기 시작한 것이다.

"하느님께서 귀환하셨네. 먼 우주여행 마치시고 우리 주님 돌아오셨네. 큰일 잘 끝내시고 집에 오셨네. 하느님의 어린 양, 세상에 죄를 없애시는 주님, 울적하던 대지에 천국 향기 진동하니 모두 나와 춤추고 즐거워하세."

그레고리안 성가처럼 느릿느릿, 높고 낮게 채색 천장과 대리석 바닥을 오르고 내리는 청량한 소리가 의사당에 잔잔히 퍼지면서 의원들 몸을 환희로 감싼다. 어느 날 갑자기 하느님이 자리를 비운 이후 천국에 자질구레한 일이 얼마나 많이 벌어졌는가. 천국 주민들은 시간을 잃어버린 채 오직 당면 문제 처리에 골몰해 왔을 뿐이다. 원로원 의원들은 일제히 의자에서 일어나 무릎을 꿇었다.

그때 마티아 하늘 궁전 총괄 실장과 김대건 안드레아 하느님 수행 비서가 긴 트럼펫 소리와 함께 나란히 의사당 안으로 들어왔다. 하늘 높이 받쳐 든 손에 빨간색 예쁜 봉투가 쥐어져 있었다. 하느님 뜻을 알리는 의식이다. 마티아 실장이 그 봉투를 베드로 의장에게 전달한 뒤 김대건 신부와 함께 의장석 옆 내빈 자리에 앉는다. 원로원의 이목이 일제히 베드로에게 쏠렸다. 그가 천천히 두 손으로 봉투를 뜯는다. 동시에 큰 소리로 말했다.

"의원 여러분들은 지금부터 주기도문을 바치기 바랍니다. 무릎 꿇고 양손 모은 기도 자세로 암송 한 번, 일어나서 두 손 벌려 하늘 향해 성가 부르듯 또 한 번, 모두 2회 바치게 됩니다. 끝나면 거룩한 하느님 말씀을 전하겠습니다."

베드로의 굵직한 바리톤 음성이 의원들 머리 위로 맴돌기 시작했다. 마침내 1차 암송이 끝나고 2차 그레고리안 성가 운율에 맞춰 '저희에게 잘못한 이를 저희가 용서하오니 저희 죄를 용서하시고' 대목에서부터 의사당은 작은 흐느낌으로 출렁거렸다. 이어 '저희를 유혹에 빠지지 않게 하시고 악에서 저희 구하소서'로 기도가 끝났을 때 참석 의원 전원은 일심 동체였다. 눈물범벅인 베드로 의장이 떨리는 소리로 하느님 말씀을 전했다.

"총리 후보에 정약종 아우구스티노를 추가하라고 하셨습니다. 이제는 하비에르 님 단독 후보가 아닙니다. 여러분 이의 있습니까?"

의원들은 일제히 외쳤다.

"없습니다."

이것으로 사실상 총리 선임은 끝났다. 하비에르는 즉각 사퇴를 표명했고, 정약종에 대한 '가부' 투표는 순식간에 끝났다. 베드로 의장은 뜸 들이지 않고 바로 정약종 의원의 총리 당선을 공포했다. 의사당 밖에 축포가 터지고 천국의 빛과 향기는 최고 수준으로 높아졌다. 눈 깜짝할 새 일어난 천국 권부의 변화였다. 일파만파 천국 개혁의 단초가 열린 것이다.

이로써 천국 2대 총리 연륜은 당초 원로들이 생각했던 것보다 200년 이상 젊어졌다. 16세기 초 중반 활동했던 하비에르에서 18세기 후반 인물 정약종으로 바뀐 것이다.

하지만 젊다는 이유 하나만으로 하늘궁전 측이 정약종 의원을 총리 후보에 추가시켰다고 보기 어렵다. 봉투 속에 그 이유가 적혀 있었다고 한다. 웬일인지 베드로 의장을 비롯해 봉투 속 내용을 확인한 원로 현인들은 누구도 입을 열지 않았다.

단지 정약종 총리 취임 이후 나돌기 시작한 속살 얘기는 진위 여부에 불구, 꽤 합리적인 사유로 항간에 받아들여졌다. 하비에르는 생전 누구보다 생사 위험을 무릅쓴 열렬한 그리스도교 복음 전도사였지만 병사자였다. 적어도 12사도나 기타 믿음의 사람들처럼 처형장의 장렬한 순교자가 아니었다.

물론 하비에르 역시 죽음을 두려워하지 않았다. 순교를 원했다. 이 때문에 성인 반열에 오르고 천국에 오자 대단한 환영식과 함께 원로원 의원에 추대된 것이다. 또 '썩지 않는 시신'으로 세계적 유명 존재가 된 것 등 이미 하느님 특전을 많이 받았다.

하지만 한때나마 그런 기적과 특혜에 힘입어 예수님만이 가졌던 부활의 영광까지 맛보려는 마음을 품었던 게 지나친 욕심이었는지 모른다. 아무리 야고보 총리와 세례 요한 등이 권유했다 해도, 뒤늦게 포기는 했다 해도 당연히 사양해야 마땅했다. 게다가 일본 선교 과정에서 한때 하느님을 일본 불교 진언 종 부처인 '다이니치'(大日)로 표현한 것은 번역 실수였기는 하지만 하느님 신성 모독일 수 있다는 설도 나돌았다.

하비에르가 하늘 궁전이 작성한 비상 조치법 제1호 영생 원리 수정과 2호 다문화 종교라도 유일신인 한 공존 가능하다는 해석에 대해 제기했던 반론은 더 치명적이라고 했다. 보다 관용적 기독교 복음을 추구하는 혁신 조치에 역행한다는 것이다. 이는 총리직을 탄핵당한 야고보 경우와 비슷하다.

반면 정약종 신임 총리는 이 모든 것에 하느님 뜻과 여일했다. 시종일관 천국과 지구 기독교의 개혁을 주장하며 수많은 아이디어를 내놓았다. 그중에도 영생불멸 교리 수정 제시와 지옥 교회 설립으로 악령까지 구제한다는 발상은 백미였다. 용서의 범위가 확대된 것이다. 프란치스코 바티칸 교황이 서울 방문 미사에서 강조했던 '77번이라도 용서하라'는 말은 그에 비해 차라리 미니멈인지 몰랐다. 일찍이 영계인간 아이디어를 제시, 지구 복음화 사업의 활성화를 추구한 것 역시 후한 점수를 받았음에 틀림없다.

에필로그

페르가몬 지옥별의 루시퍼 사령관은 영국 웨일즈 주도 카디프시 인근 페나스 마을에서 생포된 뒤 군사 법정을 거쳐 이승훈 대배심법원 수석 판사 주심의 최종 재판에서 블랙홀 종신 유폐 판결을 받았다. 이에 따라 그는 블랙홀 속에 갇힌 페르가몬 별에 이송되어 서서히 우주 먼지로 소멸될 것이다.

반면 루시퍼와 아마토 지구 지옥 두목 사이에서 교묘한 줄타기를 하며 이채영 교수와 마가렛 소령에게 결정적 도움을 준 이제벨 여왕 악령은 협조 공로를 인정받아 연옥에서 부모와 함께 살 은혜를 입었다. 원할 때 지하 지옥 궁전을 출입하는 것도 가능했다. 아마토를 만날 수 있는 것이다. 그녀 아버지 엣바알의 공로는 장차 행적에 따라 천국 주민증 확보에 크게 참작될 것이다.

이채영 교수 역시 이제벨 설득 공로와 지옥 교회 설립에 공헌한 점이 인정되어 천국에서 일정 기간 노역 봉사가 결정되었고 K목사도 지옥 교회 담임 목사 역할 때문에 지옥 제1 지역 춘망대에 머물되 연옥에 거주지 확보가 허용되었다. 이훈락 요원, 김성미 부부는 천국 추방을 면하고 실버타운에서 무기한 봉사 명령을 받았다. 말이 무기한이지 조만간 풀릴 게 확실하다.

한편 재빨리 항복 선언을 한 아마토 지하 지옥 두목은 기대 이상의 많은 혜택을 입었다. 현재 두목 자리를 유지하는데다 종전보다 20% 이상 증가된 공기와 햇볕 공급을 받게 된 것이다. 오매불망 그리던 딸 베아트리체를 수시로 지옥 궁전에 초청해 만나고 장기 체류도 허용되었다. 정약종 새 총리의 관용 조치는 아마토를 감동시키고도 남았다.

나아가 지옥 교회 창립 예배 날, 신자 수가 늘면 지옥 환경을 더 개선해 주겠다고 약속했다. 회개하는 자에 대한 철저한 보상이 새 행정부의 통치 방침이었다. 이날 예배객들은 구름 떼처럼 몰렸다. 설마 지옥 악령들이 교회에 올까 했던 걱정은 기우였다. 본성이 악한 자는 생각보다 많지 않았다.

창립 예배 날 K목사는 담대하게 설교했다. 아무리 악령일지라도 하느님을 잘 믿고 좋은 일하면 신분 상승이 가능하다고 역설한 것이다. 지옥 거주지의 등급 조정은 물론 잘하면 연옥에, 더 잘하면 천국까지 못 갈 이유가 있느냐고 사자후를 폈다. 이 소리에 악령 신자들은 일제히 '아멘'을 합창했다.

바이런 시인이 창립 예배 날 약속처럼 초대 강사로 참석, 열띤 복음 설파에 주저하지 않았던 것도 돋보였다. 특히 약자 소재로 글을 써서 성공한 뒤 그들은 팽개쳐 둔 채 자신은 강남 좌파 부유 생활을 즐기는 위선자에게 철퇴를 주문했다.

다시는 자신과 같은 불행한 작가가 나오지 말아야 한다고 '아멘'을 외쳤다. 후일 지옥 교회 운영진에 추가로 뽑히면서 바이런도 최소 연옥 이주 희망은 갖게 되었다. 그는 가톨릭 영세를 받았다.

최동혁 신부는 주교 승진과 더불어 미사 집전을 원했지만 아직은 특기인 강연과 집필에 더 몰두하라는 추기경 말씀에 순종했다. 수호 천사 엘리사벳과 하늘나라 통신을 계속하며 영적 재산을 점점 키워 나갔다. 영계인간 마이클 박 목사의 천상 여행기 설교는 세계적인 파문을 일으키고 있었다. 정약종 2대 총리와 스테파노 원로원 사무 총장의 합작품인 영계인간이 빛을 내면서 신임 총리에 대한 신뢰가 갈수록 깊어졌다.

이훈락, 김성미 부부의 장남 S교회 담임 목사 이재준은 K목사가 토대를 이룬 외형 위주 교회를 질적으로 변화시키는 일에 열중했다. 외딴섬, 빈민촌 교회를 지원하고 개척 교회 확산에 앞장섰다. 한국 의 목자 3인방은 이처럼 복음화 사업 최전선을 유감없이 누비며 천 국의 한국 출신 정약종 총리를 지상에서 도왔다.

가톨릭에서 성공회 신부로 변신한 뒤 심지순과 결혼한 이채구는 지방 전근을 원해서 갔고 대신 동생 이채강 탐정이 신학 대학 단기 코스를 우수한 성적으로 졸업하고 가톨릭 중앙 무대에서 유망한 성 직자 후보로 각광받기 시작했다. 명석한 두뇌와 판단력을 가진 그는 사회적 경험에 입각한 현실적 가톨릭 교리 대안을 모색하는 논문을 계속 발표, 관심 대상으로 떠오른 것이다.

총리 후보를 사퇴한 하비에르는 원로원 의원직까지 반납하고 천국 아카데미 대학 교수로 자리를 옮겼다. 거기서 이냐시오 로욜라, 피에르 바브르 등 예수회 창립 멤버들과 이채강 신부의 개혁적 논문을 주제로 잦은 토론을 벌이며 이론 정립을 뒷받침했다. 천국과 지구, 저승과 이승에서 기독교 개혁 횃불이 동시에 일기 시작한 것이다.

20세기 들어 한국이 홀연 기독교 중심 국가로 떠오른 것은 우연이 아니다. 수많은 한국 신화 궁극 점에 하느님이 보이기 때문이다. 비록 잡신이라 해도 악령이 아니라면 유일신을 향한 통과의례로 간주되었다. 그래서 세월의 이끼가 덕지덕지 낀 기독교 개혁 주체로 한국을 선택했고 한국 순교자가 천국 총리에 올랐다는 평가가 나온 것이다. 그게 진정한 축복일지는 두고 볼 일이다.

〈끝〉

상상력의 세계에
'나이'는 없습니다!

– 권선복(도서출판 행복에너지 대표이사,
대통령직속 지역발전위원회 문화복지 전문위원)

　가슴을 두근거리게 만드는 한 권의 소설을 만난다는 것은 무척
기분 좋은 일입니다. 세상살이의 시름을 모두 잊고 독서에 몰두
하며 마음껏 상상의 나래를 펼치는 순간만큼은 행복해질 수 있기
때문입니다. 근래에 들어 문학의 위기라는 말을 자주 듣습니다.
이름값 높은 베스트셀러 작가의 신간만 이따금 주목을 받을 뿐,
출간되는 소설도, 소설을 찾는 독자도 모두 줄어든 까닭입니다.
하지만 여전히 소설가의 지망하는 이들이 도서출판 행복에너지에
부푼 기대를 안고 정성스레 집필한 원고를 보내오는 것을 지켜보
며 다시 우리 문학이 부흥하는 날을 꿈꾸곤 합니다.

『천국 쿠데타』는 독자들의 눈을 번쩍 뜨이게 할 만큼 흥미로운 소설입니다. '천국'을 배경으로 우리에게 친숙한 성경 속 인물과 안중근, 정약종 같은 역사적 인물들을 등장시켜 색다른 재미를 안겨줍니다. 문학만이 펼칠 수 있는 상상력의 세계가 독특하게 다가오는 것은 물론, 종교라는 무거운 주제를 인문학적으로 접근하며 독자의 가슴에 깊은 감동을 새겨주고 있습니다. 더욱이 이 책의 저자는 고희(古稀)를 훌쩍 넘긴, 멋쟁이 신사이십니다. 동아일보 논설위원실장, 헤럴드경제신문 주필 등을 역임하며 평생을 언론인으로 이름을 알려온 민병문 저자는 '상상력에 있어 나이는 없다'는 사실을 몸소 보여주고 있습니다.

글을 쓰는 데 있어 열정만 있다면 나이는 아무런 제약이 되지 못합니다. 자신의 이름을 내건 책을 세상에 내고자 하지만 왠지 자신의 나이가 마음에 걸려 선뜻 출판사에 연락을 하지 못하는 분들도 많이 있습니다. 민병문 저자의 책 『천국 쿠데타』가 작가의 꿈을 꾸는 많은 이들의 삶에 하나의 뜨거운 불꽃을 일으켜 다시 한번 도전할 계기를 만들어 주길 기대해 봅니다. 또한 이 책을 읽는 모든 분들의 삶에 행복과 긍정의 에너지가 팡팡팡 샘솟으시기를 진심으로 기원드립니다.

남북의 황금비율을 찾아서

남오연 지음 | 값 16,000원

책 『남북의 황금비율을 찾아서』는 통일이란 쟁점을 화폐경제의 관점에서 접근하고 연구한 책이다. 한반도 내에서만이라도 북한 화폐가 명목지폐에서 벗어나 실물화폐의 역할을 할 수 있는 시스템을 고민하고, 이로써 통화의 부가가치, 즉 남북한 내 새로운 일자리 창출과 실질적 경제통합의 물꼬를 틀 수 있는 방안을 제시하고 있다.

사랑은 왜 낮은 곳에 있는가

이우근 지음 | 값 15,000원

책 『사랑은 왜 낮은 곳에 있는가』는 근래 대한민국의 부끄러운 현실을 엄정히 그려내면서도 미래에 대한 기대와 희망을 놓지 말아야 한다는 격려를 한꺼번에 담아낸 칼럼집이다. 우리 사회가 안고 있는 난제들을 어떠한 방식으로 풀어내야 하는가에 대해 때로는 차분하게, 때로는 속이 시원하게 전하고 있다.

통하는 말 통하는 글

김철휘 지음 | 값 15,000원

『통하는 말 통하는 글』은 '현직 연설비서관'의 풍부한 현장 경험과 연구를 통해 '말과 글'의 개념과 올바른 사용법 그리고 연설과 인터뷰의 기법까지 '공(식)적인 소통'을 위한 수준 높은 노하우를 담아낸 책이다. 누구나 교육과 훈련을 통해 충분히 우리 사회에서 인정받을 만한 말하기, 글쓰기 수준을 갖출 수 있음을 설득력 있게 전하고 있다.

위대한 경쟁

정태영 지음 | 값 15,000원

『위대한 경쟁』은 치열한 업무 현장에서 체득한 실용적 노하우들로 가득하다. 여타 자기계발서와는 달리 경쟁 상황에서 승리할 수 있는 역량과 스킬에 초점을 맞추며 경쟁자보다 비교우위의 위치에 우뚝 설 수 있는 방법을 명쾌하게 제시하고 있다. 이 위대한 경쟁에 뛰어들어 행복을 성취하는 첫걸음을 내딛어보자.

하루 5분 나를 바꾸는 긍정훈련

행복에너지

'긍정훈련'당신의 삶을
행복으로 인도할
최고의, 최후의'멘토'

'행복에너지
권선복 대표이사'가 전하는
행복과 긍정의 에너지,
그 삶의 이야기!

인터파크
자기계발 분야 주간
베스트 1위

권선복 지음 | 15,000원

권선복

도서출판 행복에너지 대표
지에스데이타(주) 대표이사
대통령직속 지역발전위원회
문화복지 전문위원
새마을문고 서울시 강서구 회장
전） 팔팔컴퓨터 전산학원장
전） 강서구의회(도시건설위원장)
아주대학교 공공정책대학원 졸업
충남 논산 출생

책 『하루 5분, 나를 바꾸는 긍정훈련 - 행복에너지』는 '긍정훈련' 과정을 통해 삶을 업그레이드하고 행복을 찾아 나설 것을 독자에게 독려한다.
긍정훈련 과정은 [예행연습] [워밍업] [실전] [강화] [숨고르기] [마무리] 등 총 6단계로 나뉘어 각 단계별 사례를 바탕으로 독자 스스로가 느끼고 배운 것을 직접 실천할 수 있게 하는 데 그 목적을 두고 있다.
그동안 우리가 숱하게 '긍정하는 방법'에 대해 배워왔으면서도 정작 삶에 적용시키지 못했던 것은, 머리로만 이해하고 실천으로는 옮기지 않았기 때문이다. 이제 삶을 행복하고 아름답게 가꿀 긍정과의 여정, 그 시작을 책과 함께해 보자.

『하루 5분, 나를 바꾸는 긍정훈련 - 행복에너지』